小妻嫁到

2

慕童 著

文創風 552

目錄

第三十二章

「妳是說今兒個溫世子落水，是因為要去救妳大姊？」韓氏一臉吃驚地問道。她方落坐，就聽到紀寶芸在一旁念念叨叨地抱怨著溫世子。

此時眾人已回府，倒是紀延生他們都還沒回來。

紀寶芸憋了這麼久，可算是找到發洩的地方了。「可不就是。溫世子從水裡爬上來時，咱們可是清清楚楚看見的。聽那些人說，溫世子是瞧見河裡的帷帽，以為是大姊掉下了河，便一下子從橋上跳下去。」

韓氏心底咯噔了一下。上回溫凌鈞來家中，她瞧著二叔待人家親熱得很，一開始她心裡沒在意，畢竟那就是二叔自己一頭熱而已；況且紀寶璟又是喪婦長女，哪個體面的人家願意讓兒子娶這樣的媳婦？

沒想到，她這個姪女倒是好手段，這才見了幾面，就叫這個溫世子對她死心塌地了。

不過這些話，她也不敢說給女兒聽。寶茵是個悶葫蘆的性子，可寶芸卻是個單純的，什麼話都藏不住。

「好了，左右大家都沒事，以後妳們可不許到河邊去玩，這大庭廣眾之下若是真的落水，就算性命勉強保住了，名聲也得毀了。要是以後想嫁個好人家，妳們就給我好生在家裡待著。」韓氏轉了個話題，開始給兩個女兒說教。

紀寶芸還想說些什麼，可看著她娘嚴肅的表情，卻又憋住了。

兩姊妹如今在一個院裡住著，紀寶芸一路上拉著紀寶茵問道：「五妹，妳說大姊會嫁給溫世子嗎？」

「三姊，妳關心這個做什麼？」紀寶茵是真的服了她。不管大姊嫁與不嫁，這又和她們有什麼關係？

紀寶芸瞧了她一眼，立即哼道：「妳這個傻子！妳想想啊，如今二房就是因為有靖王府做靠山，便一直頤指氣使的，要是日後大姊真的嫁給溫世子，往後哪裡還有大房的立足之地啊？」

這一回紀寶芸算是變聰明了，她把矛盾提升到大房和二房之間的矛盾，以拉攏紀寶茵跟著她一塊兒對紀寶璟同仇敵愾。只可惜紀寶茵年紀還小，離嫁人的年紀遠著呢，她可不關心這個。

她搗了下嘴巴，帶著幾分疲倦道：「三姊，我實在是太睏了，就先回去休息了。」

「哎，妳……」紀寶芸見她這麼不給面子，立刻跺起腳來。

端午節過後，大伯父總算是回來了。

這還是紀清晨第一次見到這位大伯父，他回來的這天，紀家人算是都到齊了。

這一見面，自然是執手相看淚眼。只是大伯父是告假回來的，只能待上兩日。

等見過面之後，就叫他們這些小輩都出去了，留下老太太、大伯父夫妻還有紀延生幾個人，在房中商量事情。

紀寶茵有些好奇地問：「沅沅，妳知道祖母他們要說什麼嗎？」

紀清晨是住在老太太院子裡的，一向消息靈通，紀寶茵這才會問她。

為了什麼？自然是因為柏然哥哥所要求的事情。她轉頭看向一旁的柏然哥哥，此時他正與紀榮堂下棋，臉上雖掛著笑容，可卻是漫不經心的。

紀清晨搖搖頭。「我也不知道呢。」

紀寶茵有些失望，就和紀寶芸說話去了。

紀清晨坐得有些無聊，便從水榭裡出來，打算要去裴世澤的院子。這幾日他一直都沒怎麼出門，都是悶在院子裡。

之前關於強盜一事，她雖然對柏然哥哥旁敲側擊了幾次，無奈他說話太滴水不漏，所以紀清晨壓根兒就不知那幫人是不是和舅舅有關？只是那些人出現的時機太巧合，也怪不得她多想。好在雖不知道那些人是不是舅舅的人，但她卻知道舅舅已經回遼東去了。

她想著想著，就走到裴世澤的院子裡。只是院子裡的聲音有些嘈雜，彷彿有好多人走來走去。她一進去，就看見院子裡頭擺了好幾口大箱子。

莫問出來的時候，就看見院門口穿著淺紅色裙衫的小姑娘，正可憐巴巴地站在那裡。他心道不好。主子之所以選了這一日收拾東西，便是知道紀家大老爺回來，到時候紀清晨也會去見一見，他們便可以悄無聲息地離開，沒想到，竟還是被撞了個正著。

莫問生怕小姑娘哭出來，趕緊上前，問道：「七姑娘，您怎麼過來了？」

「你們要搬走了？」紀清晨鼓著小臉，眼睛睜得又大又圓，她這樣反倒讓莫問心裡看著更難受不已。

莫問神色有些尷尬，卻還是柔聲道：「七姑娘，您……」

「沅沅。」此時門口站著的人，叫了小姑娘一聲。

紀清晨一抬頭，看見是裴世澤，眼淚就啪嗒啪嗒地落下來。

裴世澤走了幾步，來到小姑娘身邊，將她抱起來。他如今臂力漸長，單手抱起一個胖娃兒根本就不是什麼難事。他瞧著面前小姑娘的眼淚，伸出手掌，用拇指在她的小臉上擦了擦，柔聲說：「不要哭了。」

他不說話還好，一說話，紀清晨便更加難過了。小手抱著他的脖子，臉蛋壓在他肩頭，眼淚都沾濕了他的衣裳。

她哭得沒有聲音，可是小身子卻一抽一抽的。

裴世澤抱著她，感覺她身體抽動得厲害，心底也是說不出的難過，這還是裴世澤第一次如此清楚地感覺到自己的情緒。

其實不用別人說，就連他自個兒都知道，他這樣的人，太過冷情，這也是父親不喜他的緣故吧。畢竟就算是親生父母，也會更加喜歡會笑、會哭，能承歡膝下的孩子。

裴世澤做不到像五弟裴渺那般，自己對父親裴延兆或許恭敬，可無法親近。

說來也是可笑，這世上最喜歡他的人，竟不是裴家的人，而是一個和他無親無故的小姑娘，就連他要離開，她都會哭得如此傷心難過。

從這個小姑娘身上，他已體會到太多從未感受過的情緒。

「我雖然要走了，可是咱們也不是一直不能見面的。妳若是想我了，便叫人給我送信，我便會回來看妳。」裴世澤強忍著心頭的酸澀。

伏在他肩頭的小姑娘帶著哭腔問：「可我要是天天想你怎麼辦啊？」

裴世澤聽得眼淚快要落下來。「那就天天給我寫信。」

雖然不捨，但裴世澤還是向老太太告辭離開了。這次裴家來接他的，是定國公身邊的一個幕僚，據說在定國公身邊已有二十年，還做過裴家三爺的先生，是個在定國公府十分德高望重的人。

老太太這次也沒挽留他，因為定國公派人來，已表明了態度。

裴世澤離開時，紀清晨一直牽著他的手，把他送到門口。

裴世澤安慰她，從京城到真定，快馬不過就是幾個時辰。她知道，他也有自個兒的事情要做，不能總是陪著她玩的。

裴世澤上馬後，紀清晨只是朝他揮了一下手，便別過頭去。

一旁的紀寶璟看了心疼，趕緊過來拉住小姑娘的小手。

沒一會兒，所有人便整裝待發了。

紀清晨雙手抓著紀寶璟的衣裳，小臉更是貼在她的衣裳上。只見裴世澤看了她好幾回，還是紀寶璟開口道：「裴公子，路上小心些。」

裴世澤點頭，卻不再說話，策馬離開。

紀清晨的眼淚順著眼角流下來。對於裴世澤，她總有一種說不出的感覺。前世的時候，她依附在他的玉珮上，雖然他不知自己的存在，可她卻覺得他們兩人像是相伴了許多年。他未曾娶妻生子，身邊連個女人都沒有，定國公府的人也和他不甚親近，所以時間長了，她甚至忘了自己是一縷魂魄的事實，總是生出與他相依為命的感覺。

因此今生再相遇後，她對裴世澤才會有著特殊的依賴。

「好了，不哭了，人家都走了。」紀寶璟看著小姑娘，當真是覺得又心疼又好笑，她輕聲問：「就這麼喜歡妳的柿子哥哥？」

紀清晨沒說話，卻「哇」地一下哭得更大聲。反正人都走了，她也不怕丟臉了。

「原來母親叫你回來，竟是為了這件事！憑什麼給那兩個丫頭分家產？」韓氏氣得臉紅脖子粗，一進屋子，就把所有人都趕出去。

紀延德神色輕鬆，道：「二房的事，母親卻叫咱們一起商議，那也是尊重咱們。」

「尊重？要是真尊重，當初分家產的時候就不該瞞著我。」韓氏想到這個就氣得更加厲害。虧她還以為自個兒是精打細算呢，合著最後，這都是撈了自家的銀子。

紀延德登時就沈了臉，道：「家產乃是父親作主分的，難道妳這是對父親不滿？」

「我沒有。」韓氏被他的話給堵了回去。

紀延德又道：「這次的條件本就是靖王府提出來的，那也是因為璟姊兒和沅沅有一個好舅舅。既然二弟自個兒都是願意的，咱們又何必多言。」

韓氏見他處處向著那兩個丫頭說話，心裡就來氣。

「好了，妳不要再說這些，我也累了。」紀延德口氣疲倦地道。他今兒從京城趕回來，又商量了這麼久的事情，到底是上了年紀，精力越來越不足了。

韓氏這才收斂怒氣，叫丫鬟進來，給他打水洗漱。

晚上的時候，紀延生把紀寶璟姊妹兩個，還有殷柏然叫過來。「我和妳們的祖母決定好了，一切都照妳們舅舅說的去做。」

聽到這話，就連殷柏然都有些吃驚了。其實在來之前，爹爹就已經說過，一人兩成乃是最高的，若是紀家不肯，也可以有討價還價的餘地。

可他沒想到紀延生當初聽到條件時，雖然那般生氣，最後卻沒打算要討價還價，他倒是看低了姑丈。想到這裡，殷柏然心中也生出一股歉意。

紀延生瞧著兩個女兒。大的已到了荳蔻年華，而小的這個還是一派玉雪可愛的模樣，他有些難過地說：「爹爹上次之所以那般生氣，不是因為捨不得給妳們這些產業，而是心裡難過妳們的舅舅居然如此不信任爹爹。妳們是我的女兒，我便是疼惜妳們都來不及呢。」

紀寶璟輕泣一聲。「是女兒不孝，讓爹爹為難了。」

「明兒個便請族中老人過來見證，妳和沅沅都是女孩，鋪子那些產業都要人打理，而且利潤也不固定，所以爹爹便多給妳們一些田莊和地產。莊子上都是積年的老人，如今寶璟妳也慢慢會理家了，便學著怎麼打理田莊；至於妳妹妹的這一份，依舊先交給祖母保管，待她以後出嫁了，再交給她。妳們母親的嫁妝，如今也都在祖母手裡呢，當初妳們的舅舅早就說過了，嫁妝也給妳們姊妹兩個平分。」

紀延生說的這些話，讓紀清晨這個一心想要站在舅舅那邊的小叛徒，也聽得眼淚直掉。

「一切都聽憑爹爹作主。」紀寶璟輕聲說。

第二天，請了紀家族中的老人過來，都是德高望重的長輩，一聽說是要給女兒分家產，俱是面面相覷，倒是老太太開口道：「咱們家的女兒也是矜貴的，這有了銀子傍身，即便是嫁到別人家裡，心裡也有個底，這都是她們的爹爹心疼她們。」

待簽定契約之後，殷柏然的使命也算是徹底完成。

三天後，殷柏然便來同老太太告辭，準備返回遼東。這次別說紀清晨了，就連紀寶璟都眼眶泛紅。只是，不管如何，離別的時刻，總是要來臨的。

殷柏然走的時候，紀清晨又哭了一場，眼睛腫得像個小核桃似的。

晚上的時候，櫻桃來給她量腳。她腫著一對小核桃眼睛，可憐巴巴地問：「櫻桃，妳是要給我做新鞋子嗎？」

櫻桃量好，笑了笑，道：「這次可不是奴才做，是未來的新太太給做的。」

六月十六，宜納徵。大紅的箱子從紀府的大門抬出去，一直綿延了好長一段路。

紀清晨是看著箱子從府上被抬出去的，見到祖母臉上的笑容，她終於意識到，這個家真的要迎來一位新太太了。

第三十三章

桂花飄香，東苑的兩棵桂花樹，枝椏早已開出滿滿的花苞，似乎有散不去的香味，已在空氣中氤氳。

八月初八，整個紀府已張燈結綵，大紅的綢緞將各處裝點得喜氣洋洋。

東苑一直空著，如今也被重新裝修一新，門窗上新刷的漆，氣味早就散了。這會兒正有丫鬟進進出出，手裡捧著的都是新房要用的東西。

一大清早，紀清晨揉了揉眼睛，喊了一聲。「櫻桃。」

櫻桃說了個時間，只見睡在床上的小姑娘，翻了個身子，淺粉色的中衣已捲到肚皮上，露出白嫩的皮膚，小屁股露在錦被外頭，看得櫻桃忍不住偷笑。

「姑娘，是還想睡？」櫻桃又問她。

紀清晨「嗯」了兩聲，才慢慢吞吞地用手肘撐著自個兒坐起來，連打了幾個哈欠後，雙手一攤，道：「給我穿衣裳吧。」

櫻桃趕緊去把昨兒個已燙好的衣裳拿過來。因為是喜慶的日子，所以紀寶璟特地給紀清晨做了一身紅色的衣裙，前幾日試穿的時候，就連老太太都連連誇讚說這身衣裳做得好看。

待穿好了衣裳、鞋子後，櫻桃又替紀清晨梳了頭髮，依舊是花苞髻，只是這次用的髮帶都是紅色的。櫻桃再將新打的那副寶石瓔珞金項圈，給紀清晨戴上。

待打扮好之後，旁邊的小丫鬟驚嘆一句。「咱們七姑娘可真好看，就跟年畫裡頭的女娃兒一樣。」

紀清晨歪了個頭，打量著鏡子裡的小姑娘。大半年下來，小姑娘的臉頰是越發圓潤了，白嫩得彷彿隨時都能掐出水來。

她去祖母房中時，才發現大姊已經過來了。

今兒個紀寶璟也打扮得十分明豔動人，大紅色百花穿蝶遍地金長褙子，下面是一條白色挑線百褶裙，烏黑亮麗的長髮綰成一個垂髻，插著一支赤金絲紗鑲紅寶石步搖，耳朵上戴著一對赤金鑲紅寶石的石榴花耳墜。她素來不愛戴金飾，只是今日乃父親大婚，便戴著應應景。

「沅沅。」紀寶璟伸手招呼她，就見小姑娘打扮得比她還要漂亮好看。

「大姊好漂亮。」紀清晨盯著紀寶璟直瞧。大姊如今已十四歲了，正是少女明豔動人的年紀，今兒個又是這樣一身打扮，著實叫人驚豔。

此時老太太也被丫鬟扶出來，紀清晨撇頭一瞧，就見祖母身上穿的是紫紅色萬字不到頭長褙子，有些發白的頭髮整齊地梳成了髮髻，額頭上戴著一條同樣是紫紅色的抹額，抹額中間鑲嵌著一塊白玉。

過了一會兒，大老爺紀延德和韓氏，帶著大房一家子過來了。

今日是大喜的日子，紀家眾人個個都穿著顏色鮮豔的衣裳。

「今日大媳婦妳得多受累了。」老太太對韓氏叮囑道。

韓氏立即笑著點頭道：「母親只管放心吧，各處我都交代好了，若是誰敢在這大喜的日子裡出紕漏，必是嚴懲不貸，到時候發賣出府。」

「妳辦事我自是放心的。」老太太點頭，便叫人上了早膳。

因保定距離真定不算近，路上要花些時間，是以紀延生三天前便已出發，今日便該到真定了。雖然新娘子要到晚上才能到家，可紀家的親友們卻已陸續上門，東府那邊也早早來了人，就連大太夫人徐氏都帶了媳婦過來。

有不少姑娘都跟著娘親出來，是以老太太便叫人在海棠苑裡置辦兩桌酒席，讓這些姑娘們單獨去玩。海棠苑是紀家姑娘尋常上課的地方，這會兒裡頭的課桌、文房四寶已全都撤掉了，另擺上了桌椅。

「璟姊姊，今日是妳家裡的大喜事，可要恭喜妳了。」劉月娘走在旁邊，嬌嬌俏笑道。

這話說得倒是沒錯，可聽在耳裡，也不知怎的，竟是那般彆扭。

紀清晨瞧了過去，就見那劉月娘眼中，帶著清晰可見的幸災樂禍。

紀寶璟嘴角含笑，微微點頭，輕聲說：「若是月娘妹妹不嫌棄，待會兒就多喝幾杯，也好沾沾喜氣。」

劉月娘臉上登時露出古怪的表情，因為她想起上回在東府紀家時，紀寶芸也是說錯了一句話，就讓紀寶璟灌了好幾杯茶水下去。劉月娘趕緊緩和道：「自是應該的、應該的。」

紀清晨此刻實在是覺得無趣，一臉興趣缺缺的模樣。

「妳也覺得無趣吧？」一旁的紀寶茵主動問她。

紀清晨壓低聲音問：「五姊，待會兒爹爹回來了，咱們到前頭去瞧瞧吧？」

「妳敢去前面？」前院都是男客，到時候那麼多人，她們怎好過去？因紀寶茵開始上學堂了，是以這心裡已有了男女大防的觀念。

倒是紀清晨，她每日清晨坐在梳妝鏡前，瞧著自個兒的小身板，這可是個還能享受自由的年紀啊。所以她心裡沒那麼多顧忌，她都還沒瞧過爹爹穿大紅衣裳呢。

「有什麼不敢的？這裡也沒啥好玩，無非就是說說話而已，前頭才是真熱鬧呢。」紀清晨心裡早就打定主意，這會兒就是想拉個同夥而已。

紀寶茵被她說得心動，可是又有些害怕，只低聲道：「萬一我娘罵我怎麼辦？」

「怕什麼，今日是我爹爹大喜的日子，大伯母不會罵人的。」紀清晨哄著她五姊，就見紀寶茵想了想，最後堅定地點頭。

待用過午膳之後，紀清晨就被帶回屋裡睡覺，臨走的時候，還跟紀寶茵說：「五姊，妳待會兒要記得過來找我啊。」

紀寶茵遞給她一個了然的表情，兩人這才分開。

待到了申時，紀清晨被叫起來，重新穿戴好後，便被領到院子裡。

紀寶璟今兒個一直忙著招待客人，就連紀清晨過來了，也沒什麼時間和她說話。

沒一會兒，紀寶茵就來了。

「我聽說再過一個時辰，二叔他們就該到家了。」紀寶茵在她耳邊輕聲說了一句。

眼瞧著就快到了傍晚，確實是該到家了，要不然就要錯過行禮的吉時。所以兩個小姑娘便安靜地坐在一旁，只是時不時地說上兩句話。

紀寶璟正在招待其他姑娘，壓根兒沒注意到這邊的情況。

也不知過了多久，有個小丫鬟跑進來，笑著說：「大姑娘，花轎快要到門口了。」

紀清晨衝著紀寶茵使了個眼色後，才對跟在身邊的葡萄說：「葡萄，我想吃桂花糕，妳去廚房給我拿一些來。」

「姑娘，這裡就有啊。」葡萄不知道她的小心思，指著旁邊桌上的桂花糕說。

紀清晨立即哼道：「我想吃熱的，這個一點都不熱。」

既然是主子吩咐的，葡萄也不敢不聽，況且這裡還有大姑娘在呢，所以她也沒多想，親自去給紀清晨拿糕點了。

紀寶茵也把她的丫鬟留下來，兩人便一塊兒去了前院。

等到了前院，她們才發現家裡竟有這麼多客人在，中堂鋪著大紅的地毯，蜿蜒綿延，一直到紀府門口。尋常不輕易打開的大門，終於在今日迎來送往。

「新娘子下轎子了。」也不知誰喊了一句，鞭炮聲隨之噼哩啪啦地響了起來，兩個姑娘忙摀住耳朵。

紀寶茵何曾見過這麼熱鬧的情景，興奮地朝紀清晨大喊道：「沅沅，這裡好多人啊！」

紀清晨卻只是摀著耳朵，一個勁兒地往前頭看，此時旁邊都是人，也沒人注意到她們兩個小孩子。她們夾在人群當中，就看見一對新人從門口緩緩走進來。

當看見穿著大紅喜服的紀延生時，紀清晨微微睜大眼睛。她從未見過穿著如此張揚顏色的爹爹，一向英俊的他，被這大紅的喜服襯托得更加面如冠玉。

她站在人群當中，周圍都是比她高大的人，幾乎要把一個小小的她給淹沒了。可在這麼多人當中，紀延生卻抬頭看了過來。

「二叔、二叔看到咱們了。」紀寶茵激動地扯著紀清晨的袖子，大聲喊道。

只見紀延生朝她們兩個看了一眼，隨後竟是眨了下眼睛。紀清晨登時笑了起來，什麼時候開始，爹爹居然這麼調皮了。

「二叔今天可真威風。」一旁的紀寶茵拽著兩隻拳頭，認真地表示。

紀清晨點點頭。她看著爹爹一步步地走進正堂，他手中牽著一條紅綢，而紅綢的另一端則是穿著大紅嫁衣的新娘子。新娘子的身材高眺，身段更是纖細玲瓏，繡著龍鳳呈祥圖案的大紅蓋頭，此時則遮住了她的容顏。

「五姊，想去看新娘子嗎？」鞭炮聲停下後，紀清晨瞧著堂中，笑問道。

紀寶茵正興奮地踮著腳尖，朝裡面看呢，待聽到紀清晨的話，她轉頭驚訝道：「咱們可以進去看嗎？」

「有什麼不可以的？咱們偷偷去看，誰還攔著啊？」紀清晨微微仰頭。這裡可是紀家啊，有誰不知道七姑娘的威名呢。

紀寶茵一想也是，在新娘子院裡伺候的，都是二叔的人，誰敢不給沅沅面子啊？

拜天地的時候，周圍依舊人聲鼎沸，每個人臉上都掛著喜氣，待結束後，紀清晨扯了扯紀寶茵的袖子，兩人便趕緊往後跑。

而這會兒葡萄回來，卻沒看見紀清晨，忙問了五姑娘身邊的甘露。甘露苦著臉，小聲道：「五小姐和七小姐她們一起到前頭，看新娘子去了。」

葡萄嚇得叫了一聲，立即問：「妳怎麼也不攔著點？」

「奴婢哪能攔得住啊，兩位姑娘只叫奴婢在這裡守著，再告訴葡萄姊姊妳一聲。」甘露欲哭無淚地說。

葡萄氣得登時放下手中的碟子。雖說甘露不是七姑娘院子裡的，可做事也太不可靠。「雖然這是在家裡，可來了這麼多賓客，萬一要是衝撞了兩位小姐，咱們該如何向老夫人交代呢？」

甘露一聽，心裡更加害怕，立即嚷嚷著要去前院找人。

「咱們先偷偷去把兩位小姐找回來，可千萬別讓大姑娘或是大太太知道了，要不然不只咱們要被責罰，就連兩位小姐也肯定是要挨罵的。」

於是兩人便偷偷地到了前院，好在今兒人實在是太多，她們這些穿著水紅比甲的丫鬟也不少，所以也不算惹眼。

此時新娘子已進了內堂，紀清晨卻拽著紀寶茵在外面的院子等著。

「沅沅，新娘子都進去了，咱們怎麼還不進去啊？」紀寶茵問道。

紀清晨眨了眨眼睛，老神在在地說：「這會兒爹爹肯定還在呢，咱們要是貿然進去，肯定會被捉個正著。到時候把咱們送回後院，可就什麼都看不見了。」

紀寶茵一想，是這個道理沒錯。

紀清晨雖未成過親，可好歹也是看過豬跑步，知道這會兒爹爹和新太太要在房中行禮，一時半會兒，只怕還未禮成。

又等了一會兒，先是紀延生帶著小廝走出來，他依舊著一身大紅喜服，湊近了看，更是玉樹臨風。沒多久，就見院子裡陸續出來幾位夫人，有紀清晨認識的，也有眼生的。這裡應該也有新娘子從家裡帶過來的送親太太，瞧著應該是禮成了。

等這些人都走遠，兩個小姑娘才手拖著手，進了內院。

此時在門口伺候著的，是紀家的丫鬟，一瞧見兩人過來，連忙要請安。只是她們剛要開口，就見紀清晨用手指抵在嘴上，做了個噤聲的動作，還壓低聲音威脅道：「不許說話，妳們不許說認識我，要不然的話……」她露出一個不懷好意的笑容。

雖說七姑娘如今性子已變了許多，可往昔的威名依舊如雷貫耳，所以紀家的丫鬟瞧見她，就沒有不怕的。如今她這麼一說話，兩個丫鬟都僵立在門口，不敢再開口了。

此時，正好有人從裡面開門，是個秀氣的丫鬟，瞧著有十六、七歲的模樣。她一開門，就瞧見門口站著兩個玉雪可愛的小姑娘，特別是稍微矮點的、穿紅衣裳的姑娘，一張肉嘟嘟的小臉看起來又滑又嫩，她敢說水豆腐估計都沒她的小臉蛋嫩；還有那水汪汪的大眼睛又黑又亮，鬈翹的長睫毛撲簌撲簌地搧動著，鼻子雖小巧，可鼻梁卻挺挺的，而那張粉粉嫩嫩的小嘴，更是可愛極了。

「這兩位是？」燕草初來乍到，誰都不認識，突然瞧見兩個小姑娘也是一頭霧水。

紀清晨深知自個兒這副皮囊的欺騙性，立即揚起天真又可愛的表情說：「姊姊，我們是來看新娘子的，聽說新娘子會給我們糖吃呢。」

「妳們想吃糖啊？」燕草兜裡可是裝了不少，就是為了應付賓客的，這會兒都進了屋子裡，想必也用不著了，便一股腦兒地都掏出來。

紀清晨自然不是為了幾塊糖來的，她嘟著小嘴撒嬌道：「可我還沒看到新娘子呢。」

燕草有些為難。因為沒人告訴她可不可以帶小孩子進去啊？

紀清晨自然瞧出她的為難，立即指著紀家的兩個丫鬟說：「姊姊，妳可以問這兩個姊姊啊，看我們能不能進去？」

燕草便詢問了一遍，而紀家的兩個丫鬟聽到七姑娘居然叫她們姊姊，嚇得腿肚子都軟了，哪有說不行的道理。

「那只能看一下，要不然被別人發現，可就糟糕了。」燕草道。

紀清晨乖巧地點頭，一旁的紀寶茵卻是偷笑不已。等她們被領進房中，就見整個新房都是鋪天蓋地的大紅色，龍鳳喜燭燒得正旺，把整間屋子照得透亮。

「小姐，有兩位小姑娘非要過來看新娘子，我便帶她們進來了。」燕草說了一聲，此時坐在床上正對著喜神方向的女子，微微偏頭。

只見她依舊穿著大紅喜袍，因坐在床上，裙襬鋪在她的周身，竟是說不出的隆重好看。

紀清晨也是見過不少美人兒的，卻還是被驚豔了。她生得長眉杏眼，櫻嘴桃腮，化著精緻的妝容，如那畫中人一般好看，就連一旁的紀寶茵，也有些看呆了。

此時坐在床上的人，突然伸手招呼道：「要吃糖嗎？到我跟前來。」

兩人本就是為了看新娘子才來的，這會兒自然是要更靠近看。只是她們剛走近，見新娘子轉身就從床上的大紅喜被上抓了一把桂圓和紅棗，遞到她們跟前。「我方才吃了一顆桂圓，倒是好吃得很。」

兩個小姑娘有些愣住。這撒在喜床的桂圓、紅棗和花生，是可以拿來吃的嗎？

「別不好意思，都拿著。」新娘子微微欠了欠身子，便將手裡的東西塞進她們兩個手裡，還吩咐道：「燕草，再給她們拿些糖過來，用荷包裝上。」

燕草得令便轉身去拿糖，待裝好之後，又遞給兩個小姑娘。

紀寶茵正想提醒紀清晨趕緊走，要不然該被瞧見了。可誰知，她話還沒說出口，就見新娘子已伸手在紀清晨臉上摸了兩把。

完蛋了！紀寶茵腦中登時出現這個念頭。紀家誰都知道，七姑娘的臉是最摸不得的，沅沅最討厭別人摸她的臉了。

紀清晨驚訝無比，倒是新娘子卻有些得意地一笑。

「妳既然吃了我的糖，讓我摸一下又如何？」

紀寶茵驚得說不出話，而紀清晨也徹底呆住了。

我的爹啊，您這是娶回了什麼玩意兒？

第三十四章

「我的姑娘欸。」燕草一跺腳，又往門口瞧了一眼，才低聲道：「您、您……」她「您」了半晌，都沒把下句話說出來。

倒是坐在床榻上的少女，雙手托腮，感慨道：「這兩個小女孩長得可真好看，特別是那個穿紅衣裳的，我竟是沒見過這般可愛的女孩。若我以後生的孩子，能有她一半好看，那我便謝天謝地了。」

燕草羞紅了臉，半晌才開口道：「小姐您長得漂亮，姑爺又那般玉樹臨風，以後定能得償所願的。」

曾榕瞧著自個兒丫鬟的面皮都已脹紅，便不再戲弄她，揮揮手道：「妳去幫我問問可有熱水？我想擦擦臉。」

「我已請門口的姊姊去拿了，要不我再去看看。」燕草立即道。

曾榕擺擺手。「算了，別去了，咱們初來乍到，也不好太過麻煩別人，再等等吧。」

燕草點頭，心底卻有些想吐槽。您也知道咱們是初來乍到啊？方才您戲弄那孩子的時候，也不怕把人家小姑娘嚇著。

「燕草，妳說紀家的這幾個姑娘，長得如何啊？」左右這房中再也沒外人了，曾榕便輕鬆地與燕草說起話來。

燕草想了想，突然垮著臉說：「姑娘，現在這個問題重要嗎？難道不是應該先問問姑娘們的性子才是？」

都說後娘難當，自家小姐這一嫁過來，就要當三個孩子的娘，這還有一個在肚子裡呢。萬一孩子們要是故意為難她家小姐，就小姐這性子……

「我覺得還挺重要的。妳想想，長得好看的人，心地想必也不會差到哪裡去吧？妳瞧瞧二爺，他多溫文爾雅啊。」曾榕雙手捧著臉，嘴角露出一絲淺笑。

方才蓋頭被挑起時，滿室紅光下，他英俊的臉出現在她的眼簾中，她的心跳就再也沒有正常過，那種快速的躍動聲，是那樣陌生又叫人不知所措。

燕草竟是無言以對，因為她覺得小姐這麼說，好像也是對的。

「沅沅，妳別生氣啊。」紀寶茵拿著滿手的桂圓和紅棗，臨走的時候，二嬸還叫那個丫鬟又給她們拿了銀錁子，是雙喜紋路，打造得還挺別致的。

雖然這些東西她們都沒瞧在眼裡，可是紀寶茵覺得這個新二嬸，還挺有趣的，她也挺喜歡的，所以她才有些擔心。畢竟方才她捏了沅沅的臉，那可是沅沅最討厭的事呢……

紀清晨低頭看著手裡的東西，伸手捏了一顆桂圓，塞進嘴裡。「還挺好吃的。」

「紀清晨。」兩人正說著話，突然一個聲音乍然響起，她們手裡的桂圓、花生瞬間掉了滿地。

這還是紀寶璟頭一次連名帶姓地叫她，待走到她跟前後，紀寶璟便嚴肅地問：「妳是不是去爹爹的院子裡了？」

「沒有。」紀清晨知道大姊生氣了，立即搖頭否認。

紀寶璟嗤笑一聲。「居然還說謊？」

「大姊，我錯了，妳別生氣。我、我就好奇而已，我真的沒有幹壞事。」紀清晨抱著紀寶璟的腰，仰著頭，一雙霧濛濛的大眼睛，哀求地看著她，那小模樣說多可憐就有多可憐。

紀寶茵在一旁看得真是目瞪口呆。這認錯態度可真是絕了。

紀寶璟被她摟著腰，又聽到她用軟軟糯糯的聲音哀求著，心裡的那點火馬上就消失殆盡，只伸手點著她的鼻尖，道：「以後不許再亂跑了，雖然是在家裡，可是今兒人這麼多，若是有個意外，大姊豈不是要傷心死了。」

「我知道，我以後一定乖乖聽話。」紀清晨撒嬌道。

這話紀寶璟都不知聽她保證過多少次了，明知道她就是嘴上說得好聽，可紀寶璟也不忍責罰她，只牽著她的手，道：「咱們回去吧，晚上的宴席已經開始了，妳一定要乖乖的。」

「我的桂圓。」紀清晨站在原地，指了指灑落在地上的桂圓和紅棗。

旁邊的玉濃趕緊去撿起來，倒是紀寶璟蹙眉。這府裡能有桂圓、紅棗的，也只有一個地方吧。不過紀寶璟沒再多問，只是叫玉濃將東西拿好，便領著紀清晨和紀寶茵兩人回了後院。

待她們回去後，紀寶芸瞧見失蹤了一陣子的妹妹，奇怪地問道：「五妹，妳這是去了哪兒？娘都找了妳好幾回了。」

「我和沅沅在旁邊玩著呢。」她卻是對去新房的事情，隻字未提。

紀寶芸只「喔」了一聲，讓她趕緊坐下，便又轉身和旁邊的女孩說話去了。

紀寶茵鬆了一口氣，衝著紀清晨眨了下眼睛。

「老爺。」櫻桃驚訝地看著紀延生。這會兒老爺不是應該回新房的，怎麼又來七姑娘房裡了？

紀延生身上還帶著濃濃的酒味，方才他已經在花園裡轉悠了兩圈，又喝了好幾杯茶，這才將酒味勉強散去。

他低聲問：「沅沅睡了嗎？」

櫻桃點頭，道：「剛睡下不久，方才還一直念叨著老爺呢。」

紀延生輕聲一笑，卻又想起之前小姑娘站在正堂的人群中，望著自己的模樣。所以前面酒席散了，他沒有第一時間回新房，而是來看看他的小姑娘。

等進了房中，就見黃花梨拔步床上，簾幔已放下了。

他走過去時，櫻桃已上前將簾幔挑起來，就見床上穿著雪白中衣的小姑娘，正閉著眼睛，一臉酣睡的模樣。

紀延生瞧她懷中還抱著一個布偶娃娃，那是上回他去京城的時候，特地給她帶回來的，沒想到這丫頭竟是連睡覺都要抱著不可。

「姑娘這幾日在家裡可好？」雖說家裡有母親和寶璟照顧她，可到底還是想親口問一句。

櫻桃立即點頭，道：「姑娘這幾日都乖巧得很，每日用膳胃口也香得很。」

「看起來倒是長高了點。」紀延生點點頭，也不知怎的，竟在這個時候多愁善感起來。

彷彿是他們說話的聲音，把小姑娘吵醒了，她「嗯」了一聲，慢慢地睜開眼睛，瞧見坐在床邊的人，似是沒認出來，最後又眨了眨眼睛，有點兒不敢相信地問：「爹爹？」

「爹爹是不是吵到妳了？」紀延生伸手摸了摸她的小臉。這個季節到底還沒涼下來，小孩又體熱，她額頭上都有些汗了。

紀清晨有些驚訝，問道：「已經天亮了？」

紀延生瞧著明顯已經睡懵了的小丫頭，立即道：「天還沒亮呢，妳快睡吧，爹爹就是好幾天沒見到妳，想來看看妳。」

紀清晨這會兒還是迷迷糊糊的，於是紀延生隔著被子給她拍了拍，沒一會兒她便又閉上眼睛睡著了。

「好好照看小姐。」等小姑娘再次睡熟之後，紀延生吩咐了一聲，這才起身離開。

次日清晨，曾榕是在紀延生懷中醒來的。

她抬起眸子，瞧著眼前人，濃眉星目，鼻梁高挺，可真有一副好樣貌。

當初堂姊來信時，一開始聽說是給人家做續弦，她心裡是不覺得有什麼，可奶娘卻大哭了一場，覺得實在是太過委屈她了。後來繼母所生的妹妹在明裡、暗裡的種種奚落，她更是聽了又聽，不勝其煩。

堂姊雖再三安慰她，這位紀家二爺乃是出了名的好性子和好樣貌，她心底卻是有些不信的。她這一生何曾遇到過什麼好事情？

親娘早早地就去世，父親續弦之後，繼母雖說從未虐待過她，可骨子裡頭的那種冷淡疏離，她卻瞧得很清楚。

後來又是親事上一路坎坷。去年的時候，她曾不小心聽到父親與繼母爭吵，繼母怒氣沖沖地對父親說，頂多再留她一年，她若是再嫁不出去，曾家的姑娘就該被人恥笑是沒人要的老姑娘了。

她知道繼母是怕她一直留在家中，拖累了底下的兩個妹妹，畢竟她還沒出嫁，兩個妹妹連親事都不好說。

不過她爹一向畏懼繼母，能為了她與繼母爭執，倒也算難得。只是她心中一向有主意，紀延生才三十幾歲，便已與她爹爹一樣都是五品官，因此最後，她便決定要嫁了。

現在，奶娘的那些擔憂都已煙消雲散。她嫁的這個男人，不僅英俊得過分，還出奇地溫柔，一想到昨晚他在自己耳邊低語時的聲調，她便忍不住偷笑。

「啊。」曾榕低呼一聲，卻已被面前的男人壓在身下。

只見他的腦袋墊在她的肩窩上，帶著濃濃的睡意問：「天亮了嗎？」

紀延生是真的有點累。昨兒個喝了不少酒，回房之後又鬧騰到半夜才睡，他累得根本不想起身。

雖已有了最親密的關係，可畢竟對他還算陌生，她咬著唇，有些害羞地輕聲說：「好像是天亮了。」

紀延生伏在她肩窩上，輕笑一聲。「好像？」

「我問一下丫鬟。」曾榕便要喊丫鬟，誰知他卻突然坐起來，伸手撩起了床前的簾幔。待換衣的時候，曾榕上前，給他扣扣子，紀延生見她這副模樣，低聲笑道：「待會兒我陪妳一同去給母親請安。」

曾榕聽到這話，心中欣喜，立即道：「謝謝老爺。」

「私底下妳喚我潤青便可，這是我的草字。」紀延生柔和地說，就見她已低頭淺笑開來，他也不禁跟著笑起來。

到底還是年紀小，總這般害羞，卻讓他心生疼惜。

待穿了衣裳，丫鬟又端了洗漱用具過來，曾榕好幾次開口想喚他的名字，可總覺得有些叫不出口。

「潤青。」她到底還是叫了一聲。

紀延生正擦完臉，轉頭看著她。「怎麼了？」

「大姑娘、六姑娘還有七姑娘，她們都喜歡些什麼呀？」雖說她也準備了禮物，可是小姑娘家的性子最難猜，若她準備的東西她們不喜歡，那可怎麼辦才好？

紀延生聽她主動問起三個孩子，臉上笑意更濃。「寶璟性子寬和，又是長姊，她最喜歡作畫，連先生都誇過她有天分；芙姊兒一向安靜，小姑娘喜歡的東西，想來她都會喜歡吧。」

「倒是沅沅。」紀延生如今一提到小女兒，便是一臉笑意，他輕聲說：「沅沅有些挑剔，不過妳送一樣東西給她，卻是怎麼都不會錯的。」

沅沅？

曾榕便猜想，這應該就是紀家的七姑娘了。先前她在堂姊家中小住的時候，也曾聽堂姊提起過紀家二房的情況。如今二房裡只有三個女孩，大姑娘和最小的七姑娘乃是原配太太留下的，而六姑娘則是庶出的。

想必如今說到的，就是最小的七姑娘吧。她一臉好奇地問：「應該送她什麼？」

「吃的，只要送吃的，沅沅定會喜歡。」紀延生說完，自個兒卻大笑起來。

曾榕一臉驚訝，見他笑得開懷，不由微微羞怒道：「我可是真心在問你，哪有像你這般拿人打趣的。」因兩人說了這麼久的話，她的心情也慢慢放鬆下來，說話間倒是露出了原本的性子。

紀延生立即正色道：「妳既是真心詢問，我也是真心回答。」

曾榕見他一臉正經，這才淺淺一笑。

其實她只是問了幾個姑娘喜歡的，紀延生倒是把姑娘的性子都一併告訴她了。大姑娘就是先前堂姊千般誇讚的那位姑娘，想來自己只要真心與大姑娘相處，大姑娘定會接納她的。

六姑娘雖是庶出的，不過她可不能有失偏頗，也該好生照顧著。

至於七姑娘……其實曾榕最擔心的就是這位七姑娘。聽聞她自幼便養在紀家老太太膝下，備受老太太寵愛，而她既是家中最小的孩子，又這般受長輩喜愛，只怕難免會有點小性子。所以她最得小心討好的，就是七姑娘了。

不過瞧著紀延生這模樣，想必三個姑娘定是十足的美人胚子。

只要是美人，曾榕覺得，就算是再會使性子的小姑娘，她都能有耐心哄下去。

待兩人洗漱好之後，紀延生便陪著曾榕，一塊兒去了老太太房中。

今兒個乃是新媳婦見家人的時候，自然是所有人都來到了老太太的院子中。

「沅沅，待會兒要見新太太了，妳可高興？」韓氏含笑瞧著依偎在老太太身邊的紀清晨。

紀清晨眨了下眼睛。她怎麼覺得大伯母這神態，似乎就是想聽她說不高興啊？只可惜，她現在高興得很呢。

因為她想，新太太在看見她時，臉上的表情想必會很精采吧，所以她才特意依偎在老太太身邊，想叫新太太第一眼就能看見她。

一想到她可能會出現的表情，紀清晨心底越發覺得開心，誰叫她昨晚未經自己同意，就摸了自個兒的臉。

「老太太，二老爺和二太太來了。」只見小丫鬟進來通稟，老太太立即叫人請他們進來。

「兒子、兒媳給母親請安。」兩人一進門後，便跪在早已經準備好的蒲團上，對著上首的老太太磕頭。

老太太瞧見這一對璧人，雖說自家兒子年紀稍微大了點，可依舊是英俊瀟灑啊。她老人家笑得連嘴都合不攏了，忙叫兩人起來。

果不其然，當曾榕起身時，就看見站在老太太旁邊的小姑娘。

今日她穿了一身淺碧色衣裳，粉嫩白皙的小臉真掛著天真可愛的笑容，在瞧見她望過去時，居然還眨了眨眼睛。

所以……

她昨晚戲弄的小姑娘，就是她今天準備要好好討好的紀家七姑娘？

第三十五章

跟著她進來的燕草，自然也瞧見了站在老太太身邊的小丫頭，就聽小姑娘甜甜地喊了一聲。「爹爹。」

原本心中還存著「或許不是」念頭的主僕兩人，登時有苦說不出。

紀清晨看著曾榕，臉上雖掛著甜美可愛的笑容，可眼中卻藏著狡黠，衝著她一笑。「見過太太。」

「這就是沅沅吧？」曾榕露出笑容，只是這心裡苦啊。

隨後紀延生便領著曾榕與紀延德夫妻見禮，接下來就是紀家的孩子拜見新太太。

曾榕早已給眾人準備了禮物。紀寶璟果真如紀延生說的那般，瞧著便是個端莊大方的大家閨秀，一顰一笑，當真是美如畫，果然是賞心悅目啊。

而六姑娘紀寶芙在接東西時，好奇地瞧了她一番。

到了要給紀清晨禮物時，就見小姑娘乖巧地伸出雙手，可曾榕剛遞到她手裡，卻被小姑娘抓住了手掌，還摸了一把。她驚訝地瞧過去，就見小姑娘天真可愛地說：「太太的手，可真軟啊。」

小姑娘天真無邪的話，只叫屋子裡的人聽見，登時都笑開了。

只有曾榕一臉震驚。她這是反被戲弄了？不過，這小姑娘也太可愛了吧。

在老太太院子裡用過早膳後，老太太也沒留曾榕多待一會兒，只讓她趕緊帶著孩子們先回去，畢竟二房還有些人要見呢。

其實二房的人口也算簡單，紀延生只有一個妾室，那便是衛氏。

曾榕領著孩子們回來時，就見衛姨娘已在門口等著了。

沅沅遠遠地就瞧見她挺著個肚子站在院中，微風吹起，她一手撫在肚子上，竟是說不出的溫柔。

「見過太太。」衛姨娘雖未見過新太太，可看著這一群人浩浩蕩蕩的架勢，她豈有認不出的道理。

曾榕一驚，忙問道：「衛姨娘來了，怎麼不叫她進去坐著？碧絲，妳都是怎麼辦事的？」

衛姨娘聽著面前女子清脆的聲音，想起她當年入府時，比面前之人的年紀還要小呢。可如今再瞧著這個新太太，十八歲的姑娘，身上穿著一身鮮亮的衣衫，上身是大紅繡牡丹紋挑金線上襦，石榴紅十二幅湘裙，烏黑順滑的長髮盤成墮馬髻，頭上戴著赤金鑲南珠髮鬟，耳朵垂著一副南珠耳墜，在雪白的耳垂上輕輕搖晃著，倒是有種顧盼生姿的風情。

這樣的眉目如畫，卻是叫衛姨娘看得有些心涼。

站在衛姨娘身邊的一個臉生丫鬟，立即屈膝道：「回太太話，奴婢先前就請衛姨娘進去坐了，只是她說太太不在，不敢擅自進去。」

碧絲便是曾榕帶來的另外一個陪嫁丫鬟，她也不敢覺得委屈，只是如實回答。

衛姨娘倒是立即替碧絲說話。「太太莫責怪碧絲姑娘，都是妾身的錯。」

「不過就是進去坐罷了，以後衛姨娘若是再來正院，莫叫她在門口等著，請她進去坐便是。」曾榕倒是一笑帶過。

衛姨娘立即露出受寵若驚的表情。「謝謝太太賞賜。」

「這算什麼賞賜，我只是怕妳站在這裡，叫旁人瞧見了，還以為是我一進門就虐待妳呢。」曾榕淡淡道。

「噗。」要不是紀清晨及時拿手摀住嘴，只怕就要笑出聲了。

果不其然，衛姨娘臉上的表情也險些崩裂。

「好了，都進去吧。」曾榕走在前頭，隨後跟著的便是紀寶璟和紀清晨。

紀寶芙則是心疼地上前去扶著衛姨娘，低聲道：「如今姨娘身子重，又何必……」

「閉嘴。」衛姨娘聲音輕得只有她們兩人才能聽見，她剛說完，就推開了紀寶芙，落後她一步。

紀寶芙身子微僵，卻仍是咬著唇，往屋裡走。她走後，衛姨娘這才跟上。

待到了屋子裡，曾榕就叫丫鬟給她們搬來圓凳，只是到衛姨娘的時候，她又謙卑地道：「太太跟前，哪有我坐的分兒。」

「妳如今肚子已這般大，妳就算想站著，我也不敢讓妳站著。」曾榕又是淡淡地一句話。

紀清晨這回是真要憋不住，她發現她的這位繼母，真是太有趣了！雖說這些都是實話，但一般人可不會這麼說，繼母倒好，全都大大方方地說出來，反倒叫人挑不出錯來。

衛姨娘聽了這話，也只得坐下。

曾榕環視了下，輕聲道：「璟姊兒、芙姊兒、沅沅，我雖年紀不大，可如今也擔了長輩的名，日後有什麼事，妳們只管來與我說，若是我能幫著解決的，那定給妳們解決；要是我解決不了的，還有妳們的爹爹在呢。」

紀清晨眨了下眼睛。這開場白倒是不錯，可她怎麼覺得，這意思聽著就是一個意思——妳們以後都歸我罩著了。

廳堂裡有些安靜得過分，衛姨娘雖坐在椅子上，卻不敢全坐，只淺淺地挨著，只是這姿勢比站著還叫她累。

曾榕環視了一圈，自然便瞧見她的舉動，曾榕只是微微一笑，也不打算說她。

「好了，今兒個就說到這兒吧，左右以後咱們有得是時間，再慢慢說話。大家也都累了，就先回去吧。」曾榕頷首，輕聲道。

紀寶璟率先站起來，恭敬地說：「那就不打擾太太了。」

「什麼打擾不打擾，以後妳得常帶著沅沅到我院子裡來，咱們多說說話。」曾榕瞧著面前的女孩。其實紀寶璟不過比她小了四歲而已，若真論年齡，她們就是以姊妹相稱也無妨。只是如今她嫁給了紀延生，倒是平白地占了人家小姑娘的便宜，當了人家的娘。

紀寶璟自是領著紀清晨先離開，紀寶芙則是與衛姨娘一道離開的。

待她們都走了之後，曾榕招了招手，對燕草道：「妳去打聽打聽，七姑娘平時都喜歡在哪兒玩？」

「我的小姐啊……」燕草一聽這話，險些就要給她跪下了，連忙道：「您就別招惹那位小祖宗了，我聽這裡的丫鬟說，七姑娘可不好惹呢。」

「不好惹？」曾榕一手撐著在精巧的下巴上，略有深意地笑道：「但我還是覺得她長得好可愛啊。」

燕草真是恨不得上前搖醒自家姑娘。這小孩子長得可愛與好不好惹，那是兩回事啊。

不過曾榕也立即說：「方才妳也瞧見了，大姑娘性子寬和又是長姊，我與她只需正常相處便可；芙姊兒有自個兒的親娘在，也不用我操心；就是咱們的小沅沅，只怕我得多花些心力了。」

燕草這才鬆了一口氣。看來自家小姐的腦子還是清醒的，她真是白擔心了。

只是她才剛鬆口氣，就聽曾榕不緊不慢地說：「喔，對了，以後啊，妳得改口叫我太太，我現在可是紀家的二太太了。」

「是，太太。」燕草也是個機靈的，立即討巧地喊道。

幾位姑娘走後，曾榕又召見了院中的丫鬟和僕婦。如今紀家管家的是韓氏，她是長嫂又是宗婦，所以曾榕只需要管好自個兒院子裡的事情即可。

待紀寶璟領著紀清晨回了老太太的院子，老太太正一臉喜色地與旁邊的方嬤嬤說話，瞧見她們姊妹倆回來了，便問道：「怎麼這麼快就回來了？」
「太太與我們說了幾句話，便叫我們回來歇息。」紀寶璟笑道。
老太太瞧了眼紀清晨，問道：「沅沅，這是怎麼了？這麼開心。」
紀清晨是因為今日曾榕對衛姨娘的態度而高興的，說到底她就是不喜歡衛姨娘母女，所以瞧著她們吃癟，她心裡就開心。
「七姑娘肯定是因為老爺娶了新太太，這才高興的呢。」方嬤嬤喜氣洋洋地附和著，她這麼一說，老太太笑得更是開懷。
紀延生都已經三十好幾了，別說是嫡子，就連兒子都沒有，老太太這心裡著急啊。如今媳婦娶進門了，她就盼著能早日聽到好消息。
如今瞧見自個兒的小孫女似乎也挺喜歡這個新太太的，她能不覺得開心嗎？

紀清晨午歇起床後，就喜歡到家裡的花園裡逛一逛。只是今兒個才剛到花園，就瞧見不遠處也正在逛園子的曾榕。
櫻桃忙提醒道：「姑娘，前面好像是太太，咱們過去請安吧。」
只是她們還沒走過去呢，曾榕倒是領著丫鬟走了過來，一瞧見她，露出微微驚訝的表情。「沅沅，好巧喔，妳也來逛園子？」
哪裡巧了，妳不就是存心在這裡堵我的嘛。
紀清晨雖心中腹誹，卻還是乖巧地行禮道：「給太太請安。」

「我第一次來逛咱們家的園子，不如沅沅帶帶我？」曾榕一臉溫柔的笑容，看起來一點都沒有誘哄小孩子的意思。

紀清晨突然嚴肅道：「太太，妳可以喚我清晨或是七姑娘。」

曾榕一愣，卻是神色未變，問道：「難道妳不是叫沅沅？」

聽著兩人的對話，身後的丫鬟險些要嚇死了，櫻桃只差沒去扯紀清晨的袖子。

只見紀清晨認真地說：「那只是乳名而已，太太可以喚我的名字，顯得鄭重一些，畢竟我都長大了。」

曾榕啼笑皆非，上下打量了一番她胖乎乎的小身板。這孩子是在逗自己開心吧？她點點頭道：「原來是這樣啊。」接著又問她：「那清晨妳去過保定嗎？」

紀清晨自然是沒去過保定的，雖說她比一般人要多些見識，可也不是什麼地方都去過，什麼樣的風光都瞧過，於是她搖搖頭。

就見曾榕微微彎下腰，柔聲說：「若是妳讓我喚妳沅沅，過幾日我便帶妳去保定玩，怎麼樣？」

可以去保定！紀清晨的眼睛轉了轉。這個交易聽起來好像不錯的樣子。她知道曾榕不是在誆她，畢竟新娘子要三朝回門，過兩天爹爹必須帶曾榕回保定的，要是她也能去，倒是挺有意思呢。

這回輪到燕草在後面著急了。她怎麼越聽越覺得自家姑娘的口氣，像是那拐賣孩子的人牙子，這可如何是好啊？

「那若是爹爹不同意呢？」紀清晨有些疑惑。她真能搞定爹爹嗎？

曾榕看著她疑惑的表情，只覺得這孩子究竟是吃了什麼，竟能生得這般靈動可愛，登時忍不住在她的小肉包子臉上輕捏了一把。「沅沅，妳只管放心，這件事就包在我身上。」

好吧，成交了。

等回院子後，櫻桃輕聲道：「姑娘，您方才不該那般和太太說話的。」

她這也是為了紀清晨好。雖說如今有老太太寵愛著姑娘，可是姑娘以後的教養問題泰半還是要交由太太來管教的，所以應該以禮相待才是。

倒是紀清晨勾勾手指，小臉上滿是笑容，輕聲說：「櫻桃，妳聽說物以稀為貴這個道理嗎？」

櫻桃點頭。這個她還是懂的，只是這和姑娘待太太的態度，又有什麼關係？

「所以越難得到的東西，就越珍貴。如果太太很快就得到我的喜歡，那我的喜歡豈不是很不值錢？」

櫻桃瞧著自家姑娘這理所當然的話，吃驚得目瞪口呆。這世上竟還有這等道理？可是聽著，好像也有那麼些道理……

於是十四歲的丫鬟櫻桃，成功地被面前的五歲小姑娘給唬弄住了。

第二日，紀家的親眷一一登門認親。紀家在真定府本就有百年之久，單單不出五服的那些親戚，就多得叫人認不清了。不過東府紀家可是老太爺的親哥哥家，雖已分了家，血脈上卻仍是最親近的。

大太夫人一早便領著家中女眷過來了，老太太自是親自陪著她在花廳裡坐著說話。

紀延生領著曾榕進來時，在場女眷的目光登時都落在兩人身上。

曾榕身上依舊穿著一身大紅色葫蘆雙喜紋遍地灑金長褙子，濃密烏黑的長髮綰成了富貴牡丹髻，頭上插著一根赤金鑲紅瑪瑙鳳頭步搖，雪白的耳朵上戴著一對赤金鑲月白石玉蘭花耳墜，在雪白的脖頸旁微微晃動，直叫人看得挪不開眼睛。

她身姿纖細高眺，步履輕盈卻處處透著端莊，一舉一動都恍如行走的畫卷；而她身邊的紀延生，身姿高大挺拔，兩人並肩在廳堂前站定的時候，當真如一對璧人。

就連紀清晨都不由得點頭。原以為是她爹老牛吃嫩草，好在紀延生保養得當，雖是三十好幾的人，可是身姿挺拔，身材勻稱，從側面看過去，鼻梁高挺，輪廓分明，確實是英俊過人。

大太夫人當場便點頭讚道：「這孩子我一眼就瞧出是個好的，模樣標致，性子想來也是沈穩的。」

老太太笑了起來，立即打趣道：「嫂子既然瞧著覺得好，那給的見面禮可得大方些才是。」

大太夫人笑道：「好啊，妳這是幫著兒媳婦來要我的好東西呢。」

坐在兩位老夫人身邊的女眷們，登時就笑起來。

東府的大太太喬氏，則向對面的韓氏瞧了一眼。先前她還羨慕過韓氏，整個府裡就她一個人當家作主，除了上頭的婆母，連個妯娌都沒有。只是沒想到，這會兒會突然有了個這麼年輕的妯娌，她們兩人站在一處，不知道的人還以為是差了一輩呢。

而一旁東府的二太太楚氏，則同樣拿著帕子摀嘴偷笑，在喬氏耳邊輕聲道：「大嫂，咱們這位新弟妹長得可真俊，還這麼年輕，真讓人羡慕啊。」

這兩妯娌雖說平時不和，可在關鍵時刻倒是都能想到一塊兒去了。

曾榕先給老太太敬茶行禮。老太太昨兒個雖已給過見面禮，只是今日卻又給了一份，是一整套的珍珠頭面，可比那金頭面珍貴得多了。丫鬟端上來的時候，眾人心底都是一聲驚呼，看來老太太這是真喜歡曾氏了。

只是韓氏的臉色卻有些不好看了，她拿著帕子裝作擦嘴的樣子，把臉上的不悅給掩過去。

接著便是大太夫人。她本給了一支金簪，當下又從手上拔下一對翡翠手鐲給她。這會兒輪到楚氏的神色變了。這對翡翠手鐲可是冰種的，她一直喜歡得緊，沒想到居然給了一個外人。

待幾個妯娌見禮的時候，喬氏給了曾榕一支赤金鑲蜜蠟的簪子，瞧著極為精美華麗；而旁邊的楚氏，給的是一對赤金手鐲，也就勝在金子還算重的分兒上。

接著是曾榕給幾個孩子見面禮。紀寶瑩是東府大房的嫡女，又到了要出嫁的年紀，所以曾榕給她準備的也是首飾，是一支赤金鑲青金石珠花。東府二房這會兒來了兩個姑娘，庶出的紀寶芊一向低調，只是垂著頭接過禮物，便低聲說了句謝謝二堂嬸。

楚氏一向不喜歡庶出的，在心底罵了一句「爛泥扶不上牆」，便別過頭不再去看。倒是此時她自個兒的女兒紀寶菲上前，脆生生地喊了一句「二堂嬸」。

曾榕給紀寶菲的是用荷包裝著的銀錁子，她拿在手裡一掂量，真是沈甸甸的，立即喜上眉梢地說：「謝謝二堂嬸。」

紀寶菲提著荷包，衝著紀清晨得意地看了一眼，直叫紀清晨想翻白眼。

這小孩子討人厭起來，還真是惹人煩呢。

紀寶菲雖說如今不會說她壞話，可她與紀清晨爭鬥的那份心思似乎從未消散，只要逮住機會就會向她炫耀一番。

紀寶菲眨了下眼睛，對曾榕道：「二堂嬸，這下子可好了，沅沅終於有娘了。」

紀清晨咬著牙，終於還是不耐煩地翻了個白眼。

曾榕看著面前的小姑娘，長得一般，性格還這般不討喜，真是可惜了。不過她倒是好性子地彎腰，輕聲說：「其實是二堂嬸覺得開心呢，因為咱們家沅沅不僅長得漂亮可愛，而且人也很乖，說話也討人喜歡。」

不僅紀寶菲愣住，一旁正要開口的紀延生也有片刻的恍神。

「菲菲，還不過來。」雖然曾榕誇的是紀清晨，可聽在楚氏耳中，卻覺得她是在指桑罵槐，登時不高興地把女兒喊回來。

坐在她旁邊的喬氏，立即打圓場道：「二堂弟妹，說來妳還沒去過東府，什麼時候叫二堂弟帶著妳到家裡坐坐，認認門。咱們兩家那可是一個枝上的，以後得多走動才是。」

擾。」

見曾榕點頭，一旁的紀延生笑道：「既是大堂嫂親自邀請的，那過幾日咱們就去府上打擾。」

喬氏笑逐顏開，立即說：「什麼打擾不打擾，咱們家老夫人巴不得你們過來呢，沒瞧見方才那是如何誇讚二堂弟妹的。」

這一說，廳中的眾人又是哄然大笑起來。

第三十六章

眼看著到了晌午，親戚也都認全了，老太太便吩咐開席。

熱鬧了一整天，直到晚上的時候，這才把所有人都送回去。

紀延生與曾榕兩人回房時，曾榕累得連手臂都要抬不起來，卻還是吩咐丫鬟，準備熱水給紀延生洗漱。

紀延生也瞧出她面上的疲倦，立即拉著她在羅漢床上坐下。

「今兒個累了一天，早些歇息。」紀延生看著她的臉，柔和地道。

曾榕微笑著點了點頭，卻突然又道：「潤青。」

紀延生被她喊了名字，先是愣了下，隨後又含笑看著她，問道：「怎麼了？」

「我能求你件事嗎？」曾榕臉上帶著期待的表情。

紀延生見她這般，心底只覺得好笑，卻還是鄭重地點頭。「妳說。」

「那你是答應了？」曾榕立即又問。

紀延生立即笑出聲，道：「妳連什麼事情都還沒說呢，要我如何答應？」

不過在看見她臉上閃過的一絲失望，紀延生又覺得自個兒似乎是有些過分了，隨即補充道：「妳只管說，只要不是做不到的事情，我肯定答應妳。」

「我回門的時候，能帶著沅沅一塊兒去保定嗎？」曾榕睜著一雙烏黑的杏眼，期待地看著他。

紀延生登時啼笑皆非。她們兩個是什麼時候變得這般要好的？只是他又想到今日會親時，寶菲出言譏諷沅沅，她第一時間站出來替沅沅說話，他心頭一熱，登時問道：「妳怎麼會想著要帶沅沅回去呢？」

於是曾榕便將昨日在花園裡的對話，告訴了紀延生。

他聽完後，哭笑不得地道：「沅沅是小孩子，妳則是小孩子脾氣，妳們倒是能湊在一塊兒了。」

曾榕立即跪下來，挪到他身邊，伸手在他肩膀上捏了捏，軟聲道：「所以啊，這可是我第一次答應沅沅事情，潤青你總不能叫我在孩子面前失信吧？」

紀延生聽著她軟綿綿的聲音在耳畔響起，一翻身便將她壓在身下，直勾勾地看著她。

「叫什麼潤青，叫相公。」

「櫻桃，怎麼了？」紀清晨正坐在內室的梳妝鏡前，葡萄正在替她解開頭髮上的髮帶，便見櫻桃匆匆進來。

只聽櫻桃滿臉笑意地說：「姑娘，方才老爺派人來吩咐，叫咱們收拾東西，明兒個讓妳跟著一塊兒啟程去保定呢。」

紀清晨雙手一捏，臉上露出高興的神情。

看來這美人計，還真是管用啊。

老太太瞧著一臉雀躍的小姑娘，不放心地叮囑道：「一路上要乖乖聽妳爹爹還有太太的話，待你們回來，祖母可是要問話的。若是不乖，可別怪祖母責罰妳。」話一說完，老太太眼眶竟有些濕潤了。

這小丫頭自小就沒離開過她身邊，上回自己去了京城，把她一個人留在家中，險些釀成大禍。如今見她又要離開自個兒，這心裡頭啊，真是怎麼都放心不下。

倒是面前的小姑娘，今日被打扮得漂漂亮亮的，一張本就粉嫩的小臉，這會兒更是因為歡喜的表情，顯得越發可愛。

她摸著老太太的手，哄道：「祖母，等我回來時，一定給您帶上好吃的，您就安心吧。」

老太太被她一逗，立即笑道：「妳以為祖母與妳一般，都是小饞貓啊？」

紀清晨開心地吐了下舌頭，好在老太太瞧著時間不早，便道：「趕緊去吧，這再晚一些，出城的馬車估計也要多起來了。」

因為這次紀寶璟不去，便陪著他們來到馬車旁，她低頭對紀清晨叮囑道：「一定要乖，知道嗎？」

紀清晨一邊點頭，一邊在心底感慨，她平時有很不乖嗎？

只見紀延生將紀清晨一把抱起來，對紀寶璟說：「在家裡好好陪著祖母，咱們過幾日便回來了。」

紀寶璟點頭，看著他們上了馬車，隨後紀清晨從車窗裡伸出頭，衝著她說：「姊姊，妳快回去吧。」

「要聽話啊，沅沅。」紀寶璟一開口，嗓子便像是被梗住了。她一直站在原地，看著馬車漸行漸遠。

紀延生瞧著坐下後，滿臉傷心的紀清晨，便哄道：「待會兒到了街上，爹爹叫人給妳買一串糖葫蘆。」

「兩串。」小姑娘一摸臉，瞬間容光煥發地說。

紀延生險些被梗住，卻聽坐在他身邊的曾榕溫柔地說：「相公，我也想要呢。」

紀延生：「……」

待出了城，紀延生瞧著自個兒的左右兩邊，一人拿著一根糖葫蘆。

曾榕吃得溫柔優雅，紀清晨則是小口小口地咬著，不時伸出小舌頭舔著上面的大紅色糖衣。

紀延生不禁心想：糖葫蘆就這麼好吃？

因為他們一行有五輛馬車，是以行速並不是十分快，待晚上的時候，一行人才在驛站落腳。

紀延生生怕小姑娘頭一回出門害怕，便道：「沅沅，今晚到爹爹房中來睡吧。」

這怎麼能行……紀清晨斷然拒絕，道：「不要，我都已經長大了，怎麼能和爹爹睡。」

紀延生被拒絕得太果決了，登時露出苦笑。

一旁的曾榕點頭稱讚道：「咱們沅沅，還真是大姑娘了。」只是說完之後，她又伸手摸了一把紀清晨的小臉。

這小孩子的臉蛋實在是太滑溜了，滑滑的、嫩嫩的，叫人摸了第一回，還想再摸第二回。紀清晨：「……」不要再隨便摸她的臉！

雖然小姑娘這麼說，可紀延生還是不放心，親自將她哄睡了之後，才回到自己的房中。

只是半夜裡，也不知怎的，紀清晨迷迷糊糊中，就聽到窗子上一直有呼呼的聲音，似淒厲的呼嘯聲，一陣高過一陣。

她「啊」地喊了一聲，便坐了起來，嚇得在一旁守夜的櫻桃也一下子站起來。

「姑娘，妳沒事吧？」櫻桃忙衝了過去，就見紀清晨立刻撲到她的懷中。

她聲音抖得厲害，急急地問：「櫻桃，外面是什麼聲音？好可怕呀。」

「是風聲，半夜裡起風了而已。別怕，奴婢在姑娘身邊陪著呢。」櫻桃連忙拍著她的背，輕聲安撫。

可紀清晨心中的害怕卻絲毫沒有消減。

就是這種聲音……

她被推下山崖的時候，耳邊也是這種聲音。風就在耳邊呼嘯，她的身子是輕的，手掌在空中揮舞，想要抓住東西，可卻什麼都抓不住。雖然只有很短的時間，可那風聲似乎一直停留在她的耳邊。

她摔下去的時候好疼、好疼啊，全身都像是碎了一般。

她嚶嚶地發出低泣聲，此刻，就見門被推開，燈光打破屋子裡的黑暗，一陣溫柔的聲音響起來。「沅沅。」

曾榕一向淺眠，驛站的房間隔音又不大好，所以她一聽見尖叫聲，便立即起身，又將紀延生搖醒。兩人一過來，就看見紀清晨伏在丫鬟的懷中哭。

「怎麼回事？」紀延生瞧著渾身顫抖的紀清晨，焦急地問道。

櫻桃道：「方才起風了，這窗子又不嚴實，所以姑娘聽到風聲，就被嚇住了。」

「好了，沒事了，沅沅，只是風在吹而已。我這就叫妳爹爹，把這討厭的風趕走，好不好？」曾榕將紀清晨抱過來，一邊撫著她的背，一邊柔聲道。

紀清晨一下被她的話給氣笑了。什麼嘛，還真拿她當無知的小孩子看待了？

不過她一笑，耳邊那淒厲的風聲似乎一下子就弱了下去，而此時屋子裡的燈光也被點亮了，在這溫柔搖曳的光亮中，她的心也漸漸平靜下來。

紀延生在床邊坐下，大手在她的頭上摸了摸，哄道：「沅沅，別怕，我們都在呢。」

紀清晨已慢慢地冷靜下來，當她抬起臉時，那粉嫩的臉蛋上掛著晶瑩的眼淚，當真是惹人憐愛。

曾榕給紀延生使了個眼色，他便將紀清晨抱過去。

小姑娘窩在爹爹的寬厚懷抱中，似乎一下子就找到了更大的安全感。

待她安靜下來了，紀延生才道：「今晚就跟爹爹睡，不許再耍性子了。」他說著便將紀清晨抱在懷中，讓她趴在自己的肩上。

待回到他們夫妻的房中，曾榕見紀清晨一雙大眼睛水濛濛的，沒尋常那麼晶亮靈動了，便道：「不如讓清晨跟我睡在一個被窩，小姑娘畢竟會害羞嘛。」

紀延生低頭看著懷中的小傢伙，只得同意了。

於是曾榕帶著紀清晨睡在裡面的被窩，紀延生單獨一個人睡在外面的被子裡。

曾榕安慰紀清晨道：「咱們睡在裡頭，叫妳爹爹睡外面，便是有怪獸來，也先叫怪獸把妳爹爹給吃了。」

「妳別再嚇唬她了。」紀延生聽著曾榕的話，簡直是哭笑不得。

紀清晨這會兒反倒是有了些精神，問道：「那第二個被吃掉的不就是我？」

曾榕：「……」妳還真是聰明。

「要不咱們換個位置？」曾榕問她，可回答她的卻是微微的鼾聲。

與曾榕之間隔著一個孩子的紀延生，突然發出一陣悶悶的笑聲。

行船走馬三分險，況且身邊又多是女眷，所以紀延生這次路上也格外小心。因此這麼一走，直到第四日的時候，才到了保定。

快到保定時，他便先派了小廝，去曾家報信。

等進了保定以後，紀清晨透著車窗，不停地向外面張望著。

其實保定和真定相隔不是十分遠，又都是在天子腳下，民風習俗大致上都是相同的。若真是要分出個不同來，那就是保定似乎更加繁華一些，也更熱鬧一些。而她從未來過保定，自然是滿心的好奇。

紀延生也由著她張望，只是待走到一處時，曾榕突然問她。「沅沅，妳可要吃保定的小吃？」

紀清晨是挺想吃的，只是怕會耽了行程，便搖頭說：「咱們還是先回去吧。」

紀延生見她這般乖巧，立即道：「若是想逛，明兒個我帶妳們出來逛一逛吧。」

這下子連曾榕的臉上都露出了喜色。

等到了曾家門口的時候，才發現曾家一大家子竟都在門口等著了。

紀清晨下車時，瞧見這些人倒是有些吃驚。這未免也太隆重些了吧。

紀延生也是這般覺得，立即上前與曾榕的父親曾士倫道：「岳父這般興師動眾，倒是叫我惶恐。」

其實曾士倫今年不過四十四歲，才比紀延生大了十三歲，不過保定的風沙也不是很大，竟讓他看起來像是五十歲一般，那臉上的皮更是又皺又乾，皺紋瞧著比紀家老太太的還要深。所以這麼一看，他還真像是紀延生的長輩。

倒是他身邊站著的那個婦人，卻是保養得不錯，身材雖有些豐腴，卻勝在皮膚白皙，一副養尊處優的樣子。

他們這剛一下車，就見那婦人上前，抓著曾榕的手，眼中竟已隱隱含著淚，深情地喊了一聲。「榕榕，妳回來了。」

別說是曾榕，就連紀清晨的身子都抖了一下。這般好的演技，便是衛姨娘來了，只怕也得甘拜下風了啊。

紀清晨突然有些明白，曾榕那直來直往的說話風格，或許還真是和面前之人有些關係呢。

「太太。」曾榕輕聲叫了一句。

曾太太瞧著她，立即點頭道：「回來就好、回來就好。都別在門口站著了，到屋裡去說話。」

只是說著，她便低頭看著站在一旁的紀清晨，驚訝道：「想必，這就是七姑娘吧。」

「沅沅，這便是我母親曾太太。」曾榕解釋道。

紀清晨點頭，喊道：「曾太太好。」

曾太太臉上的笑容有些僵硬，卻還是說：「這孩子可真懂事。」

她自是不會叫曾李氏為外祖母。她的外家可是靖王府，未來她舅舅可是皇帝，她怕她叫了曾李氏一聲外祖母，會折她的福氣。

倒是站在曾李氏身後的一個女孩，聽到她叫的是曾太太，當場便冷哼出聲。紀清晨正好在打量眾人，所以還瞧見她險些要翻上天的白眼。

她瞧這姑娘十四、五歲的樣子，一身衣裳瞧著不錯，再看那高傲的姿態，想必就是曾李氏的親生女吧。

曾李氏又招呼了一聲，大家這才回了院子。

等進了花廳坐下後，便開始認親了。

自然要先給曾士倫夫婦見禮，只是紀清晨卻客客氣氣地喚了曾大人和曾太太，方才已聽到了一聲曾太太的曾李氏，臉上倒還算平靜，也沒先前吃驚。反而是曾大人有點吃驚，但在一旁的紀延生卻沒糾正自己的女兒。

因此也算是定下了紀清晨對曾家長輩的稱呼，隨後便是見曾榕的兄弟姊妹。

曾榕上頭有個庶出的哥哥，今年二十一歲，去年剛成親，妻子苗氏與他坐在一塊兒。夫妻兩人給了紀清晨一只帶著鈴鐺的金手環，雖做工一般，不過瞧著苗氏頭上那件有些老舊的首飾，紀清晨大抵也明白他們在曾家的處境。

於是紀清晨輕聲道：「謝謝。」

接著便是紀延生與曾榕接受底下弟弟、妹妹的見禮。曾榕有個親弟弟，名喚曾玉衡，今年已十五歲了，樣貌清秀，只是瞧著眼神卻是個桀驁不馴的。

好在他對曾榕一向愛護，雖不滿意紀延生這個大齡姊夫，可瞧著曾榕滿臉笑意的模樣，還是恭敬地給兩人見禮了。

曾榕為他準備的，是一套文房四寶，都放在錦盒裡。這可是紀延生特地給小舅子準備的，曾榕也讀過書，自然知道這套文房四寶的價值。

隨後便是曾李氏所生的兒子曾玉文，他今年才八歲，算是曾士倫的老來子，所以平時在家裡得寵得很。他上前剛行了禮，便問道：「大姊，妳給我準備了什麼禮物？我可不要文房四寶那些東西。」

紀清晨當即哼了聲。還真是新鮮了，居然瞧見了一個比她還像小霸王的啊。

曾榕知道這個弟弟的性子，是被爹娘寵慣壞了，整天就愛胡鬧，也不喜歡讀書。所以她也沒準備別的，就是用荷包裝了一袋銀錁子。

曾玉文瞧見是銀子，當即喜得眉開眼笑。

最後便是曾李氏身後的兩個女孩，方才朝紀清晨翻白眼的那個女孩，個頭稍微高些，年紀也略大，應該是姊姊；而旁邊略小的女孩，則是一臉好奇地打量著紀清晨，似乎還盯著她脖子上的金鑲玉項圈瞧了好久。

因兩個妹妹年紀也大了，所以曾榕準備的是首飾。曾家的二姑娘叫曾柳，乃是曾李氏生的長女，而旁邊的三姑娘則是曾桃，是曾李氏生的次女。

兩個女兒倒是都遺傳了曾李氏的樣貌，特別是曾柳，那一身雪白的皮膚，當真是打眼。

曾榕把東西遞給她們，兩個姑娘立即屈膝道：「謝謝大姊夫、謝謝大姊。」

隨後，便是曾家的孩子們給紀清晨禮物。

曾玉衡送給她的，居然是一把銀質髮梳，上面刻著木樨花紋路，瞧著別致極了。她拿在手中，有些歡喜，輕聲道：「謝謝二公子。」

只是她卻聽到曾玉衡一聲輕哼，隨後有一隻手在她髮頂摸了下。「不用謝。」

紀清晨見他摸著自個兒的頭，眉頭微微蹙起。

可面前的少年卻嗤笑道：「妳既是拿了我的禮物，叫我摸一下，又如何？」

此話一出，廳堂上登時安靜得有些過分。

最後還是曾榕輕拍了下他的手臂，笑道：「這孩子，真是愛說笑。」

第三十七章

沒一會兒，曾榕帶著紀清晨回去休息，就住在她出嫁前的閨院裡。院子雖小，卻搭著葡萄架，此時葡萄都已成熟了。

「我還要吃。」紀清晨看著她面前的瓷盤被曾榕端走，立即噘起嘴，不高興地嚷嚷。

曾榕卻搖頭道：「不能再吃了，葡萄性涼，小孩子可不能多吃。再說待會兒就該用午膳，所以不許再吃了。」

「我要去告訴我爹爹。」紀清晨繃著小臉，一臉嚴肅地說。

可對面的人卻一點兒都不在意，反倒是捏起了一顆葡萄放進嘴裡，笑道：「還真好吃呢。」

「哼。」紀清晨從石墩上跳下去，一旁的櫻桃生怕她鬧脾氣，忙上前哄她。

「姊。」曾玉衡進來的時候，就看見葡萄架子下站著的小姑娘，肉乎乎的小臉似乎正在不開心，而站在她身邊的丫鬟，正焦急地說話。

他上前一把將小姑娘抱起來，嚇得紀清晨的小腿在半空中亂蹬，險些踹中他。

曾玉衡忙喊道：「妳這小丫頭，力氣怎麼那麼大？」

「二少爺，您放我們家姑娘下來吧，她不喜歡旁人抱她的。」櫻桃見紀清晨一張小臉都氣得憋紅了，立即喊道。

可曾玉衡是什麼人啊，別人不讓他做的時候，他還偏偏就喜歡做。於是，他一把將小姑娘舉起來。

紀清晨被他舉在半空中，氣得大喊道：「快放我下來！」

「喲，年紀不大，脾氣倒是不小。」曾玉衡雙手扣著她的肩膀。其實這樣舉著她一點也不會讓她受傷。

曾榕瞧見紀清晨的小腿在半空中蹬了半天，立即道：「衡兒，趕緊把沅沅放下來，你別嚇著她了。」

紀清晨繃著小臉，卻一點也不服輸，一個勁兒地用腿踢他。只是奈何這個人的手臂太長，而她的小短腿實在是太扯後腿，踢了兩下便累得抬不動了。

這可把曾玉衡笑得夠嗆，就算把她放下後，也還摀著肚子一直大笑。

曾榕趕緊過來哄她。「沅沅，他是在與妳開玩笑呢。」

「他開玩笑的方式，還真特別。」這還是紀清晨頭一回如此生氣，因為曾玉衡完全沒將她放在眼中。

說來，連紀清晨自個兒都沒發現，她的心性已發生了極大的變化。

初來時，她小心翼翼地觀察著四周，生怕得罪了什麼人。可如今，她卻是想笑的時候便笑，想生氣的時候便生氣。

曾榕聽到小姑娘如此沈著的一句話，雖竭力繃著臉，卻險些也要笑出來。

「小丫頭，其實妳還挺有勁的，我的腿該叫妳踢青了。」曾玉衡彎腰站在她面前，輕聲笑道。

「你活該，誰讓你隨便舉我的，你要是把我摔著了，我爹爹會打你的。」紀清晨就只差沒手扠著腰警告他了。

也不怪她，上輩子到底是被摔死的，這輩子她還挺害怕站在高處，所以就算紀延生抱著她，她都要緊緊抱著紀延生的脖子。

曾玉衡又笑了。「那咱們打個商量，妳能別告訴妳爹嗎？」

「不行，你已經把我給得罪了。」紀清晨雙手抱在胸前，軟乎乎的小包子臉上，盡是不滿。

但她卻不知道，若是個大人做這樣的表情倒還能有些威嚴，可她就是個肉嘟嘟的小包子，一張粉嫩的小臉，除了可愛就是軟萌，做這個表情簡直就是來逗別人笑的。

曾榕眼看著曾玉衡笑得快要滿地打滾了，趕緊叫櫻桃把紀清晨帶進去洗臉，換一身乾淨的衣裳。

「姊，這小丫頭也太好玩了吧。」紀清晨走後，曾玉衡笑得前俯後仰。

曾榕瞪了他一眼，立即教訓道：「你少給我添亂了。別看沅沅年紀小，這孩子聰明著呢。你別再嚇唬她，她前兩日夜裡被噩夢驚醒，潤青擔心得這兩天一直守著她。」

曾玉衡剛要搖頭，臉上突然露出古怪的表情。「潤青？」

曾榕一時順口，便在弟弟面前喚了紀延生的草字，這會兒被說了出來，臉頰雖有些泛紅，可表情卻淡然道：「你少打岔，來找我有什麼事？」

姊弟兩人坐在葡萄架下的石桌旁，微風拂過，架上的葉子發出沙沙作響的聲音，就像是這麼多年來，他們一直都聽著的聲音。

曾玉衡安靜地笑起來，突然輕聲問：「姊，妳開心嗎？」

「開心。」曾榕瞧著面前的枝葉，她是真的很開心。

曾玉衡點頭，臉上的桀驁不馴在這一瞬，全變成了安靜的笑容。

其實年少時的曾玉衡也不是這樣的性子。他的話不多，還有點羞澀，總是喜歡站在她的身後。可漸漸地，繼母開始刁難他們，還將他們姊弟分開。大概是從那時候開始，她的阿衡就變了。

「衡兒，你去京城吧，你那麼有天賦，可以去應天書院，那是咱們大魏最好的書院。」曾榕看著他，輕聲說。

曾玉衡別過頭，卻沒有說話。

「你不是說要一直保護姊姊的？可是你看，現在姊姊嫁到了紀家，紀家可是百年的耕讀世家，你若是沒有個一官半職在身，以後要怎麼保護姊姊呢？」

曾玉衡瞪了她一眼，立即道：「妳想叫我好好讀書便直說，又何必說這樣的話？如今家裡誰不知道姊夫待妳好啊。」

曾榕聽見這話，立即噗哧一笑。

曾玉衡站起身來，準備離開。只是在臨走前，卻轉身看著姊姊，認真地說：「姊，妳記得要對人家的孩子好一點，別跟咱們家這個後娘似的。」

後娘難當，但也千萬別欺負人家沒娘的孩子。

曾榕眼中泛著淚花。「臭小子，還要你說啊。」

老太太一早就收到信，說紀清晨他們今兒個就要回來了，便吩咐丫鬟準備紀清晨喜歡吃的點心，又派人去門口等著。

紀寶璟則安慰她道：「祖母，沅沅不過才離開幾日而已。您瞧瞧，這不知道的，還以為她是好幾年沒回家呢。」

「這是妳妹妹從小到大頭一回出遠門，我心裡怎能不擔心？」老太太搖著頭道。

這會兒快要到中秋節了，也不知是不是花園裡的桂花樹盛開了，整個紀府都籠罩在淡淡的花香中。屋子的角落裡都擺著鎏金百花香爐，只是這會兒卻沒點著香，倒叫純天然的花香瀰漫在四周。

「祖母，我回來了。」

一個歡快的聲音在門外響起，老太太登時轉過頭，眼眶中竟不知何時有點點淚光。待小人兒出現在門口，飛撲過來的時候，老太太張開手臂，一把將她抱住。

「我的沅沅啊，小心肝啊，這幾天還好嗎？吃得可習慣？路上累不累？」老太太這是真高興了，摸著她的小臉左看右看的，生怕小姑娘這幾天在外頭受了委屈。

紀寶璟在一旁含笑看著妹妹窩在祖母懷中。

紀清晨立即道：「不好。」

這一聲不好，可是叫老太太心疼死了。

誰知小姑娘卻是眉眼彎彎地，撒嬌道：「我可想祖母了，想得飯也吃得不香，覺也睡得不好。」

聽到這話，老太太心裡真是比喝了蜜汁還要甜，連聲說：「如今回來就好，我們沅沅回來了，祖母也想我的沅沅小乖乖呢。沒沅沅陪著吃飯啊，祖母也覺得飯吃得不香。」

「我以後再也不離開祖母了。」紀清晨將頭埋在老太太的懷中，聞著老人家身上那股淡淡的檀香味，真叫她安心啊。

「不好意思，裡頭已經開場，您請回吧。」門口穿著青布衫的小廝，攔住了急匆匆趕過來的兩人。

這兩人急道：「咱們這是買了票的，怎麼就不能進去呢？」

「兩位，這是咱們這裡的規矩，一旦開場，就不再放人入場，若是想看，下次請早。」小廝口吻還算溫和，但態度卻堅定得很。

此時裡面已傳出了敲鑼打鼓的聲音，其中穿著紫色圓領長袍的男人還想硬闖，卻被那小廝攔住，進不得一步。

「算了、算了，要是想看，咱們明兒個再來吧。」他身邊的友人趕緊道。

於是兩人這才離開。

此處乃是京城戲班子所在之地，只是今兒個唱的卻不是戲，而是表演幻戲。最前方便是偌大的舞臺，二樓和三樓皆是包廂所在，此時裡面已坐了不少人。

裴瀚一臉好奇地往四周瞧著，又見舞臺上只有鑼鼓聲，卻不見有人，焦急地問：「三哥，怎麼光有聲音，卻不見人啊？」

他旁邊還坐著一個粉妝玉琢的小公子，此時正在嗑著瓜子，見他著急地問，嗤笑一聲道：「這不都快開始了，你可別催了，要不然三哥以後可不帶你來了。」

裴瀚瞪著面前的小公子，卻是怒道：「是不帶妳來才是，穿著我的衣裳還敢這般叫喚，下回再也不帶妳出來了。」

原來這個做小公子打扮的就是裴玉欣，今兒個裴世澤帶著他們兩個來這裡，看梅信遠的幻戲表演。梅信遠在京城一個月只表演一次，用的是梨園舞臺。

此時他們坐著的三樓包廂，便是梅信遠叫人給他們留的，要不然今日這麼多人爭搶這幾間包廂，就連裴世澤都得花不少銀子。

他回府之後，老太太便將上回裴瀚和裴玉欣來通風報信的事情告訴了他，叫他日後要好好待兩個弟妹。裴世澤自是心中感動，可他這人一向愛做不愛說。

這幾個月送往三房的東西，就連三太太董氏心裡都直打顫。三爺裴延光是知道內情的，只叫她把東西給兩個孩子，說是世澤喜歡他們兄妹而已。三太太心底雖疑惑，卻還是信了丈夫的話。

不過她也不是光收禮的，這些日子她也給裴世澤做了鞋子和衣裳，卻是被大嫂謝萍如，明裡、暗裡唸了好幾回。只是董氏一向與她不對盤，況且在老太太跟前，她比謝萍如還有臉面呢。

裴瀚和裴玉欣早就惦記著梅信遠的幻戲，只是想進來可沒那麼容易，更別說能坐在包廂了，沒個幾百兩銀子，那可是進不來的。今日能夠得償所願，兩人可是高興極了。

「三哥最喜歡我，就算不帶你，也不會不帶我。」裴玉欣揚起小臉，滿是得意的表情。

裴瀚立即哈哈大笑，道：「還最喜歡，根本是妳自作多情。」

兄妹倆相差一歲，平日裡總喜歡鬥嘴，誰也不願讓著誰。

裴玉欣不死心地伸手去拉裴世澤的衣袖，輕聲道：「三哥，你快同哥哥說，在所有女孩當中，你是不是最喜歡我？」

裴世澤被她拉了衣袖，略顯清冷的臉上，有些愣住。

女孩當中？最喜歡？

此時，一張圓潤可愛的小臉，就那麼出現在他的腦海中。她一臉狡黠地跟他說：柿子哥哥，你現在可以推我了；還有她抱著他，那軟軟肥肥的小身子因為哭泣，在他懷中一抽一抽的。

裴世澤慢慢搖頭。

裴玉欣瞪大了眼睛，似乎不敢相信自個兒的眼睛，而一旁的裴瀚又是捶桌子又是大笑，險些喘不過氣來。

裴玉欣是真難過了，白皙好看的小臉皺成一團，傷心地問：「那三哥你最喜歡誰啊？我剛才說了是女孩當中喔，祖母可不包含在內的。」

她自覺家中除了祖母之外，自己應該就是三哥最喜歡的人了啊。

況且她三哥好看雖是京城聞名的，可他素來性子清冷，對外面的親戚也一貫高冷，沒聽說他有特別交好的表姊妹啊。

「是個叫沅沅的小女孩，不過她現在不在京城。」這是裴世澤第一次和家裡人提起紀清晨，就連祖母，他都未曾說過。

那個小姑娘比誰都還要依賴他，都還要喜歡他，所以他也同樣將心底最喜歡的那個位置，留給了她。

「那她在哪兒啊？真定嗎？」裴玉欣立即好奇起來。難不成是三哥喜歡的女孩子？這還是她第一次聽到三哥提起女孩子呢，裴玉欣如今已七歲了，腦海中也有了喜歡的概念。

裴世澤點頭。

一旁的裴瀚立即道：「那她肯定很漂亮。」

裴玉欣瞪著他，怒道：「你哪能知道啊？你又沒見過人家。」

「三哥喜歡的女孩子，怎麼可能會醜嘛。」裴瀚一向崇拜裴世澤，幾乎所有他想要做的事情，就算爹爹做不到的，三哥都能替他辦到。

裴玉欣倒是挺同意。確實是這個道理。

裴世澤則想了一下紀清晨的模樣。小臉肉乎乎的，臉頰兩邊的肉捏起來又軟又舒服，眼睛又大又亮，真的跟葡萄一樣剔透。雖然鼻子很小巧，不過卻挺直秀美，一張小臉蛋可以說是又白嫩、又可愛。

可是她只到他的腿那麼高，而且還全身是肉，應該不能用漂亮來形容吧？要是紀清晨知道裴世澤有這種想法，只怕真的會後悔莫及。早知道就應該等她長成玲瓏美麗的少女再認識他就好了。

而一旁還在爭論不休的兄妹倆，卻全然沒注意到，他們的三哥居然在笑啊。

下一刻，空曠的舞臺突然被拉開了大幕。

表演總算開始了，所有人的注意力，一下子都被舞臺上的人吸引。

「太精采了，我下次還要來看！」裴玉欣激動地握住粉拳，恨不得馬上到下個月就好了。

裴瀚這次倒是沒潑妹妹的冷水，反而跟著道：「我也想再來看。」

「你們先在這裡待著，我出去一下。」見兄妹兩人都乖乖地點頭，裴世澤便起身離開。他們現在可不敢得罪三哥，畢竟以後還指望他帶他們出來看幻戲表演呢。

梅信遠有單獨休息的房間，裴世澤進來後，他淡淡道：「師弟，坐啊，咱們師兄弟好久沒見了。」

「有什麼話就說吧，我包廂中還有人等著，我得早些帶他們回去。」裴世澤淡漠地道。

梅信遠瞧著他一貫冷漠的模樣，卻是一點兒也不在意，反而有些欣慰地說：「我沒想到，你這次竟是帶著你弟弟、妹妹一起來的。若是他們喜歡看，你以後常帶他們來吧。」

裴世澤撇過頭，只當沒聽見。

梅信遠又道：「不過我今日找你來，確實是有一件事。我記得你在真定時，是受過真定紀家的恩惠吧？」

裴世澤眉頭一皺，立即問：「你想做什麼？」

「你別緊張，只是有件事和紀家有關，所以我想賣你個人情罷了。」

中秋賞月，大家都好好的，偏偏就紀清晨病倒了。

她渾身發熱，燒得都快說胡話了，嚇得老太太和紀延生輪流守著；紀寶璟和曾榕兩個人也守在旁邊，不敢離開一步。

只是小姑娘反反覆覆燒了好幾日，今日才勉強退了燒。

待她聽到身邊似乎有動靜，便慢慢地睜開眼睛，就看見一個影子在她床邊坐下。等她慢慢看清那個影子時，心底真是說不出的高興。

是柿子哥哥。

「你怎麼都不給我寫信啊？」大概是在夢中的緣故吧，所以她特別大膽地把自己的抱怨說出來。

面前的人卻是伸出手，在她的額頭上試了試溫度。

他的手好冰、好涼啊，可是貼著她的額頭卻剛剛好，真的好舒服呢。

她的臉上露出放鬆的表情。

「柿子哥哥，我好想你啊。」

小姑娘在半夢半醒之間，將心底最深處的話說了出來。只是額頭上有涼涼冰冰的東西，她覺得好舒服，便又睡了過去。

當她被餓醒的時候，只見櫻桃站在床邊。

她有些失望，輕聲說：「我還以為……」只是說到一半，卻不想說下去了。

櫻桃笑著問：「姑娘以為什麼？」

「以為我夢見柿子哥哥了。」

可是當她說完後，就見一道身影出現在眼前。他穿著淺藍色雲紋長袍，腰間束著一根巴掌寬的腰帶，身姿挺拔，她看得連眼睛都不敢眨一下。

直到他走到床邊，伸手將她扶起，她才緩緩回過神來。

裴世澤看著她，輕聲說：「不是作夢，是我回來了。」

第三十八章

「柿子哥哥。」紀清晨撲到他懷中，抱著他的脖子就不撒手了。

裴世澤摟著小姑娘軟乎乎的身子，發現她身上一向甜甜的味道不見了，只剩下藥汁苦澀的味道。

想到方才見到小姑娘時，她小臉泛紅、嘴唇乾澀的模樣，他心底就有說不出的心疼。

「現在頭還疼嗎？」裴世澤輕聲問她。

紀清晨立即搖頭，乖巧地說：「不疼了。」

這幾日她因為發燒，一直昏昏沈沈的，可現在，她只覺得身上濕濕的，但頭卻不疼了，就是有點暈，估計是因為睡多了吧。

說話的時候，就聽見一陣咕嚕咕嚕的聲音。

紀清晨的身子立刻僵住。好丟人啊……

裴世澤輕笑一聲，問她：「餓了？」

紀清晨沒骨氣地點頭，在一旁的櫻桃立即道：「姑娘，奴婢這就去把桌子搬過來。」

「不要，我要起來用膳。」她這幾日一直待在床上，早就躺煩了。這會兒又有裴世澤在身邊，她自然不願意再繼續躺下去。

於是櫻桃便去找來衣裳，準備給她換上。

紀清晨見裴世澤還坐著，摀著小臉，害羞地說：「柿子哥哥，你去外面等我吧。」

待裴世澤離開後，紀清晨立即喊道：「葡萄，妳快些過來幫我梳頭髮啊。」

她病了好幾天，肯定難看死了，還衣衫不整、頭髮凌亂。紀清晨急著要下床，誰知居然腿軟得差點摔下去。

幸虧葡萄及時接住她，一把將她抱住。「姑娘，您可得小心些啊。」

「葡萄，快些來幫我梳頭髮，我還要洗臉。」紀清晨急切地說。

葡萄瞧她那著急的小模樣，豈會不知道她的小心思。自家姑娘一向愛漂亮，結果這幾日生病，倒是顯得有些憔悴了。

她趕緊安慰小姑娘。「姑娘放心吧，奴婢這就給姑娘梳頭，把我們七姑娘啊，打扮得漂漂亮亮的。」

「葡萄，妳真好。」紀清晨笑嘻嘻地說。

於是葡萄和櫻桃兩個，一人拿衣裳，一人梳頭髮，還叫了小丫鬟去端來臉盆，給紀清晨洗漱。

等紀清晨收拾妥當，便走了出來。

此時正坐在榻上等著她的裴世澤，一抬頭就看見穿著淺藍色襦裙的小姑娘，頭髮梳得整整齊齊，鑲著寶石亮片的銀鍊纏在頭髮間，甚是好看。

「快過來，飯菜馬上就要冷了。」裴世澤喊道。

紀清晨心底有小小的失望。難道不是應該先誇讚她一番嗎？

不過，她的肚子又開始咕嚕咕嚕地叫喚著。趕緊坐下後，她拿起筷子，挾起碗裡乳白色的魚丸子便塞進嘴巴裡。這魚丸子又滑又嫩，還有嚼勁，可真是好吃。

桌上的膳食自然都是她喜歡吃的，也沒什麼油膩的東西，而裴世澤坐在她面前，卻沒有動筷子。

等她埋頭吃了小半碗飯，這才問道：「柿子哥哥，你怎麼不吃啊？」

「我不餓，這些都是為妳準備的。」裴世澤輕聲解釋。

紀清晨有些不好意思，便又問他。「對了，柿子哥哥，你怎麼突然來了啊？」

「沒給妳寫信，是我的不對。」對面的少年突然開口，輕聲道。

他的聲音一貫清冷，可在此時卻有種說不出的溫柔。

紀清晨拿著筷子的手頓了下，小臉一下子低了下來，險些要埋到面前的碗裡。

裴世澤，真討厭。

不過小姑娘隨後還是立即抬起頭，揚了揚肥嫩的小下巴，道：「沒關係的，柿子哥哥，我沒有生你的氣。」

可她一說完，就看見對面裴世澤一臉了然的表情。

說沒生氣，但拉著人家抱怨為什麼不寫信的人，好像也是她吧……果然作夢什麼的，最不可信了。

紀清晨也就不故作大方了，她問道：「那柿子哥哥，你為什麼沒給我寫信啊？」

「妳不是還沒開始習字？」裴世澤輕聲說。

所以就算給妳寫了，妳也看不懂，有什麼話倒不如等見面的時候再說。

紀清晨沒想到他的理由居然真的就這麼簡單、直白、粗暴。好吧，目不識丁的人果然是不受人待見的。

覺得受到了歧視的小姑娘，登時嗚嗚嗚了半天，然後抱起面前的碗，生氣地又扒光了一碗米飯。

等吃完之後，她摸了摸自個兒的肚子。好飽。

「別氣了。」裴世澤等小姑娘放下碗後，才伸手在她的頭髮上摸了兩下，溫柔地問：「要不我們去盪鞦韆？」

「裴公子，小姐的身子……」櫻桃有些著急地說。

「我沒關係的，都在床上待了好久呢，我要出去走走。」紀清晨立即嚷嚷道。

倒是裴世澤道：「外面陽光不錯，我就帶沅沅出去逛一會兒。」

「就是，我也想曬一曬太陽呢。」紀清晨立即表示。雖然她這會兒身子還沒全好，卻不想一直悶在房中。

裴世澤伸手將坐著的小姑娘抱起來，手臂托著她軟軟的小屁股，掂量了一下。「長高了，也重了點。」

紀清晨：「……」人家是女孩子啊。

臨走的時候，裴世澤又叮囑丫鬟，將房間的槅扇都打開。

「這樣四處通風，有利於妳的病情。」裴世澤見小姑娘盯著他看，輕聲解釋。

「柿子哥哥，你懂好多啊。」紀清晨笑咪咪的，一雙又大又萌的眼睛笑成了月牙兒。

中秋剛過，園子裡的桂花還未落盡，曼妙的花香瀰漫在園子，叫人心曠神怡。此時正值午後，陽光明媚，金色暖陽照在身上，舒服極了。

紀清晨只覺得許久未曾見過這樣的陽光，歡喜地從裴世澤懷中下來，拉著他的手，便朝鞦韆的方向去了。

她心中一直好奇著他這次回來的理由，便開口問他：「柿子哥哥，你這次來真定是有事情嗎？」

裴世澤不願騙她，點頭道：「是有些事情。」只是不待紀清晨再問，他又說：「只是小孩子不能多問。」

好吧，那她就不問了。

紀寶璟找到紀清晨的時候，她正坐在鞦韆上，仰著頭和旁邊的人說話。裴世澤一向冷漠俊逸的臉龐，也變得有些柔和。

「柿子哥哥，你這次會在真定待很久嗎？」紀清晨有些期待地問。

可裴世澤看著她的眼神，卻像是有話難以說出口，許久之後，他才低聲問：「沅沅，妳想去京城嗎？」

京城？

紀清晨也不知道該怎麼回。她是去過京城，為了成親而去。她的未婚夫金榜題名後，所有人都告訴她，日後她要成為官夫人了，她將擺脫商賈之女的名聲，嫁給一個年輕有為的丈夫。

可是結局，卻沒像別人說的那般美好。她被退婚了，而且還落了一個身死的下場。

所以她對京城沒什麼好感，並不是很想去京城。

「京城有什麼好玩的嗎？」紀清晨故意錯開話題，問道。

裴世澤見她問起，還以為她是對京城有興趣，便娓娓道來。他的聲音並不熱忱，聲線還有些偏冷，可說出來的話，卻叫她陷入一種熱鬧的情景中。此時她的眼前，彷彿出現了大街上那熱鬧非凡的景象。

摩肩擦踵的人們，兩邊的小販正賣力地吆喝著，滾熱香甜的赤豆元宵、鮮香美味的魚肉餛飩、剛出爐的鵝油燒餅、沿街掛著的燒鴨和燒雞，這些都是京城的回憶啊。

其實她在京城也待過許多年，只是頭一年是人待著，之後便是魂魄在那裡待著。

要論好玩，京城自是好玩的，南來北往的客商都愛去京城。那裡能找到長白山的人參，也能買到崑崙山下產的白玉，還有滇緬的翡翠，以及雲南的白茶。但凡是這廣闊大地上有的，在京城就沒有找不到的。

沒人會不喜歡在京城待著，就連那些做官的人，誰願意天南地北的跑著，若是可以，還不都費勁了心思想要調入京城做個京官啊。

所以，紀清晨能明白裴世澤問她這話的意思。

「沅沅。」紀清晨剛想問他話時，就聽見身後有人喚自己的名字。

她抓著鞦韆架子，回頭瞧了過去，是大姊。小姑娘一下子便從鞦韆架上蹦下來，而紀寶璟也走了過去。

紀寶璟見到裴世澤，便頷首打招呼道：「裴公子。」

「紀姑娘。」裴世澤也點頭，卻是想起了溫凌鈞。他上個月隨著三通先生回了京城後，便讓人給他送了封信，大意便是他心意已決，勢必要成功。大概是不成功，便要成仁了吧。

裴世澤沒回信，只等著他成功娶到這位紀家大姑娘的消息，不過現在看來，想來前路還是漫漫。

「沅沅真是煩勞您照顧了。」紀寶璟拉著小姑娘的手，熱呼呼的，額頭上還有汗珠子。沒想到她出來動一動，小臉反而紅潤起來。

裴世澤點頭，道：「無礙。」

紀寶璟又說：「父親已經回來了，如今正在祖母的院子裡等你，請你先過去吧。」

紀清晨看著大姊有些嚴肅的模樣，頓時打從心底覺得奇怪。先前裴世澤雖說小孩子不要多問，可他不會無緣無故來真定；而爹爹此時應該在衙門裡的，卻被祖母叫了回來，那麼他這次來，應該是為了紀家的事情。一想到這裡，她便有些擔心。

裴世澤摸了摸小姑娘的髮頂，輕聲說：「妳與妳姊姊先回去，待會兒我再去尋妳。」

紀清晨乖乖地點頭，只是小肉包子臉上掛著擔心，卻讓他看得心頭一暖。他微微搖頭，低聲說：「沒事的。」

待他走得看不見影子了，紀清晨才問紀寶璟。「大姊，妳知不知道柿子哥哥這次是為了什麼回來的啊？」

紀寶璟卻沒說話，只是沈默著。

紀延生一臉嚴肅地坐在下首，而坐在羅漢床上的老太太，面色有些難看，她一直拽著手心裡的佛珠，佛珠一顆又一顆地在她指尖掠過。

當裴世澤進門後，老太太迅速地抬起頭。

此時房中只剩下他們三人，老太太柔聲道：「世澤，不必多禮了，坐吧。」

裴世澤朝兩位長輩行禮，這才在圓凳上坐下。

「事情就是這樣的。」在裴世澤將事情因由說完之後，老太太嘆了一口氣，眉梢眼角都透著一股子灰敗。遇到這樣的事情，怎不叫人打心底失望啊？

紀延生也是大驚失色，急忙道：「此事可經過確認？」

「若是未經確認，世澤又怎會突然來真定拜訪？」裴世澤輕聲說。

這下子連紀延生都說不出話了，只在心底苦笑。大哥這都快要四十的人，怎麼到現在才生出一顆風花雪月的心來？

原來梅信遠之前賣給他的人情，便是與紀家大老爺紀延德有關。

紀延德是顯慶二十八年調任至京城，因老太太在真定祖宅裡住著，所以紀家大房也跟著留在了真定，只他一個人赴任。

先前韓氏還怕京城的花花世界叫他迷了眼，特地給他選了個嬌俏的通房帶在身邊，就連避子湯都沒叫喝，還說只要能生了一兒半女就抬了做姨娘。左右韓氏膝下已有兩子兩女，兒子紀榮堂更是到了要娶親的年紀，她怎麼還會與一個通房計較呢？

她想得倒是挺好的，可偏偏事情不如人意。紀延德在京城，還是著了別人的道。

都以為這年頭做官的厲害，卻不知京城那樣的地界，什麼牛鬼蛇神都是有的。有些混江湖的，狠起來還真是什麼人都敢下手。

當官一年也就那麼點俸祿，若是家裡有資產的，日子還能過得好，可家中若無田產房舍的，只等著領那麼點銀兩，是真的連家人都養不活了。況且還要打點上峰、逢年過節送禮、紅白喜事往來等等，是以借印子錢的不只有平頭百姓，其實不少官員都會去借。

紀延德是紀家的大老爺，紀家如此富貴，他自是不需要去借印子錢，只是他出手大方，卻還是叫人給盯上了。

盯上他的人，叫薛三，乃是京城城東的混混，幹的都是一些買賣人口的勾當。

之前大理寺曾盯過他，只是這人素來狡猾，回回都被他逃脫了。

這次紀延德也是倒楣，他是出門請人喝酒時，被薛三盯上的。薛三知道他是已故太子太傅的兒子，一家老小都在老家真定待著，就他一個人在京城。

人總是有偏好的，即便是去青樓喝花酒，找的姑娘也是按著喜歡的來。紀延德確實被同僚邀請去過幾次酒樓，不過卻未曾在那裡過夜。但薛三卻注意到，每次他去找的都是同一個女子，長得楚楚可憐，帶著江南口音。

兩個月後，紀延德在一次深夜回家時，便在路上救了一個據說是來京城投奔親戚無門，流落街頭的弱女子。

紀延生才聽到這兒的時候，就眼角一跳，因為這場面簡直似曾相識。

也不知該說紀家老太爺的教育是太成功，還是太失敗，兩個兒子都是一副柔軟心腸，最是見不得女人受委屈。

一開始，紀延德並未對這個女子如何，只是叫人給她找了個地方住下。只是這女子三番兩次到紀家，一開始只留下自個兒做的東西就走，後來，又在門口攔了紀延德的馬車。

紀府只有一個通房在，又整日待在後院，哪裡知道前頭還有這樣的風流韻事？等到通房知曉了這件事，這邊卻已木已成舟。

紀延德大概也曉得這事不光彩，便叫這通房不許告訴韓氏，若是敢寫信回真定，便立即發賣了她。通房丫鬟也是被他嚇住了，什麼都不敢做。

要說這件事，充其量只是一個官員的風流韻事，可問題就出在這個女人的來歷。

「這婦人乃是滁州人士，她已嫁過人，且丈夫就在薛三的手下。如今這婦人已懷有身孕，下一步便是薛三向紀大人勒索，若是紀大人不答應，這女人便會去大理寺告狀，告紀大人強占民婦。」

聽裴世澤說完，紀延生氣得臉都鐵青了。

大哥這是被人下套了！沒想到這些混混竟如此囂張，居然敢勒索到朝廷命官的頭上。

第三十九章

「紀世叔，這些人之所以敢這樣做，也都是挑準了時間的。每年吏部考核都是在十一月底，眼瞧著三年一次的考核又要到了，他們是算準紀大人為保住名聲，不敢聲張；而且他們挑的人選，都是獨身在京城的官員，就算這些女子上門去糾纏，家中沒有女主人幫著處理，可以讓她們更加方便得手。」裴世澤這也算是替紀延德找了理由。

老太太卻是猛地一拍桌子，怒道：「說到底，還不是他自個兒受不住那些個狐媚子的勾引，壞了規矩！他若是有喜歡的，便寫信回來告訴韓氏，難不成他媳婦還有鬧騰的道理？沒想到他都快四十的人了，行事還這般莽撞，真叫人失望透頂。」

「母親，您息怒，此事還沒到不可轉圜的地步，咱們該從長計議才是。」紀延生見老太太氣得臉都脹紅，立即起身勸道。

可老太太卻是真失望了，搖著頭便道：「我自認是教子無方，這才叫你們一個、兩個都做出這樣的醜事。我看你大哥這官乾脆也不要做了，素來色字頭上一把刀，不過就是去了京城幾年，無人管束了，他竟鬧出這樣的亂子。」

「娘，這也是旁人有心，算計大哥無心啊。」紀延生勸說。

要說紀延德有錯，那確實是有錯。只是那女子既是存心要算計，自然會上門再三糾纏，烈女還怕纏郎呢，況且一個男人如何能避過一個美貌女子的投懷送抱？

說不準紀延德還當是他出手相救，才惹得這女子主動以身相許呢。

「不過此事，世澤你又是如何得知的？」紀延生有些疑惑。按理說這件事應該也算是秘辛，他相信他大哥還是十分謹慎，就算和女子有染，也不會鬧得滿城風雨。

裴世澤立即道：「我有一位朋友，也是走江湖的。這個薛三得意忘形，在一次醉酒後，將此事說了出來；而且這也不是他頭一回這般做，之前也有好幾位官員中了他的計，只是那些人都花了銀子封了他的嘴，後來又陸續調出京城，所以薛三才會一直平安無事。」

想來這個薛三連大理寺的追查都能逃過，又怎麼會對付不了幾個文官呢？

薛三其實也聰明得很，他一不去招惹勛貴家族，因有些勛貴比他還惡霸，就算打死了他，也不過是受皇上的訓斥而已。二來他也不去招惹武官，畢竟武官靠的是軍功晉升。他專挑那些愛惜名聲的文官，畢竟名聲對於這些官員來說，比命還要值錢。

紀延德有錢，又是清貴的文官，最是愛惜名聲，所以拿出幾千兩銀子保住他的官譽，他還是願意的。

老太太眸色一深。雖說她對紀延德失望透頂，可那也是自個兒的兒子，她如何也不會瞧著自家兒子被外人害了去。

於是她立即道：「延生，你即刻啟程去京城，將這件事告訴你哥哥，讓他趕緊把那個女人處理了，這個薛三我瞧著不是給一次銀子就可以了事。若是只給一次銀子就能封住他的嘴，那些被他害了的官員又何必一個個調出京城？」

都說破家的縣官，滅門的府尹。若是在地方上，這些混混還真沒這樣大的膽子，可偏偏就是在天子腳下，稍有一點兒風吹草動，就會吹得滿城風雨。誰願意讓自個兒的這點風流韻事傳到皇上耳邊去呢？

所以誰都不敢冒這個險，反倒叫這個薛三更得寸進尺了。

「世澤，這次若非有你，只怕……」老太太嘆了一口氣。

裴世澤輕聲一笑，搖頭道：「世澤受過老夫人的恩惠，時刻不敢忘。」

老太太瞧著他，心底不住點頭。這孩子瞧著雖清冷，但這心裡卻是熱乎的，別人待他一分好，他便能加倍回報。

若不然，他也不至於親自從京城來到真定，就為了告訴他們這件事。不過，此事還是越少人知道越好。

裴世澤輕聲道：「其實紀大人這次也是一時不慎，我想若是有家人在身邊，想必今日之事便不復存在。」

有家人在身邊？

老太太心頭一動。

是啊，若他們一家子都在京城，也不至於發生這樣的事情。

大魏的官員若無意外的話，都是三年一調任，而吏部則是負責官員任免、調動和考核，可謂是掌管全天下官員的命脈。是以吏部一向有六部之首的稱呼，吏部尚書必進內閣，也成了定律。

先前殷柏然曾提起過，吏部尚書許佑榮乃是靖王爺的舊故。這個許佑榮曾在遼東州府任過知府，想來那時候兩人便有往來了吧。只是朝廷官員一向與藩王交往不深，上次殷廷謹為了迫使他們答應分家產的要求，便將這個底洩漏給紀延生。

這次他想調入京城，卻不打算去求殷廷謹，左右他官譽不錯，又有銀子，頂多就花些銀兩疏通、疏通。他也不需要升調，即便是平調，那也是可以的。

這邊紀延生正想著法子調入京城，那邊紀清晨卻被曾榕捉住，正要用水仙花替她染指甲。

曾榕見她身子好了，又怕她悶著，這才讓丫鬟弄了水仙花過來，說是要幫她好生打扮、打扮一下。

「瞧瞧這一病，都把沅沅病得瘦了。」曾榕瞧著面前的小姑娘，只覺得她這個後娘做得也太不到位，好好的一個胖娃娃，到她手裡怎麼就被餓瘦了呢？

所以她不僅帶了水仙花，還帶了不少吃食過來，甚至還有帶骨鮑螺，據說是城裡最有名的糕點鋪子裡新推出來的小吃。

紀清晨一聽，便笑了。這不就是蘇州的小吃嗎？她前世倒是經常吃，只是南北差異大，她重生在真定之後，反倒沒吃過。

「這點心一天才賣幾盒，還是我特地叫人買回來的，先前我還讓家裡灶上的廚娘瞧了一下，可她們卻都不知道是怎麼做出來的？」曾榕打開了盒子，裡頭放著四個帶骨鮑螺，兩隻粉紅的，兩隻純白的，聞著便有一股甜甜的香味。

紀清晨笑問道：「不是要染指甲？」

「妳先吃點心，吃完再染。」曾榕笑咪咪地道，不過說完又問：「妳若是現在就想染，那就叫櫻桃餵妳，我這就給妳染。」

「我要自個兒吃。」紀清晨哪裡好意思讓人餵啊，她伸手便拿起一個點心，放在嘴邊。

曾榕微微一笑，倒是突然想起來，問道：「沅沅，聽說咱們家裡來了小客人？」

紀清晨抬頭瞧著她，又咬了一口手中的點心，香甜綿軟，可真是好吃。於是看在小後娘帶來這麼好吃點心的分上，她得意地一抬下巴。「是我柿子哥哥。」

曾榕只是聽丫鬟說了，老太太並沒叫她們見客，但又聽說這位裴公子之前還在家裡住過，所以她才有些好奇。

她隱約聽紀延生提起過，似是為寶璟相中了京城的一位公子，所以她便猜想著，該不會就是這位裴公子？

可是她這會兒瞧著紀清晨得意的小模樣，便笑問道：「那位裴公子為何而來啊？」說著，她便抿嘴一笑，紀清晨覺得些奇怪，問道：「妳笑什麼，柿子哥哥來了，有什麼可笑的呢？」

曾榕見她小小年紀，卻什麼都要問，便低聲道：「這不能告訴妳，小孩子可不能什麼都問。」

紀清晨馬上不樂意了，道：「和柿子哥哥有關的事情，我就要問。」

曾榕被她這霸道的話，弄得一愣一愣的，立時便笑了。她捏著她的小鼻尖道：「裴公子這般大老遠地從京城過來，那必是為了要緊的事情。先前妳爹爹與我提過，說是瞧中京城的某位公子，要給妳大姊說親，我想應該就是這位裴公子吧。」

只是說到這裡的時候，曾榕一下子摀住了她的小嘴，輕聲道：「這也就是咱們私底下說說的，沅沅，妳可得給我保密。」

紀清晨立即反駁道：「是妳弄錯了，爹爹瞧中的不是柿子哥哥。」

曾榕見她一副信誓旦旦的模樣，也是笑了，立即便問：「妳又知道了？那妳說說看，這位裴公子為何大老遠地從京城過來？」

「柿子哥哥是來辦事的。」紀清晨一口咬定。

曾榕看著她這般護短的模樣，不知究竟是在護著紀寶璟呢，還是護著她口中的柿子哥哥？可是她聽說那位裴公子也該有十四、五歲了，料想小姑娘就是瞧著人家好看而已。

紀清晨嘴裡雖然這麼說著，可心底還是有些不安。

都怪那個溫凌鈞，明明是喜歡大姊的，卻遲遲不來提親。爹爹不會真的瞧上了裴世澤吧？

她這番思來想去，恨不得立即跑去問裴世澤，他這次來真定到底是為了什麼？

大姊長得那般好看，身段好，性子又好，還會畫畫、會詩詞歌賦，這樣一個玲瓏剔透的少女，哪有人會不喜歡的？裴世澤也十四歲了，也不是不可能會喜歡大姊。

那個溫凌鈞不也是只見了大姊一面，便喜歡得不得了。

一想到這裡，紀清晨小手緊握著，臉上都有點兒嚴肅。

還在一旁逗她的曾榕，瞧見她忽而變了臉色，便輕聲問道：「沅沅，怎麼了？」
紀清晨卻一下從羅漢床上跳下去，自個兒穿了鞋子，跑出去，嚇得曾榕趕緊叫丫鬟去追她。

她一路往前院跑。裴世澤來家裡，必然被安排在先前的院子裡休息。待她到的時候，便見玉濃正從院子裡出來。
紀清晨一頭撞上去，險些將玉濃撞倒。玉濃瞧見是她，嚇得趕緊將她扶起來，問道：「姑娘，可有哪裡撞著了？」
「妳來這裡做什麼？」紀清晨冷不防地問她。
玉濃聽著她口吻不善，有些嚇住了。因為她是大姑娘身邊的丫鬟，所以紀清晨尋常瞧見她都是歡歡喜喜的，突然看到七姑娘這張冷臉，著實叫玉濃嚇了一大跳，立即解釋道：「是大姑娘吩咐奴婢過來給裴公子送些用品，今日公子要在這裡住下，明兒個才回京城。」
一聽見是大姊叫她來的，紀清晨心底有著說不出的滋味。她退後了一步，垂著臉，道：「那妳回去好好回覆大姊吧。」
玉濃看著她這模樣，又見她身後竟連個丫鬟都沒跟著，有些擔憂地問：「姑娘是一個人來的嗎？櫻桃和葡萄怎麼沒跟著姑娘？」
「叫妳走，妳便走，哪來這麼多廢話。」紀清晨蹙著眉，不耐煩地說。
玉濃平白無故被教訓了一頓，也不敢再多說話，只覺得七姑娘今日還真有些怪。她不想走，可瞧著七姑娘的臉色不好看，也不敢繼續留下去，只一步步地往前走，還時不時地回頭看兩眼。
七姑娘站在那院子門口，似是想進去，可是又猶豫了好久。
就在玉濃見她抬腳往前邁時，還以為她要進去了，卻不知她卻突然轉了個身，又往另外一處跑過去，她雖人小，可是跑步卻不慢，沒一會兒就不見了人影。
玉濃正猶豫著要不要追上去，就見葡萄帶著兩個小丫鬟過來，一瞧見她立即問道：「玉濃姊姊，妳可瞧見我們家七姑娘了？」
「妳們怎麼才過來？方才姑娘從那邊跑走了，我想跟著過去瞧瞧，可是七姑娘今日卻對我發了一頓脾氣。」玉濃著急地指了一個方向道。
葡萄說了聲謝謝，便趕緊跑過去。
只是她領著兩個丫鬟找了好一會兒，還是沒找到紀清晨，嚇得她趕緊又叫一個丫鬟回去稟告太太，好多派些人手過來。
紀清晨是故意躲起來的。方才她瞧見玉濃的時候，心底居然頗為生氣，她生氣大姊叫人送東西給裴世澤。
一想到這裡，她就有些厭惡自己。大姊對她多好啊，她有什麼好東西都是頭一個想到自個兒的，可她卻在方才那一瞬間，對她生起氣來。
她盤腿坐在地上。這處也不知是什麼地方，反正她瞧著沒人就跑了進來，在月亮門後面坐下來。這會兒四下無人，她似乎能安靜地整理自己心裡的這些想法。
可是越整理卻越亂。對她來說，裴世澤是她認識兩輩子的人，他比這世間的任何一個人都與她來得親近。她死去之後，只能依附在他身上的玉珮，才能讓魂魄不散，所以即便他是人人痛罵的大奸臣，卻還是令她覺得親近。

以至於這一世，她再見到他的時候，便一個勁兒地想要靠近。

要是他對自己好，是因為大姊……

一想到這個可能，紀清晨便覺得好難過。她覺得好累，她跑了那麼遠，真是累壞了。不知不覺中，小姑娘便靠在牆壁上睡著了。

直到一個聲音喊她，紀清晨才迷迷糊糊地睜開眼睛，就瞧見裴世澤的臉，陡然出現在她的眼前。

她歡喜地喊了一聲。「柿子哥哥。」

裴世澤的臉色有些不好，只看著她不說話。

紀清晨無端被他這麼看著，身子往後縮了縮，可她本就靠著牆邊，已是退無可退。

「過來。」裴世澤伸出手，語氣中有著說不出的嚴肅。

紀清晨想撒嬌來著，可是瞧他這副清冷的模樣，又不敢說話了。她只是把小手遞到他手裡，好拉著她起來。

只是她在地上坐了許久，腿都麻了，一站起來，就哎喲、哎喲地喊起來。

可裴世澤卻沒像尋常那樣立即將她抱起來，反而是在一旁瞧著。

紀清晨可憐兮兮地瞧他一眼，見他不動，便又彎腰去捏自個兒的腿。只是她的腿實在麻得厲害，險些往一旁歪過去。

裴世澤這才在她身邊蹲下，捏著她肉乎乎的小腿肚，修長的手掌在小腿上來回地捏著，那股又麻又難受的勁道，讓她好不是滋味。

「柿子哥哥，你生氣了。」紀清晨最會看人臉色，這會兒當然看出來他不開心了。好半晌，裴世澤才低聲問：「妳為何要躲在這裡？知不知道家裡人為了找妳，險些把整座紀府給翻了過來。」

秋日本來天色就晚得快，紀清晨這才注意到，四周已蒙著一層黑，眼看著月頭都要起來了。她竟在這裡睡了這麼久……她沒被凍到生病，還真是慶幸。

待紀清晨的腿好了不少，裴世澤再將小姑娘身子轉過來，面對著自個兒，輕聲問道：「可是有人欺負妳了？妳與我說，我不會讓妳受委屈的。」

第四十章

紀清晨想起自個兒是為了什麼才跑出來，她要怎麼說呢？

她前世死於少女時代，她的心性就停留在少女時代，她不曾婚嫁過，也不曾生兒育女過，以至於到現在，即便身子只是個小孩子，可對她來說，她卻已是個少女。

那些少女心事，她又該怎麼說給別人聽呢？

大家都當她是個不諳世事的小姑娘，可偏偏她心底卻不是那樣的。

她知道曾榕不是故意在她跟前說那些話，她只是想與自個兒分享一些秘密罷了。可她卻不開心，因為對她來說，裴世澤和她才是最親密的。

她笑自個兒，竟在不知不覺間對他產生了這樣的獨占慾。

此時再聽到他的話，她便忍不住地問：「柿子哥哥，你為什麼要對我這麼好？」

為什麼對妳這麼好？裴世澤聽著她這話，低頭看著面前的小姑娘。她漂亮的大眼睛被鬈翹的睫毛覆蓋著，微微低著頭，叫人看不見。

只是雖然沒瞧見，卻能想到她可憐巴巴的眼神，到底還是捨不得對她發火，他伸手摸了摸她的髮頂，柔聲說：「對一個人好，是不需要理由的。」

「可是你為什麼不對三姊好，不對五姊好，單單就對我好呢？」紀清晨帶著濃濃的鼻音問他。

這次她終於抬起頭，眼神裡的倔強，讓裴世澤心中有些異樣的感覺。

「因為沅沅也對我好。」裴世澤這次認真地回答她。雖然面前的小姑娘可能只是一時好奇，可是他卻不願再敷衍她。

對他來說，能得到的溫情不多，他沒有母親，很多人對他好，都是因為他未來將會成為定國公的這個身分。

紀清晨想了想，還是問：「那你為什麼突然來真定呢？是因為我姊姊嗎？」

「妳姊姊？」裴世澤詫異地看著她，神色突然變了變，最後眼眸深沈地看著她，輕聲說：「所以妳是因為這個才跑出來的？」

他霍地站起來，叫紀清晨嚇了一跳。

紀清晨見他這般，一下子往後退了一步。柿子哥哥生氣起來，不會打人吧？

可是她突然想起，前世他生氣的時候，後果是真的非常嚴重。

她果然不該惹他的。

「誰和妳說的？」他低聲問道，語氣卻冷得刺骨。

紀清晨嚇得立即低頭，她不忍心把小後娘供出來，立即道：「我是聽下人議論的。」

「沒有的事，我與妳姊姊沒有關係，我來真定也不是為了她。」裴世澤低頭瞧著她，嚴肅地說。

紀清晨聽著他的話，嘴角已經翹起來，小手交握著，手指戳啊戳，才低聲問：「那是為了誰來的啊？」

小姑娘軟軟甜甜的聲音，透著說不出的期待。

裴世澤深邃的眸子，低頭正瞥見小姑娘戳啊戳的手指，忽而便覺得心頭軟了軟，他一把將她抱起來，小姑娘被他托著小屁股，正對著他的眼睛。「我說過，小孩子不許多問的。」

紀清晨：「……」哼，難怪你上輩子娶不著老婆，竟是個什麼都不懂的榆木疙瘩。

可是她也不想想，她一個五歲的小丫頭，兩條小短腿邁出的步子還沒人家一半的大，若是裴世澤說對她有男女之情，那才叫匪夷所思吧。

雖然她也明白這個道理，可一想到要等到她長成一個大姑娘，那該等到什麼時候？真希望她明天就長大。

晉陽侯府的門口，只聽一陣馬蹄聲漸近，隨後馬背上的人勒住韁繩，馬嘶鳴了一聲，便在門口停住。門房上的小廝開了門，就見竟是定國公府的三公子，趕緊上前。

裴世澤將自己手上的馬鞭扔到小廝手裡，問道：「你們世子爺在吧？」

「在、在，世子爺近些日子都在家裡讀書呢。」小廝忙道。

裴世澤點點頭，便進了府中。

定國公府與晉陽侯府一向關係不錯，再加上裴世澤與溫凌鈞的關係一向要好，所以時常會過來。

他到門口的時候，溫凌鈞已知他過來了，正叫小廝二寶拿了好茶葉，趕緊去沏茶。

「今兒個怎麼想著來看我了？」溫凌鈞有些欣喜地道。

裴世澤微微點頭，溫凌鈞招呼他坐，卻見他在屋子上懸掛著的一幅畫前站住了。那一幅乃是普通的水墨畫，只是裴世澤看了一眼，卻嘴角微彎，輕啟薄唇問道：「聽說你近日在家中讀書？」

「我打算下科春闈下場了。」溫凌鈞一臉認真地說。

如今他有了心上人，便想著要風風光光地向心上人求親。他雖是晉陽侯府的世子爺，可這世子的名頭都是靠著祖輩上的蔭庇，不是他的真才實學。紀家是耕讀世家，紀家的兩位長輩又都是正正經經的進士出身，他也一定要考了進士，再去向寶璟提親。

況且他若是真的成了進士，到時候也可以大方地與父母提起他想要娶的姑娘是誰了。寶璟，寶璟，每每疲倦之時，這個名字便在唇齒間劃過，讓他立即消除了所有疲倦。

「那提前預祝你金榜題名。」裴世澤淡淡地說。

溫凌鈞見他這般說，低聲一笑，想著他今日怎麼這般好說話時，站在畫前的少年盯著面前的畫，又輕聲道：「我這兩日去了一趟真定。」

溫凌鈞霍地一下站起來，就連聲音都是顫抖的。「你去紀家了嗎？」不過他問完之後，又有些後悔，忙補充道：「你不是一向與紀家交好，想必這次也肯定要去紀家拜訪的吧。」

「嗯，確實是去了紀家，而且這次紀家二老爺還是與我一起上京的。」裴世澤口吻依舊淡然。

可溫凌鈞卻不淡定了，連忙問道：「紀大人也上京了？可是有什麼事情？他如今住在何處？你說我是不是應該上門去拜訪一番？」

一想到心上人的爹來了京城，他恨不得立即跑到紀延生面前獻一番殷勤。

只是裴世澤卻淡淡回頭，瞧著他如熱鍋上的螞蟻般，心中雖嗤笑，面上卻依舊維持著冷淡表情，道：「未曾聽說過晉陽侯府與紀家有什麼淵源，你乍然上門是怎麼回事？」

溫凌鈞被他說得有些不好意思，立即道：「我上次在真定，也是去紀家拜訪過的，如今紀大人來京城，我得知了卻不去拜訪，豈不是太不懂規矩了。」

裴世澤眉眼舒緩，饒有興趣地瞧著他，道：「死鴨子嘴硬。」

溫凌鈞被他瞧著，立即轉移話題道：「你可知紀大人為何上京？」

「這幅畫畫的是哪裡？」裴世澤卻沒回他的話，反而看著面前的水墨畫，這畫上的情景確實讓人似曾相識。

溫凌鈞卻生怕他瞧出端倪，連忙道：「我隨意畫的，沒什麼。」

「喔，對了，我雖不知道這次紀大人為何而來，只是他上次來京城，是為了紀家大姑娘的婚事而來的。」

裴世澤淡淡的一句話，卻如激起了千層浪般，直叫溫凌鈞大驚失色。

「紀姑娘的婚事？她要訂婚了？」溫凌鈞只覺得心臟猶如被一隻手猛地抓住，連呼吸都一下子困難起來。

他這般努力讀書，就是為了要向她提親，可如今她卻要……

「紀姑娘如今也到了適婚年齡，說親是應該的，也不是人人都像你這般，一心只想立業。」裴世澤淡淡說著，只是口吻中卻是欽佩，似乎在佩服溫凌鈞一心唯讀聖賢書，兩耳不聞窗外事。

可溫凌鈞哪裡是為了立業啊？他之所以這麼認真地準備科舉，還不都是為了紀寶璟。不過轉念一想，紀姑娘今年已十四歲，下次春闈得等到後年，那時候她都十六歲了。哪家的姑娘十六歲還不訂婚的？更何況，那還是紀姑娘，她那樣的品貌性情，定是有數不清的媒人上門。

溫凌鈞登時覺得自己簡直就是個榆木腦袋，竟是白白浪費了幾個月的時間。他應該在端午回來的時候，就向父母提的，而不是讀什麼勞什子書。

「世澤，今日我還有要緊的事情，你先在我院子裡坐著。」溫凌鈞歉疚地說。

裴世澤站起身，淡淡道：「你既然有事，那我便回去了。」

溫凌鈞這次沒挽留他，只說下次再登門拜訪。

兩人一同出門，裴世澤看著他匆匆往後院的方向走去，這才嘴角微揚。

真是榆木腦袋，娶個媳婦，竟還要他來提點。

第四十一章

一晃眼便到了年底，紀延生的調令下來的時候，家裡高興了好一陣子，就連東府那邊都送了賀禮過來。

韓氏立即開始張羅著收拾家裡。紀家重新搬回京城，也算是一件大事，所以光是各房清點東西，就花了不少時間。

在清點的時候，還真叫人嘆為觀止。

紀寶璟自不用說。她打小什麼好東西都有，特別是二房七、八年來只有她一個孩子，紀延生把最好的都往她房裡搬，所以管事婆子來替她房中清點，登記下來的那些五花八門的物品，直叫管事婆子咋舌。

可奇就奇在紀清晨。一個過年才六歲的小姑娘，屋子裡的好東西居然也叫韓氏都看花了眼。這也是因為她的東西都是從老太太庫房裡直接拿的，用的都是最好的。

到了過年，紀延德回來了，一家子團聚，讓老太太高興壞了。

等紀延德走的時候，大房一家子便跟著他先離開，畢竟紀家在京城的宅子也要有人提前過去收拾，總不能待太太過去了再收拾。

況且紀延生這邊雖已得到調令，也得等到三月才能上京。

臨行的那天，紀寶茵拉著紀清晨的手，抽泣道：「沅沅，妳可要早些來啊。」

紀清晨瞧著她五姊這沒來由的多愁善感，只得安慰她。「我三月就上京了，妳先去京城瞧瞧，若是有什麼好玩的，到時候可得告訴我。」

一旁的紀寶芸翻了下眼睛，喊道：「又不是不見面了。趕緊上車，這外頭都冷死了。」

待大房一家子離開之後，還真是有些冷清。

在紀家教她們讀書的連先生，卻是不跟著她們去京城的。她的家人都在真定，她出來教書也只是因為她丈夫身子不好，不能養家。

好在她在真定府一向有些名聲，即便是不教紀家的姑娘了，也有其他人家願意請她回去教課。她也是個重承諾的，答應一直教到三月分，所以紀清晨還是成了她的學生。

待除了厚實的冬衣，穿上薄衫的時候，上京的日子也到了。

老太太早在京城住了許久，又是這般年紀的人了，自然不會太過興奮；至於紀寶璟，她也是去過京城的，瞧著也一派淡然；而紀清晨，她對京城更是一點兒都不陌生。

所以看來看去，曾榕竟是最興奮的。

臨走的那天，留守在紀府的僕人出來給老太太磕頭，大家的眼眶都濕潤了。從真定快馬的話，自然是一日便到京城，可他們這是搬家，所以拖家帶口的，路上走得慢。

前後十幾輛大車，紀延生也知道他們這一路定然惹眼，所以叫家丁一定要多注意些。

好在這裡靠近京城，便是再不長眼的山賊，也不敢在這附近打家劫舍。是以他們走了兩日，還是一路風平浪靜。

這日他們在一小鎮落腳，鎮上連驛站都沒有，紀延生便叫人包下了一間客棧的小院，又包了一整層的客房，這才安排家中所有人住下。

待下車的時候，紀清晨是先下來的，她站在街邊打量著四周。

這條街大概是這鎮上最繁華的一條街了，這會兒晚霞剛布滿整片天空，街上正熱鬧著。對面大概是一間滷肉店，食物的香氣直撲而來。

紀清晨好奇地張望著，卻被走過的人撞了一下，嚇得葡萄趕緊扶住她，斥道：「怎麼回事，沒瞧見我們家姑娘在這裡？」

那男人手裡還抱著個孩子，聽見葡萄罵他，立即低聲下氣地道歉。

男人懷中的孩子正閉著眼睛，只是中途他卻抬了抬眼皮。

紀清晨好奇地看著他，才瞧見這孩子臉上雖然髒兮兮的，可卻長得十分漂亮，是那種就算故意弄髒了臉也擋不住的漂亮。

男人瞧著站在面前的紀清晨，眼裡露出貪婪之色。好漂亮的一個女娃娃啊。

紀清晨被他盯得皺了皺眉頭，好在葡萄及時道：「趕緊走吧，下回走路小心些。」

待那男人走後，紀清晨還是疑惑地看著他。那男人長得賊眉鼠眼，實在叫人心生厭惡，倒是他懷中的孩子，漂亮得不像是他的孩子。

「姑娘，咱們可得仔細些，聽說路上的拐子可多著呢，專挑那些長得好看的孩子下手，所以您千萬不能亂跑。」葡萄見她還望著那男人，立即哄她道。

紀清晨挑了下眉毛。拐子？

此時紀寶璟也走過來，問著發生了什麼事？葡萄又將那男人撞了紀清晨一下的事情說了一遍。紀寶璟皺著眉頭，看著那人走進酒樓中。

「外面人多口雜，妳多照顧沅沅一些。」紀寶璟叮囑葡萄。

葡萄自是點頭應下，抓緊了紀清晨的手臂便不敢鬆開。

沒一會兒，老太太也下了馬車，曾榕上前扶著她。

於是一行人先進了客棧，便見到一樓還坐著不少人。紀清晨瞧了一眼，發現先前撞到她的那個人就坐在其中一張桌子。

只見他懷中依舊是那個男孩，只是他正從懷中掏出一個瓶子，紀清晨看著他將瓶子裡的什麼東西倒進面前的湯碗裡。

「沅沅，怎麼了？」紀清晨站在原地不走，紀寶璟轉過身，低聲問她。

紀清晨怕那個男人聽見，便往前走了幾步，一直到了後院，才低聲對她說：「大姊，我方才瞧見那個男人餵那個孩子吃了東西。」

紀寶璟一時沒聽懂她的意思，立即笑道：「孩子餓了自然是要吃東西的。」

「不是。」她著急地擺擺手，輕聲說：「他從瓶子裡倒了東西在湯碗裡，然後給那個孩子喝下去。」

紀寶璟臉色微變，小聲地問她。「妳瞧清楚了？」

紀清晨點頭，她看得清清楚楚，又說：「而且那個孩子長得可漂亮了，一點兒都不像那個人的兒子。」

這拐子最是可惡，偷了別人家的孩子拿去賣，做的是一本萬利的生意，特別是那些漂亮可愛的孩子，價錢更是好極了。所以對於眼前如此可疑的情況，紀清晨是寧願錯認，也不想放過。

若是她冤枉了那個男人，那道歉便是了；可若是她沒冤枉，那救的就是一個孩子的一輩子。

紀寶璟瞧著小姑娘一臉焦急，立即安慰她。「沅沅，妳先別著急。若是這人真是壞人，姊姊不會讓他跑了的。」

紀清晨點頭，可是又擔心地問：「他們吃完飯之後，會不會離開啊？」

紀寶璟愣了下。沒想到小姑娘考慮得這麼周全，她馬上叫了一個機靈的小丫鬟去前頭要東西，藉機看住這個男人。

「咱們去告訴爹爹吧，我聽說外面的人可壞了，咱們女孩子肯定打不過他的。」紀清晨立即道。

她說這些話確實是經過一番考量的。這人若真是個拐子，只怕還會些功夫呢，若是不叫紀延生來幫忙，她們幾個姑娘家哪裡是這男人的對手？別到最後不但沒救著人，還把自個兒也搭進去了。

況且如今他雖是一個人，但也不知他有沒有同黨就在附近，若是有的話，應該將這幫人一網打盡了才好。

紀寶璟聽著她的孩子話，一笑之後，卻是放在了心上，連忙叫人去請紀延生過來。只是好久之後才聽丫鬟說，紀延生竟不在客棧，好像是方才被這鎮子上的人給請走了。

姊妹兩個一聽，心裡咯噔了一下。怎麼父親偏偏就在這個時候不在呢？

紀清晨正想著要不要去告訴曾榕，可曾榕也是一介女流，而她又不願讓祖母知道，怕驚著她老人家，若只是虛驚一場，反倒叫她老人家擔心呢。於是她道：「姊姊，咱們去叫小廝吧，先盯住他，別讓他給跑了。」

紀清晨倒也想上前去詢問，只是那人若是一口咬定那孩子就是他自個兒的孩子，她還真不能拿他怎麼辦。

若是爹爹在的話，爹爹乃是朝廷命官，自有資格叫人把他拿下。

「姑娘，那個人抱著孩子要離開了。」被派去盯人的小丫鬟跑回來道。

紀清晨更加著急了，立即道：「大姊，不如這樣吧……」她在紀寶璟耳邊說了幾句。

紀寶璟一聽，立即展顏，道：「妳這個小機靈鬼。」

那個抱著孩子的男人，付了吃飯的錢之後，就準備離開。本來他是想在這裡住下的，只是這間客棧今日來了大戶人家，若是商賈人家倒也不足為慮，可瞧著像是官家。為了安全起見，他還是決定另尋住的地方。

可剛到門口，就聽見身後一聲嬌喝。「就是他！就是他偷了我們小姐的玉珮。」

待他還沒回過神，就見穿著青色衣裳、相同打扮的隨從將他團團圍住，而一個穿著水紅比甲的丫鬟指著他便怒道：「就是他，方才撞了我家姑娘一下，乘機偷走了我家姑娘的玉珮！」

「這位姑娘，妳可不要血口噴人，我可從未見過什麼玉珮。」這男人抱著懷裡的孩子，立即喊冤道。

「還敢狡辯！咱們便到官府去說清楚。」葡萄一雙美目瞪著他，怒聲道。

這人一聽說要去官府，自然更不願意，他嚎啕大哭道：「可真是冤枉死我了，我家孩子生著病，我揹著他走了十幾里的路才來到鎮子上看大夫，卻不想竟是被你們這些大戶人家給欺負，這是不給我們窮人留活路啊！」

紀家一向名聲極好，即便是家中下人也被約束著，何曾被說過仗勢欺人啊？於是就有個站在葡萄身邊的小廝，低聲問：「葡萄姑娘，七姑娘的玉珮可確定是被這人偷了？」

若是丟在了別處，他們這麼把人攔住，豈不是讓外人覺得他們是故意欺負人？

葡萄有些猶豫，不知道該怎麼回答，因為她知道根本就沒丟玉珮這回事。

這男人是何等精明的一個人，一瞧見葡萄臉上的猶豫之色，馬上又大聲哭喊道：「定是妳這丫鬟弄丟了妳家小姐的玉珮，便抓著我，想叫我去做替死鬼。只可憐我這娃娃，生著病還讓他不得安生。」

此時酒樓的人，都被他的哭喊聲吸引過來，就連掌櫃的都過來勸道：「姑娘，偷東西總該有個證據，若不然也不能平白冤枉了人。您看看，要不您再回去找找，別就這麼堵在這裡，我這小店的生意……」

一直在後面偷看的紀清晨終於忍不住了。她真是越看越覺得這男人可疑，若真的是被冤枉了，那就算去了官府又如何？身正還不怕影子斜呢。

「就是你，方才就是你故意撞我，我的玉珮原本還好好地掛在腰間，如今卻沒有了。」紀清晨衝出來，指著男人便斥道。

眾人一瞧是個玉雪可愛的小娃娃，又紛紛看向那男人。

那男人見竟是個孩子，當即便道：「妳一個小孩子竟敢空口無憑地誣衊我，這大戶人家就是這樣教導孩子的？可憐我這苦命的孩子，生著病還被人這般作踐。」

紀清晨見他一口一個苦命的孩子，讓這客棧中的人看她的眼神都變了，氣得她咬牙切齒。

就在此時，突然一陣清朗的聲音道：「你若是覺得這位小姑娘冤枉了你，那不如就叫縣官來。顯慶二十年時，蘇州有一小販也是被人冤枉偷了東西，待告了官、查清楚之後，當時的蘇州府府尹大人，要對方賠償十兩紋銀給小販。若是這位姑娘當真冤枉你，有我們這些人作證，便是沒有十兩紋銀賠給你，怎麼著也該有五兩，到時候你兒子的病不就有銀子可醫了？」

紀清晨聞言看了過去，竟是坐在最裡面一桌的人，之前被樓梯擋住，她沒瞧見。說話的是個小少年，瞧著只有十來歲的模樣，穿著月牙白色細布長袍，他說話時，嘴角微微上揚，讓人看了有一股譏諷的味道。

葡萄見有人誣衊紀清晨，當即便怒道：「你又是何人？誰要你多嘴的。」

「妳這丫頭不如問問妳家小姐，我這法子可好？」小少年莞爾一笑，只是他的笑容並未到眼底，一雙眸子異常的漆黑，讓人看了有種深不見底的感覺。

一個十來歲的孩子，竟讓紀清晨心生忌憚。

可她並不笨，這人說話間雖然看似向著那個男子，可最後還是要見官，所以她立即冷哼一聲，怒道：「見官就見官，他若是真沒偷我的玉珮，我不僅給他兒子銀子治病，還親自向他道歉。」

「好。」少年立即拍手，稱讚道：「姑娘當真是大氣，那我便做個證人，再叫人去找縣官過來吧。」

就在眾人以為這件事就這麼定下來時，只見那個抱著孩子的男人突然往門外衝去。

紀清晨見狀，心裡哪裡還有懷疑，立即大喊道：「攔住他！別讓這個人跑了，他是個拐子！」

此時客棧的人都被驚呆了，就連紀家的小廝也沒第一時間追上去，還是那少年的隨從一下子便從桌邊躍起，衝到了門口。

那男人見有人追他，就把那孩子摔過來。

紀清晨嚇得失聲尖叫，卻見隨從一躍而起，凌空將孩子搶到了手中。

大概是這孩子被餵了藥，就是這般都沒有動靜。

隨從回來後，將孩子交給少年，不一會兒其他人則將那拐子給捉回來。

紀清晨嚇得直喘著粗氣，手腳軟綿綿地站在原地，只盯著那少年。

就見他將孩子溫柔地抱在懷中，還伸手摸了摸孩子的小臉蛋，輕嘆一聲：「真是可憐。」

待他抬起頭時，正巧與紀清晨打量他的目光撞在了一處。
他微微一笑。「紀姑娘，我是謝忱。」

第四十二章

「少爺，這人要如何處置？」出去抓人的幾個隨從，扭著那拐子的手臂走了進來。

此時客棧裡的人個個都義憤填膺起來。方才這拐子居然把孩子摔過來，企圖阻擋旁人追他，若不是少年身邊的隨從身手了得，只怕這孩子就要被摔在地上，那後果就不堪設想了。

謝忱低頭看了一眼懷中的孩子。才兩、三歲吧，雖臉上被抹了灰，可還是個漂亮的孩子。此時孩子安靜地閉著眼睛，並未因外界的紛擾而哭喊，想來是那拐子怕他哭鬧不休，引起別人的注意，便給他吃了迷藥。

隨從正恭敬地等著，就見謝忱往前走了兩步，一腳便踢在跪在地上的拐子下巴上。先是聽見清脆的聲音響起，緊接著那拐子的淒慘叫聲登時響徹了整間客棧。

謝忱雖踢了拐子一腳，可旁邊卻有叫好之聲，實在是大家都痛恨這為非作歹的拐子。

「把他交給官府好好審問，看能不能問出這孩子究竟是從哪兒偷來的？」謝忱看著這孩子，年紀太小，未必記得自己家住在何處。

隨從點頭，倒是旁邊的客棧老闆出來道：「客官，您們是初來我們這小地方，定不知鎮衙在何處，不如我讓小二帶您們過去。」

待拐子被帶走之後，這場紛爭才算是結束了。

紀清晨見沒她什麼事，又瞧著那孩子有謝忱照顧，便準備轉身回去房裡。只是她剛要離開，就聽謝忱又道：「喂。」

「我叫紀清晨。」紀清晨霍地轉身，用謝忱方才那般傲慢的口吻，也回了他一句。

謝忱的嘴角微微撩起來。「清晨小姐。」他緩緩走過來，待走到紀清晨身邊時，就將孩子遞過來，紀清晨有些不解。

後來是謝忱道：「我出來時身邊只帶了隨從，並無丫鬟，所以無法妥善地照顧這孩子。既然這孩子是咱們兩人一同救的，那交給妳照顧，我也是放心的。」

紀清晨：「……」你還真的挺放心啊。

看著他懷中可憐的小孩，紀清晨沒和他一般見識，只是叫葡萄把孩子抱過來。

紀寶璟此時也走了過來，因方才那場面她實在不宜現身，所以交由紀清晨出面。她頭戴帷帽，朝謝忱點點頭。「今日也要謝謝公子仗義出手了。」

「紀姑娘小小年紀都有如此俠義之心，我自然也不好落人之後。」謝忱道。

紀清晨瞧著他這老氣橫秋的模樣，當即便在心底笑了。這個十來歲的小孩子說起話來倒像是老學究一樣。

只是後來的教訓告訴她，看人不能只看表面……

於是紀清晨便把孩子帶回去，此時老太太和曾榕也聽說前頭出了亂子，正要派丫鬟過來察看，就見紀清晨竟抱了個孩子回來。

曾榕驚訝地問道：「哪來的孩子啊？」

「搶的。」紀清晨回道。

曾榕驚得杏眼睜大，還是紀寶璟在一旁說：「太太別聽沅沅胡說，這孩子是沅沅救下來的。」

待回到屋子裡，紀寶璟便將紀清晨如何發現那人不對勁，又如何機智地救下這孩子的事情說了一遍，聽得老太太和曾榕是又驚訝、又驚喜。

曾榕摟著紀清晨笑道：「咱們沅沅竟有這般的俠義心腸，真是太厲害了。」

「就是，姑娘這次可真厲害，一眼就瞧出那個人不對勁。」葡萄也是激動地替自家姑娘說話。從前還覺得紀清晨只是個小孩子，可如今才發現就算只是個孩子，自家姑娘也比其他人厲害多了。

就連老太太都笑得開懷，點頭讚道：「沅沅這次啊，做得對。」

此時丫鬟已經替那孩子洗漱了一遍。小臉蛋擦乾淨了，衣裳也換了一身新的，瞧著就是富貴人家的小公子。

紀寶璟擔心小孩子一個人睡醒了害怕，便坐在他的床邊做針線活，所以小傢伙醒的時候，紀寶璟是第一個發現的。

「他醒了啊。」紀清晨等了這麼久，見他終於醒了，便跑過去。

只見床上的孩子睜著眼睛，烏黑明亮的眼眸此時有些失神，瞧著整個人也懨懨地，看起來沒什麼精神。

等他瞧見床邊這麼多人，先是癟嘴，接著眼眶裡蓄滿了晶瑩的淚水。紀清晨與他大眼瞪小眼地瞧著，看著他號哭了起來。

紀寶璟只得將他抱起來，輕輕地拍他的後背，柔聲哄道：「不哭、不哭，壞人都已經被打跑了，寶寶現在安全了。」

也不知是紀寶璟的聲音太溫柔，還是她的懷抱很柔軟，嚎啕大哭的孩子在她不斷安撫下，漸漸地安靜下來。只見他一抽一抽地趴在紀寶璟懷中，終於開口說了第一句話：「餓。」

廚房早就準備了給他吃的東西，就等著小傢伙醒過來呢。

於是紀寶璟將他抱出去，此時曾榕正陪著老太太說話，見她們把孩子抱出來，立即喜道：「孩子醒了？」

待曾榕瞧見這孩子的模樣，雖說方才已經見過，可此時他睜開眼睛，卻是比方才還要好看。「這孩子可真漂亮啊。孩子丟了，也不知家裡人該多傷心難過呢。」

紀清晨倒是笑道：「沒關係，咱們可以把他送回去啊。」

「可是咱們連他家在哪裡都不知道。」曾榕擔心地看著這孩子。「也不知道他這麼小年紀，還記不記得自己家住在哪裡？」

很快的，丫鬟便將早就做好的羊乳羹端上來，也不知是這孩子餓得太厲害，還是羊乳羹太香甜了，他竟一口氣就吃了小半碗。眾人瞧著他虎頭虎腦的樣子，真是又開心又替他傷心。

等他們都睡了之後，紀延生才回到客棧。

這時候老太太還沒睡呢，紀延生一進來便道：「母親，我遇見謝家的人了。」

「謝家？」老太太愣了下，隨後才意識道，立即便問：「可是謝晉謝閣老家？」

紀延生點頭。說來這位謝大人與他父親交往頗深，只是他父親早早地告老還鄉，與原本的故舊聯繫不多了。沒想到倒是在這裡遇到了他家中的子弟。

老太太臉色有點說不上是好是壞，只問道：「是他家中的哪個孩子？」

「是謝閣老的孫子，今年才十歲，從江南過來的。」紀延生道。

老太太的臉色更加古怪，又問道：「謝家何故讓一個十歲的孩子獨自遠行？」

紀延生搖頭，也是不解。今日若不是謝忱派人來請他，他還不知謝忱在此處呢。聽說謝忱是要回京，紀延生怕他一個孩子路上不安全，還邀他一起進京。畢竟跟他們一大家子一起走，路上還能有個照應。

「說來謝晉與你父親乃同年，只是謝晉當年乃是探花出身，你父親是二甲第五名，後來你父親點了翰林院庶起士。謝晉在翰林院待了三年便調了出去，後來他一直在外面做官，倒是你父親一直在翰林院。等謝晉調回來任戶部侍郎的時候，你父親也被先皇瞧中，進了東宮，一直教導太子讀書。」

老太太提起往事，只覺得一切似乎都還歷歷在目。

「我也只是聽父親說過，謝大人做官一向勤政為民。」紀延生道。

可老太太卻打斷他。「有一事，你與你大哥都不知。你爹與謝大人當初還曾說過，要兩家結親家的；可我只生了你們兩個兒子，而謝大人家中也只有庶出的女兒，所以這件事當時就放下了。」

紀延生有些愣住。他竟不知父親與謝閣老還有這樣的約定。

「可父親如今已經去世，既然是上一輩的事情，如今想必也不會再提了吧。」紀延生有些遲疑地說。

可是老太太卻道：「謝晉當年給你爹的玉珮，如今還留在我這裡；而你爹給他的玉珮，想必他也還留著呢。」

這下輪到紀延生的臉上露出古怪之色。

其實這也不怪老太太提起。畢竟當年他們兩家是因為不適合才沒結親，可如今她有四個嫡出的孫女，不說別的，謝家男人光是四十歲無子，方可納妾的規矩，就叫老太太覺得好。這要是能結成親家，倒也是一樁好事。

「娘，這件事還是等咱們回京城了再說吧，況且咱們家如今這般景況，若是貿然上門，謝家還以為我們是想高攀呢。」紀延生的表情有些高興不起來。

雖說紀家老太爺也是太子太傅，位列三公，可到底他老人家已經仙逝，比不得謝晉這樣子還掌著實權的閣老。所以謝家是還烈火烹油，而紀家則是差了一層。紀延生連自個兒的大舅都不願意求，更何況是多年未聯繫的謝家。

倒是老太太一笑，道：「我也就是這麼一想。不過以後回京，原本那些故舊總該要聯繫上的。我自是不會主動提起，只是若謝家那邊主動提起了，對咱們家來說，也是一樁好事。」

紀延生這才點頭。

等到了第二天，紀延生才知道，這一大清早，謝忱就帶著人離開了。不過臨走的時候，倒是給他留了一封信，說是有要事急需趕路，無法與他們同行，等回京之後再登門道歉。

既然人都走了，紀延生當然也不好再多說些什麼。

沒一會兒，鎮上衙門的人也來了，經過昨日一夜的拷問，那拐子總算招了。

他是在京城護國寺偷的孩子，只是那日護國寺有法會，不知有多少人去呢，所以他也不知道自己偷的是哪家孩子？只是瞧著那孩子實在長得漂亮，便趁著奶娘帶孩子睡覺時，偷了出來。

「太可惡了！」曾榕怒道。

紀清晨有些失望地說：「連這拐子都不知道他是誰家的孩子，他自個兒也說不清楚，只知道叫娘親，咱們要怎麼把他送回去啊？」

此時被紀寶璟抱著的小蘿蔔丁，不知道眾人在說他，還一個勁兒地咯咯笑呢。

大家瞧著他傻乎乎的模樣，都被逗樂了。

「咱們先去京城，然後我叫人去京兆尹瞧瞧。孩子丟了，肯定會報官，又是在護國寺作法會的時候弄丟的，那肯定能找到；就算再不濟，還能貼告示呢。」紀延生一把將小閨女抱起來，伸手捏了捏她的臉蛋，安慰道：「咱們肯定能把弟弟送回家的。」

一路上，這個小蘿蔔丁漸漸恢復了本性，特別愛笑，馬車裡就聽到他咯咯咯的笑聲，而且嘴巴也甜，姊姊、姊姊的叫個不停。唯一的缺點就是，除了紀寶璟之外，還是不願讓旁人抱。

不過也是能理解。小蘿蔔丁被壞人抱了這麼遠，除了睜開眼睛後，第一次見到的紀寶璟，心底還是抗拒別人的。

又過了兩日，總算到了京城。待下了馬車後，紀清晨有些好奇地打量面前的宅子，若不出意料的話，她應該是要在這裡住上很長一段時間。

紀延德帶著紀家大房早早地就等在門口，後頭站著的丫鬟、婆子，個個都是恭恭敬敬地候著。

待老太太下來，紀延德上前一步，趕緊扶住她老人家的手臂，輕聲喚了句。「娘。」老太太點點頭，此時韓氏也上前，與紀延德兩人一左一右地扶著她。紀延生和曾榕跟在旁邊，紀榮堂帶著弟弟、妹妹，也跟了上來。紀寶璟和紀清晨兩人是跟在曾榕旁邊的，紀寶璟懷裡還抱著一個孩子，大概是人太多了，小蘿蔔丁緊緊地靠在她懷中。

大家簇擁著老太太去了正房，韓氏一早就將地方收拾出來，是以紀清晨依舊跟著老太太一塊兒住。

等坐下之後，一家子親親熱熱地說話，不過因過年時才見過，所以倒也沒那麼多感觸。忍了許久的紀寶芸，倒是笑著問道：「大姊懷中抱著的，是哪家的孩子啊？」

韓氏也瞧見了孩子，只是她不好開口問。好在紀寶芸問了，大房的眾人都是好奇地瞧著。於是，紀延生便簡單地將他們在路上救孩子的事情，說了一遍。

「這孩子可真是可憐。」韓氏聽了，都忍不住同情。

紀延生道：「大哥在京城好幾年，人脈也廣些，還請大哥問問，看看京城有沒有官員家中丟了孩子？」

這孩子生得實在好看，雖然被拐子帶走了幾天，可還是能瞧出他被家裡人養得白白胖胖的，看著便像是富貴人家的孩子。

紀延德點頭，道：「救人是好事，回頭我就叫人去打聽、打聽。」

結果，第二天就有人上門了。

只是任誰都沒想到的是，竟是溫凌鈞來了。

丫鬟說的時候，紀清晨搗著嘴便偷笑，一旁的紀寶璟正抱著小蘿蔔丁玩呢，瞧見她這偷笑的舉動，低頭時臉上不禁飛起紅暈。

不過溫凌鈞不是一個人來的，他是帶著一幫人來的。

丫鬟請他們進來時，在溫凌鈞身邊的是個打扮頗為富貴的夫人，臉盤有些圓，白白胖胖的，很有福相，不過卻是一臉的悲苦；而她身後則跟著一個年輕少婦，垂著頭，手上緊緊地捏著帕子。

他們一進來，那婦人瞧著坐在紀寶璟懷中的孩子，便大喊了一聲。「元寶啊！」

她這一聲喊，別說把孩子嚇了一跳，便是老太太和紀寶璟都被嚇了一跳。只是那位夫人喊完，整個人便軟了，幸虧有溫凌鈞及時扶住她。

老太太趕緊叫丫鬟拿椅子過來，眾人又將她扶在椅子上坐下。跟著她的少婦一邊瞧著坐在紀寶璟懷裡的孩子，一邊又要照顧婆母，實在是焦慮極了。

還是溫凌鈞向老太太請罪道：「還請老夫人見諒。我舅母聽說紀家在來京的路上救了一個男孩回來，便猜想是家中丟失的孫兒，這才急急地趕過來。」

紀清晨聽罷，當即就震驚地睜大眼睛。這、這也太巧了吧。

不過顯然不是她一個人這麼覺得，就連老太太都頗為震驚地說：「這孩子是你家弄丟的？」

「元寶。」那少婦轉頭喊了一聲，只是被嚇得躲在紀寶璟懷中的孩子，卻怎麼都不肯抬頭。

紀寶璟有些歉意地解釋道：「他在路上受了些驚嚇，只要聲音稍微大一些，就會變成這樣子。」

女子一聽，眼淚撲簌撲簌地掉。自家的寶貝疙瘩變成了這般模樣，如何叫人不難過？此時坐在椅上的夫人卻醒了過來，這一醒來便要給老太太磕頭。

老太太如何能受她這大禮，便親自起身去扶她。

這位夫人此時哭了起來，道：「若不是遇到貴府的姑娘，還不知道我這孫兒要淪落到何處去呢？」

可不就是。已經被拐子帶出京城，卻還能叫人給救回來，這不就是祖墳上冒了青煙嗎？

溫凌鈞見他舅母這般激動，也趕緊扶著她又坐下。

待她擦了眼淚，這才自我介紹起來。原來她是溫凌鈞的親舅母，乃是京城忠慶伯府夫人黃氏，而這孩子便是她嫡長子的兒子，也是忠慶伯府的嫡長孫。跟著她一塊兒來的，則是她的兒媳婦林氏，也就是孩子的母親。

那日她帶著林氏還有孩子一起去參加法會，只是孩子犯睏了，便叫奶娘帶下去睡覺。結果就被那天殺的賊人給偷走了孩子，當時就全城搜捕，可還是一無所獲。這幾日忠慶伯府為了找這孩子，都快要把京城翻了過來。

只是時間越長，家裡人便知道，希望越渺茫。

說來也真巧，溫凌鈞如今與紀榮堂關係不錯，兩人年齡相仿。

紀榮堂今兒個正巧去他家中借書，卻見他愁眉苦臉的，就問他怎麼了？

溫凌鈞便把這件事說了一遍。紀榮堂聽罷，立即就驚住了，一拍大腿就說他二叔一家昨日回京，還帶回來一個孩子，據說是在半路上從拐子手裡救出來的，大概也就三歲左右，長得白白胖胖，也是跟著家人去參加法會時被偷走的。

溫凌鈞便趕緊告訴了母親孟氏。本來他是想自個兒先上門來瞧瞧，看看是不是他表姪子？若真是的話，再叫舅舅一家上門來接。

只是舅母一聽說孫子有消息了，怎麼都不肯等，便跟著他一道來了。

如今已經出城去追這孩子的父親了，可還沒回來呢，所以來的都是孟家的女眷。

老太太見黃氏哭成這模樣，也覺得可憐。想想也是，孩子若是沒遇上他們，可真就要落在拐子手裡了。

不過黃氏哭完後，又覺得不好意思，這麼大的恩德，她們就這麼空著手來，什麼也沒給人帶。

此時小蘿蔔丁終於在紀寶璟的安撫下，悄悄地探出頭來。

林氏見兒子這可憐巴巴的模樣，眼睛都要哭瞎了，啞著聲音喊：「元寶、元寶，是娘啊！」

她伸手就想抱孩子，可小蘿蔔丁不知是怕的還是嚇的，只眼巴巴地瞧著她，似乎不認識她一般。

倒是紀清晨站在他旁邊，笑嘻嘻地說：「原來你也叫元寶啊。」

林氏擦了擦眼淚，道：「他大名叫孟祁元，小名叫元寶。」

「我也叫沅寶。」紀清晨伸出小胖手指了指自個兒的鼻子。「我們家只能有一個沅寶，你這個元寶趕緊跟你娘回家吧。」

她的話一下逗笑了所有人，即便是林氏也都破涕為笑。

而小蘿蔔丁眨了眨眼睛，盯著面前的人，小鼻子嗅了嗅，終於伸出兩隻小手。「娘。」

第四十三章

林氏抱著兒子，便是嚎啕大哭，小蘿蔔丁懂事極了，小手一直替她擦眼淚。

瞧著懷裡的寶貝，林氏恨不得摟在懷中，一輩子都不鬆手才好。

這會兒孩子回了母親的懷抱，紀寶璟也是輕輕鬆了一口氣。她抬起頭，卻瞧見對面溫凌鈞的雙眼正盯著自己看。

他本就生得俊秀，身如清竹，一雙瞳子溫潤柔和，只是此時卻落在她的身上。

紀寶璟的眼睛掃過來時，溫凌鈞心頭一驚，只是這次他卻沒閃躲，而是迎著她的目光，溫和一笑。

「這孩子定是被嚇壞了，險些連母親都不認識。」忠慶伯夫人撫著胸口道。

這才被拐去幾日，就險些認不得家裡人了。若是這次沒被紀家搭救，只怕他們骨肉真的要分隔千里。一想到這裡，黃氏的眼淚又止不住。

只是沒一會兒，黃氏這心裡真是過意不去。她上門來接孩子，竟連份禮物都沒帶。

老太太瞧著他們一家子團聚，也是替她高興，立即道：「不過是件小事，孟夫人不必放在心上。」

「這哪裡是什麼小事，你們救了我家元寶，這對我們忠慶伯府來說，是天大的恩德。」

黃氏拉著她的手，十分誠心地說。

老太太馬上笑了笑，指著旁邊的兩個女孩道：「說來這次救元寶，可不關我的事情，都是我這兩個孫女的功勞。」

黃氏自是想知道這件事情的來龍去脈。可紀清晨自然不好意思給自己表功，而紀寶璟一直覺得人是妹妹救的，她頂多就是哄了哄元寶，不能搶了這救人的名聲。

葡萄是瞧了全部經過的，於是便將經過說了一遍，待聽到元寶被人摔過來時，黃氏和林氏兩人臉上都出現驚懼之色，林氏更是緊緊地摟著懷中的孩子。

等葡萄說完，黃氏有點後怕地說：「真是多虧那位小少爺了，若不是他的隨從，只怕我家元寶……」黃氏有些說不下去，這眼淚險些又要落下來。

老太太點頭道：「說來若是沒那位公子，只怕還真讓那拐子給跑了。」

這邊黃氏用帕子擦了擦眼睛，立即問道：「不知那位公子可留下姓名？我也好備些禮物，登門道謝。」

紀清晨想起謝忱那張略有些驕傲的臉，便道：「他說他叫謝忱。」

聽到這個姓氏，黃氏立即在心底盤算起來。畢竟聽丫鬟所講，這位公子身邊帶著厲害的隨從，那定是京城中大戶人家的公子吧。

「應當是謝閣老家中的孫子。我那二兒子倒是與那位小公子聊了幾句，所以知道他是謝家的子弟，方從江南回來。」老太太倒是沒隱瞞。

黃氏一聽，還真是謝閣老家，這心底也說不上什麼滋味，只覺得真是祖宗保佑，讓她的元寶出門遇到這麼些個貴人。

等她們要離開的時候，黃氏便道：「今兒個來得實在是匆忙，明日再登門正式拜訪。」

溫凌鈞把舅母和表嫂送回忠慶伯府後，這才回到家中。

此時他母親孟氏正在房中等著，聽說他回來了，竟親自到門口迎著，一見他便張口問：「可是元寶？」

「是元寶，咱們一進門就瞧見他正與紀家姑娘在玩著呢。」溫凌鈞扶著孟氏，立即安慰道。

孟氏雙手合十，口中念叨道：「多謝祖宗保佑，多謝祖宗保佑。」

溫凌鈞見外面天色已有些晚了，便扶著孟氏進去，道：「娘，您放心吧，元寶如今已被舅母她們接回去了，他只受了點兒驚嚇。」

孟祁元是忠慶伯府的嫡長孫，可說是一家人的命根子。孟氏是他的姑祖母，自個兒的兒子還沒成親，所以對於這個寶貝姪孫，那是疼愛不已，隔三差五就要叫人送些東西給他。每次看見他，也是怎麼疼都疼不夠。

結果卻出了這樣的事情，知道消息的時候，她險些當場昏厥過去。

晉陽侯還特地請了太醫回來，結果卻被她哭得又親自去京兆尹跑了一趟。如今孩子能找回來，那真是要謝謝祖宗保佑了。

孟氏又細細地問，溫凌鈞便把在紀家聽回來的那些事，都說給她聽。

待聽到元寶險些被那拐子摔著，孟氏也是一拍桌子，怒道：「這殺千刀的拐子，這次定是不能叫他跑了！」

「娘您只管放心吧，那拐子如今被關在鎮上的衙門，肯定是跑不掉的。」溫凌鈞寬慰她。

只是這樣她還覺得不解恨，道：「這拐子定不是一個人，他肯定還有同黨。竟然連伯府的孩子都敢拐賣，我看這些人也太無法無天了……回頭等你爹回來了，叫他去一趟大理寺，這件事無論如何都不能就這麼算了。」

結果她剛說完，晉陽侯溫重州就走了進來。

他在門外就聽到孟氏氣憤的聲音，立即問道：「不是說元寶找回來了，又有誰惹妳不高興了？」

孟氏見他回來，立即把先前話的又說了一遍，還猶嫌不夠似的，念叨道：「大理寺和京兆尹竟都不管用，連個孩子都找不回來。這次若不是有紀家人出手相救，元寶還指不定被賣到什麼骯髒地方去呢，這件事可不能就這麼算了。」

溫重州倒是沒責備她說的話，反而點頭道：「妳說得對，堂堂天子腳下，拐子卻這般猖獗，是該打擊一番。」

倒是溫凌鈞坐在一旁，一直沒說話。

待傳了晚膳之後，溫凌鈞便留在孟氏房中，與父母一同用膳。席間，溫重州又問了他近日讀書的情況。

孟氏立即道：「孩子正吃著飯呢，你讓他好好吃。這一天天的，瞧把我給累的。」

溫重州瞧她這副慈母模樣，立即搖頭，道：「慈母多敗兒。」

誰知孟氏不僅不生氣，反而略有些得意地說：「不說旁的，這整個京城裡，像咱們家凌鈞這般的後生，十個手指都數得著的。」

溫凌鈞有些無奈，只顧低頭吃飯。倒是溫重州被自個兒的夫人這麼頂嘴，卻沒反駁。

溫凌鈞身為勛貴子弟，卻能潛心讀書，他當年在會試取得那般好的名次，就連皇上都誇讚晉陽侯治家有方，還說勛貴子弟當以凌鈞為表率。

這兩年來，想與晉陽侯府結親的人，簡直是踏破了家中的門檻。只是溫凌鈞跟著三通先生讀書，並不願早早成親。

溫重州想著兒子年紀也不是很大，倒不如讓他先安心讀書。畢竟這會試和春闈還是不一樣，到時候天下學子都會齊聚在京城，那可真是如千軍萬馬要闖春闈這獨木橋。

溫重州是個守成有餘、進取不足的，所以晉陽侯府如今在京城也屬於不上不下的地位，也就是出了溫凌鈞，著實叫他們父母臉面上有光。

這些年來，他也是看著不少勛爵人家，有些被降爵世襲，有的被奪了爵位，可見皇上心底並不想養著這麼多勛貴。

待用過晚膳之後，溫凌鈞一直沒離開。

孟氏瞧出他有心事，便問道：「凌鈞，你可是有什麼話想與娘說？」

「倒也沒什麼，只是……」溫凌鈞想了想，終究沒開口。

其實之前他便想與母親說，可是他怕自己乍然說了，母親會誤會寶璟是不守規矩的女子，所以思前想後，才打算等到紀家上京的。

沒想到，竟會出現紀家人解救元寶這樣的機緣。

見他支支吾吾，孟氏登時便笑了，道：「你與娘之間還有什麼不能說的？」

溫凌鈞瞧著孟氏鼓勵的眼神，便心一橫道：「娘，兒子想與您說一件事，您可千萬不要責怪兒子。」

孟氏瞧著他這模樣，又笑道：「傻孩子，娘何時責怪過你了？」

溫凌鈞自小到大都循規蹈矩，所以孟氏根本就沒為他操心過。

當年孟氏生了他之後，傷了身子，所以膝下只有這麼一個兒子。原本還擔心他一個人勢單力薄呢，可他又聰慧又乖巧，打小就不讓她和侯爺操一點兒心。

所以侯爺在他十六歲的時候，就為他請封世子。

「兒子心有所屬了。」溫凌鈞到底還是開口了。這番話一直憋在他心中，之前因為瞻前顧後，老是沒敢說出口，可等到開了個頭，反倒能順暢地說了下去。

孟氏聽得有些呆住，她怎麼都沒想到，兒子竟是要說這件事。

雖說侯爺一直說他年紀還小，不急著早早成親，可孟氏如何能不急？畢竟兒子都已經十九歲了。她娘家姪子在這個年紀，都已經有元寶這個嫡長子了。她瞧著人家的孫子那般可愛，心裡頭也羨慕得厲害。

只是想著侯爺說得也有道理，這才按捺住。

要不然京城這麼多人家瞧中自家兒子，孟氏早就挑花了眼睛。而且她看著溫凌鈞對身邊那些表姊、表妹啊，都是客客氣氣的，她以為兒子是還沒開竅呢。

她萬萬沒想到，他今日會與自個兒說這些話。

溫凌鈞說完之後，孟氏瞧著他半晌都沒說話。

溫凌鈞心中自然也是忐忑萬分，只是他已經打定了主意，若是娘親不同意，他便是求也要叫娘親同意。

「你在真定見過這個紀姑娘？」好在孟氏也沒生氣，只是反問道。

溫凌鈞見孟氏這般淡然，心中大喜，連眉眼都染上說不出的高興，點頭道：「定國公府在真定的宅子遇了強盜，而紀家的宅子正巧就在旁邊，紀家怕世澤再遇危險，便叫他入府暫住。」

這件事孟氏也是知道的。說來她雖不瞭解紀家，可單單紀家所做的這兩件事，便讓自個兒對這一家子心生好感。

況且紀家也是耕讀世家，老太爺當年是太子太傅，深得皇上敬重。

孟氏再看溫凌鈞一提到那位紀姑娘便眉開眼笑的模樣，心中又好笑又覺得有些無奈。原以為他是對男女之事不上心，沒想到竟是沒遇到那適合的人。這會兒遇上了心儀的姑娘啊，竟是比誰都還要開懷。

「娘，您不是一直要兒子娶親嗎？」溫凌鈞拉著孟氏的手，柔聲道。

他的臉上掛著討好的笑容。畢竟這婚姻大事，乃是父母之命，媒妁之言，他今日這般已是越矩了。只是一想到紀寶璟已經來到京城，他真是一刻都不想等了，恨不得明日就把她娶回來才好。

孟氏淡淡地睨了他一眼，問道：「你只說你如何喜歡人家姑娘，那人家紀姑娘呢？」

「紀姑娘乃是大家閨秀，安分守己，每次碰見兒子都是即刻迴避的。」溫凌鈞還以為孟氏不相信紀寶璟的人品，立即道。

孟氏瞧著他這著急要解釋的模樣，噗哧一聲就笑出來，她伸手在他額頭上點了下，道：「這會兒都還沒娶進門呢，便向著人家說話了。」

其實孟氏也知道，這男女之事本就是沒有理由的，自家兒子不過才見了人家幾面，便瞧上眼了。

想當初她與侯爺，雖說也是媒妁之言，可在京城的宴會上也是見過幾次，也是相互看對了眼。

孟氏不是苛刻的人，只是她聽說這紀姑娘的生母早逝，喪婦長女，到底是不好啊……不過她也沒一口回絕溫凌鈞，只道：「這婚姻大事，總是要相看的。娘如今還沒見過那位紀姑娘的面，自然不好立即與你說。」

「娘，舅母見過她啊，您若是不相信兒子，只管問舅母就是了。」溫凌鈞立即說。

孟氏哼了一聲，道：「你別以為我不知道你這點小心思啊。」

元寶是人家救的，就算她去問了，她大嫂還不得使勁地誇讚人家閨女。

忠慶伯府的人一大清早就來了，這次不僅是女眷，就連忠慶伯爺和世子孟擇也來了，還帶了足足兩車的謝禮過來。

韓氏瞧見了，不禁咂舌。

老太太立即搖頭道：「妳可真是太客氣了。」

「不客氣、不客氣，這些啊，都是應該的，昨兒個我們來得匆忙，都沒給孩子們見禮呢。」黃氏笑道。

這次她給紀府女孩的見面禮都不小，就連大房的三個姑娘，也一人得了一對金手鐲。

紀清晨則是得了一個金項圈，十分精緻好看。此時被林氏抱在懷中的孟祁元，也就是小蘿蔔丁，這會兒看見她，就衝著她伸手。

紀清晨可開心壞了，沒想到這小蘿蔔丁回了家，倒是和她親熱起來。結果她走過去時，小蘿蔔丁卻又縮回他娘的懷抱裡。居然敢戲弄她……

見到這一幕，此時廳堂裡的人都大笑起來，紀清晨只是哼了一聲。

「姊姊。」她剛要轉身，結果衣裳又被一隻小手抓住。

紀清晨噘嘴道：「我生氣了。」

老太太登時指著她，有些無奈道：「瞧瞧這孩子，都是姊姊了，還這般孩子氣。」

「元寶，不許和姊姊淘氣。」林氏溫柔地對兒子道。這小傢伙昨兒個回家之後，鬧騰了好一陣子，林氏可是哄了好久都沒有用。倒是他爹回來之後，便抱著他，小傢伙反而不鬧騰了。

元寶掙扎著要下來，林氏只得將他放下來，讓他與紀清晨一塊兒去玩。

誰知他一下地，拉著紀清晨便往紀寶璟那邊跑，站定後，抬著頭就說：「糕糕。」

紀寶璟立即抿嘴笑起來。小傢伙好歹知道她是專門餵他吃東西的人。於是紀寶璟一福身，便把兩人帶下去吃東西了。

老太太留了忠慶伯府一家子用了午膳後，他們才告辭離開。

第四十四章

晉陽侯夫人知道今兒個大哥一家去了紀府，便按捺住心裡的好奇，等到隔天才去了忠慶伯府。

一見到元寶這小傢伙，她也是抱在懷裡疼個夠。瞧小傢伙遭了這般大難，卻依舊還是白白胖胖的，她心裡才算徹底放下心來。

「我聽說這次救元寶的，是紀家的姑娘？」孟氏又問。

黃氏笑道：「是紀家的大姑娘和七姑娘。別看都是女孩，那可真是聰慧又機警，一眼就瞧出來那拐子的不對勁了。」

孟氏聽著黃氏這滿嘴的讚賞，又問道：「紀家大姑娘如何？」

「大姑娘啊，模樣長得是沒得挑，高鼻細眉，尤其是那雙眼睛，可漂亮了。性子也好，這幾日元寶啊，都是她在照顧的。這小東西回來之後，還鬧著要找人家呢。」黃氏笑著拍了下坐在羅漢床上玩耍的小傢伙。

只是等她說完，便會意過來了。小姑子問這話，想來不是為了元寶才問的吧？

孟氏瞧著她的眼神，乾脆也不瞞著了，便將溫凌鈞說的話告訴她。待說完後，才嘆道：「凌鈞這孩子妳也是知道的，最是老實不過，可他卻突然與我說，瞧上了人家姑娘，我這心裡……」

她這麼說，黃氏哪還能不明白，小姑子這是怕紀姑娘有意勾引溫凌鈞。

黃氏立即正色道：「旁人我倒是不敢說，只是紀家這位姑娘，我瞧著便是個好的。就說昨日我過去，大房那位三姑娘一個勁兒地湊在我跟前說話，可她卻帶著元寶還有七姑娘到後頭去吃東西、玩耍。我見她言談也是大方明朗，實在是個難得的好孩子。」

原本孟氏這心裡還忐忑得很，生怕兒子只是瞧中人家姑娘的樣貌。溫凌鈞終究是晉陽侯府的世子爺，他的妻子以後可是要掌管整個晉陽侯府，不論品性、樣貌、能力，都是缺一不可的。

聽黃氏這麼說，她倒是有些放心了。畢竟再如何，溫凌鈞也是黃氏的外甥，她不至於為了旁人來欺騙她。

黃氏見她一臉沈思的模樣，噗哧笑道：「我與妳這麼說，也沒叫妳即刻便定下親事。哪戶人家定親事不是再三相看的？左右如今我與紀家也算有了聯繫，等回頭我找個機會，讓妳見見紀家的大姑娘。」

孟氏一聽，也覺得這個法子好，立即道：「那便要煩勞大嫂了。」

「凌鈞這孩子也是我看著長大的，我自是盼著他能娶得賢婦。況且凌鈞一向叫人省心，我看他看人的眼光，也定然不會差的。」黃氏安慰她道。

孟氏被她這麼一安慰，心底也算是有了主意。

卻不想黃氏倒是真的上了心，過沒兩日，便派人來邀孟氏一塊兒去上香。

先前元寶丟了，她在菩薩跟前可是有許願的，這會兒孩子回來了，她便想著趕緊去上香還願。

正巧紀府這邊，韓氏見二房初來京城，也想趁著春日裡，帶孩子們出去走走。

孟氏一聽紀府的人也要去，當即便叫人給黃氏回信，約定了時間。

而這幾日溫凌鈞時常到她房中，孟氏瞧著他那欲言又止的模樣，便有心要晾著他，只當沒瞧見。

溫凌鈞真是抓心撓肺地想問母親結果如何？可是又怕自己追問得急了，反倒惹母親厭煩，這才不敢多問。

出門上香這件事，其實也就是女眷變著法子的散心。畢竟女子出門難，能找的由頭也就那麼幾個。

老太太因身子疲倦，便不想去，只叫曾榕領著紀寶璟和紀清晨一起去。

紀清晨雖覺得祖母不能去有些可惜，但是一想到能出門，還是覺得開心。不過一聽說要去的地方是城外的廣源寺，她當即就有些失神。

不為旁的，前世她就是在廣源寺出事的，沒想到這一世，居然還能故地重遊。

她心底雖有著心事，不過臉上依舊是開開心心的。

出門的時候，她與小後娘還有姊姊坐一輛車。

曾榕也掩不住開心，道：「總算能看看這京城的風光了。」

從前只聽說京城是天子之所，如今她真到天子腳下了。

曾榕是個愛美的，出門前自然要給自個兒和孩子好生打扮一番。只是紀寶璟都十五歲，她是不好管她的，可紀清晨卻是落在她手裡了。

今兒個她與紀清晨的衣裳，是她特地做的，在真定就做好了，只是小姑娘害羞，不好意思穿，今兒個卻是叫她穿上身了。

兩人身上俱穿著淺粉色五彩妝花十樣錦的衣裳，只是曾榕的是上衫，而紀清晨的則是襦裙。小姑娘今日頭髮上戴著珍珠髮帶，小手指那般大的珠子個個通體圓潤。

馬車也不知跑了多久，等要下車的時候，紀清晨這才揉了揉有些模糊的眼睛。

京城周圍的寺廟可不少，而且香火都十分旺盛，據說有些寺廟是求姻緣靈驗的，有些則是求子靈驗的。這個廣源寺也是京城遠近聞名，求姻緣十分靈驗的寺廟。

要不然她上輩子也不會來這裡了……

待進了寺廟之後，韓氏和曾榕便帶著她們上香磕頭。

紀清晨倒是不怎麼上心，她如今才六歲，求什麼姻緣？倒是旁邊的紀寶芸，極是虔誠，每次跪下，口中都是念念有詞的。

上香之後，韓氏正要領她們去廂房休息，卻聽紀寶芸道：「娘，我聽說廣源寺有一處靈泉，十分靈驗，我想去拜一拜。」

所謂靈泉就是廣源寺的一處活水池子，裡面養著好些錦鯉，不少人往裡面扔銅錢許願，時間一長，便傳出這池子許願靈驗的傳言。

紀清晨心中嗤之以鼻，她猜想這消息就是廣源寺的和尚們傳出去的。雖說一個人扔一枚銅錢不多，可是日積月累，那也是一筆不小的收入。

韓氏見實在拗不過紀寶芸，便道：「許了願就立即回來，不許亂跑。」

「多謝娘。」紀寶芸滿心歡喜。

曾榕也對紀寶璟道：「璟姊兒，妳也帶著清晨去吧，來了一趟總該到處見識見識。」

於是紀家的姑娘便都去見識那個許願池了。

這次大房的二姑娘紀寶茹也跟來了，她在家裡一向不言不語的，紀清晨甚至都沒和她說上幾句話。

紀家女孩雖多，可是庶出的只有紀寶茹和紀寶芙，只是紀寶芙也瞧不上這個二姊，覺得她姨娘一點兒都不受大伯的寵愛。

說到衛姨娘，紀寶芙就沈默了。今年一月的時候，衛姨娘自個兒在屋子裡摔了一跤，孩子早產，八個月大的孩子，生下來沒幾個時辰就夭折了。

還是個男孩……衛姨娘經此打擊，一蹶不振。

紀寶芙這次來上香，也是想替衛姨娘求一求。

所以一行人各懷心思地去了池邊。

這裡人倒是不少，不過大多是姑娘，畢竟來上香的本來就是姑娘居多，會相信這所謂許願池的，自然也是姑娘。

紀寶芸嫌一文銅錢太寒酸，便扔了一兩的銀錁子下去。

櫻桃見紀清晨在旁邊轉悠，也不許願，便從荷包裡拿了一個銀錁子給她，說道：「姑娘要不也許個願吧？」

「我沒什麼願望。」紀清晨一副提不起興致的模樣。畢竟重遊故地，特別還是自己前世死去的故地，真是叫她無限感慨。

櫻桃還是勸道：「姑娘還是許一個吧，這來都來了。」

紀清晨只好接過銀錁子，用力扔出去，銀子在陽光中閃耀了下，便落進面前清澈的池水中。她閉上眼睛，想道，她真的沒什麼願望。

這一世，她很幸福，她有愛護她的家人。如果非要有什麼願望的話，那她就只許一個小小的願望，讓她早些見到柿子哥哥吧。

待許完願後，她便睜開眼睛。

只是睜眼的一瞬間，就聽到一個聲音。「妳許了什麼願？」

「說出來就不靈了。」紀清晨下意識地回答，只是答完後，她猛地轉頭，看著面前的少年。

眼前穿著寶藍卷草紋鑲淺藍滾邊的少年，錦衣玉冠，在陽光下，他俊美得叫人挪不開眼睛。

柿子哥哥……

「柿子哥哥，你怎麼會在這裡？」紀清晨猛地衝過去，抬起頭看著他。他好像又長高了，因為她要把頭抬得高高的，才能看見他。

裴世澤低頭看著她，淡淡道：「妳猜？」

紀清晨：「……」柿子哥哥，你是在逗我嗎？

裴世澤看著清澈的湖面，以及湖中暢快地游來游去的錦鯉。「妳方才許了什麼願望？」

春日明媚的陽光下，少年精緻的面容猶如蒙上一層金色的茸毛，即便是臉上原本冷漠疏淡的表情，也都被暖陽融化，變得柔和起來。

此時池邊依舊站著不少姑娘，發現如此俊美的少年就在一旁，都不住地往這邊看。

原本在不遠處投擲銀錁子許願的紀寶芸，在瞧見裴世澤那一刻時，眼中閃著說不出的光彩。方才她在心底許願，希望能早些遇到她的良人。

莫非……

紀寶芸一顆心怦怦地跳。她來京城有一段日子了，也跟著韓氏出去交際過幾次。京城可不比真定，在真定的時候，她是眾星捧月的嬌小姐，可是在京城，這裡勛貴多如牛毛，她這樣的家世著實顯現不出來。

那些國公府、侯府的姑娘便不說了，還有閣老府、尚書府裡的姑娘，哪個不比她家世顯赫？這幾個月裡倒也有人和韓氏攀談過，可都是些官員家中的女眷，要不然就是些沒落的勛貴，頭上戴著的首飾舊得都不成樣了。

真是現實催人長大，這幾個月下來，紀寶芸身上那股子傲氣也消除了不少。

如今瞧見裴世澤，她心底有些驚訝。定國公府家中的嫡長孫，即便是在這京城，那都是頂級的勛貴子弟，雖說先前在真定的時候，裴世澤待她便冷淡至極，不過她也總不好見著人家卻連個招呼都不打。

這麼想著，紀寶芸便帶著丫鬟走過去。

「裴公子，你今日也是陪著家人來上香的？」兩方打了招呼，紀寶芸便撲簌著一對大眼睛，嬌羞地問道。

紀清晨極少聽到她三姊這樣掐著嗓子說話，又瞧她一臉羞澀的模樣，知道她是少女懷春，只是紀清晨偏偏要捉弄地問道：「三姊，妳嗓子怎麼了？方才說話還不是這樣呢。」

紀寶芸被她戳破，又礙於裴世澤在此，不能衝著她瞪眼，只好輕咳了下，輕聲說：「沒什麼，只是一時倒了嗓子。」

此時紀寶茵也過來了，瞧著裴世澤也在，立即驚喜地問道：「裴哥哥，你今日也來上香啊？」

紀寶茵因為年紀小，叫裴世澤一聲裴哥哥倒也沒什麼，只是一旁的紀寶芸，見裴世澤對自己那般冷淡，可偏偏對這兩個小丫頭片子溫和得很。

特別是清晨那丫頭，遇見裴世澤的時候，似乎連腿都沒了，整日都要人家抱著。這不，這會兒裴世澤又把她抱著了。

沒一會兒，紀寶璟與二姑娘紀寶茹也過來了。

紀寶璟瞧見裴世澤，淡淡地點了個頭，便對幾個妹妹道：「既然都許過願了，那咱們便回去吧，要不然大伯母也該著急了。」

只是紀寶芸卻不想回去，她指著不遠處的樹林，道：「我聽說那邊風光也不錯，今兒個天氣又這般好，不如咱們過去轉轉吧。」

「沅沅，我祖母來這裡禮佛了，我帶妳去見見她吧。」裴世澤低頭看著懷中的小姑娘。

紀清晨原本正閒暇地看著她三姊，結果聽到這句話，當即驚訝道：「帶我去？」

「妳不想去？」裴世澤一聲輕笑。

這笑聲就像是一根羽毛撓在她的心頭，又癢又酥，她小臉差點笑得樂開了花，小腦袋跟小雞啄米般點個不停。「我要去、我要去。」

說來，定國公府的老夫人，她可不陌生。這位老夫人是極高壽的，而且性子又疏朗，生平最喜歡的事，就是研究那些吃食，所以定國公府裡光是伺候她的廚子就有四、五個。

紀清晨也愛吃，但是比起這位吃得精緻的老夫人，那可差得遠了。

況且裴世澤願意帶她去見裴老夫人，就是把她當自己人了，她又怎麼會拒絕呢？

紀寶璟有些驚訝，想了想還是道：「裴公子，沅沅她太淘氣了，我怕她過去會打擾了老夫人的清靜。」

「無妨，我祖母一向喜歡活潑的孩子，她定會喜歡沅沅的。」裴世澤抱著小姑娘，平靜的臉上露出一點笑容。

紀寶璟見紀清晨賴在人家身上就不下來了，也沒辦法，只得點頭同意。

於是裴世澤告辭離開，紀清晨還特別開心地衝著她們揮揮手。

待他們走後，紀寶茵感慨道：「我看裴哥哥是真喜歡沅沅，還帶她去見定國公夫人。」

紀寶茵也與紀寶芸一般，這幾個月裡在京城見識了不少，知道這裡不比真定。在真定，她們是受人矚目、尊貴的紀家小姐，可是在這裡，她們只是紀家的姑娘，父親是個還算拿得出手的四品官，也就是已去世的祖父還剩下一些威名能吹噓一番。

這樣的落差，越發叫紀寶茵想念在真定的日子。今日瞧見裴世澤，她覺得彷彿又回到了在真定的那時候了。

「七妹天真可愛，自然是誰瞧了都喜歡。」紀寶茹在一旁低聲道。

誰知紀寶芸卻重重地哼了一聲，陰沈道：「是啊，七妹確實是人人都喜歡，換作是咱們，那就是討人嫌。」說著，她便扭身離開。

紀寶茹有些歉意地看著紀寶璟。「大姊，對不起啊，我不是故意的。」

「這不關妳的事。」紀寶璟溫和地道。

於是紀寶璟便招呼眾人跟來。紀寶芙跟在她們身後，瞧著前頭的紀寶芸，心底卻是冷笑著。三姊先前是何等驕傲之人，如今到了京城，竟也成了為親事積極鑽營的人。

第四十五章

紀清晨被裴世澤一路抱著，葡萄和莫問兩個跟在後面。

她還特別懂事地問：「柿子哥哥，你抱我累嗎？要不我自己下來走吧。」

「不累。」裴世澤說這話倒也不是在硬撐。他自幼習武，又跟著國師學習內家功夫，別說是抱她一個孩子了，便是舉起百十來斤的大石都無妨。

一路上，裴世澤倒是問了她一些事情。

忠慶伯府的嫡長孫被人救回來，這件事早就傳遍整個京城的貴族圈子，況且忠慶伯夫人也沒打算瞞著，誰問了都直說是新進京的紀家人救的。

於是紀家一家子進京的消息也傳了個遍，往年與紀家有來往的，這會兒估計也正琢磨著上門重修舊好。雖說紀老太爺走了，可是他門生眾多，皇上登基那年開了恩科，那一屆的主考官就是他。所以說他桃李滿天下，那也不是誇張的。紀老太爺雖走了，可是老夫人卻還在，所以該孝敬的還是不能少。

裴世澤自然也聽說了這個消息。他本想到紀家登門拜訪的，畢竟在真定的時候，紀家人對他頗為照顧。

只是這幾日祖母突然要上山禮佛，他要護送祖母，便耽誤下來。沒想到會在這裡見到這個小丫頭。

「柿子哥哥，你長高了耶。」紀清晨趴在他懷裡，輕聲道。不僅長高了，而且肩膀也長寬了，她伸出小胖手在他的衣襟戳了戳。

裴世澤感覺到小姑娘四處亂動的小爪子，淡淡道：「妳也長胖了。」

紀清晨噘起小嘴。再說她胖，她可真的要生氣了。

「騙妳的。」他淡淡的聲音，再次從頭頂處傳來。

紀清晨登時就笑了出來。她伸出胖乎乎的手臂，抱著裴世澤的脖子，親熱地說：「柿子哥哥，我可想你了。」

都說會撒嬌的孩子有糖吃，所以紀清晨仗著如今自個兒年紀小，想怎麼撒嬌便怎麼來。畢竟等她長大，要是再這麼喜歡撒嬌，那就是不莊重了。

所以啊，小孩子呢，就該做小孩子能做的事。

此時裴老夫人也在廂房裡歇息。她年歲大了，比不上那些年輕後生，有用不完的精力。今日她也沒帶旁人來，只帶了裴世澤，就連那些個媳婦都沒讓跟著，卻聽說裴世澤領著個孩子回來了。待他們進來後，就見她這孫兒手裡牽著一個粉妝玉琢的小姑娘，她一眼瞧去，竟比她家裡那些個孫女都還要好看。

「澤兒，你這是從何處領來的孩子，竟是生得這般好看。」裴老夫人又打量著。這孩子的那雙眼睛可真是漂亮啊，靈動又圓潤，抬頭望著你的時候，就像是有一泓清澈的泉水蘊藏在裡面。

「祖母，這就是沅沅。」裴世澤輕聲給裴老夫人介紹道。

紀清晨鬆開裴世澤的手，恭恭敬敬地向老夫人行了個禮，奶聲奶氣道：「清晨見過老夫人。」

裴老夫人瞧著這粉團子般的孩子，見她不僅模樣長得好，就連舉止也是端莊大方，登時喜歡得不得了，招手道：「好孩子，到我跟前來。」

紀清晨聽話地上前，裴老夫人牽著她的手，問道：「你們何時到京城的啊？妳祖母可還好？」

聽裴老夫人這般問，紀清晨自然是乖乖回答。

裴老夫人瞧著她人雖小，說話卻極有條理，心裡只誇道，真是個聰明伶俐的孩子。

裴世澤吩咐丫鬟，將從定國公府裡帶來的糕點拿過來。等丫鬟把食盒提過來後，裴世澤親自打開盒子，道：「妳想吃哪個？」

紀清晨脹紅了小臉。柿子哥哥這般說，弄得好像她是個吃貨似的。

裴老夫人見她不好意思，忙道：「你放那麼遠，我們哪裡能挑得著？你拿過來一點，我和沅沅都要挑一挑。」這句話便解了紀清晨的窘迫。

「妳瞧今兒個我身上也沒帶見面禮。」老夫人瞧著面前小口、小口吃著點心的小淑女，喜歡地道。

紀清晨立即放下手中的點心，認真地說：「柿子哥哥能帶我來見您，已是清晨的福氣了，清晨怎麼能再要您的禮物呢？」

裴老夫人聽她喊裴世澤，立即笑道：「柿子哥哥？」她轉頭瞧著自個兒這個孫兒。定國公府裡子孫也算眾多，可是她最放心不下的就是這個孫兒了。旁人都有娘親，只他孤零零的一個，就連他的親生父親，都對他過於嚴厲。

他小時候被國師看上，帶離府中的時候，老太太險些哭傷了眼睛。只是後來他這性子便跟換了個人似的，小時候他可是時常依偎在她旁邊，軟軟地叫一聲祖母。

此時老太太瞧見他含笑看著面前的小姑娘，心底感慨。可見這人之間的緣分真是奇怪至極，便是與你沒有血親關係的，瞧見了也會喜歡不已。

小姑娘嘴巴甜，又愛笑，和裴老夫人有說有笑的。

待她要離開時，裴老夫人極不捨，拉著她肉乎乎的白嫩小手，叮囑道：「以後可要常來家中玩，就叫妳柿子哥哥去接妳。」

紀清晨點著小腦袋，大方地說：「那我以後可要經常來打擾您了。」

待出了門後，裴世澤又將她抱起來，這下子連紀清晨都不好意思了，小聲地道：「柿子哥哥，我自己可以走的。」

「很遠。」他雖只說了兩個字，可紀清晨的小嘴卻高興得險些咧開。

於是她也不客氣，趴在人家懷中，又是問這個、又是問那個的。畢竟如今離她第一次進京的時候，還有好些年的時間呢，也不知道如今京城都流行些什麼？

等到了院子，人都還沒進去，就聽到裡頭笑聲連連，好像有客人在。

裴世澤牽著她進去，就見確實有客人在，是忠慶伯夫人，還有一位貌美的中年夫人。此時韓氏正陪著兩人坐著，而紀家的姑娘都坐在下首。

「我們家七姑娘回來了，裴公子今日也在啊。」韓氏笑著招呼道。

裴世澤點頭，便朝上首輕聲道：「見過幾位伯母。」

忠慶伯夫人黃氏不認識眼前這俊美少年，不過一聽他姓裴，便猜想應該是定國公府裡的少爺，只是也不知是哪一位？反倒是坐在她旁邊的人，有些驚訝道：「世澤，你今日也來上香？」

「溫伯母，我今日是陪祖母前來的，她來拜見寺中的千雲大師。」裴世澤如實道。

美貌夫人微微驚訝。「老夫人也在啊？那待會兒我陪著大嫂去拜見一下她老人家吧。」

因房中都是女眷，裴世澤也沒待多久，便告辭離開。

一直沒說話的曾榕，衝著紀清晨招了招手，她立即走過去。她站在曾榕旁邊時，紀寶芸的聲音又響了起來，倒是接著先前的話題。

晉陽侯夫人孟氏瞧著她問道：「這位便是七姑娘？」

方才紀清晨也跟著裴世澤一塊兒給幾位長輩請安了。如今裴世澤走了，晉陽侯夫人倒是能細細地打量這孩子，模樣長得可真是漂亮極了。

這幾日她在家中，聽兒子念叨了幾句，所以對紀家家裡的情況也有些瞭解，知道這個小姑娘便是紀寶璟的親妹妹。

方才她一瞧見紀寶璟便愣了一下，著實是個精緻的姑娘；如今再瞧她這親妹妹，也是長得這般玉雪可愛，讓人忍不住想上前抱一抱。

這會兒孟氏心裡盤算著，先不說人品，便是這樣貌那真是頂頂好的。雖然娶妻確實應該娶賢，可若是這樣貌不出眾，如何能收攏丈夫的心？孟氏覺得自家兒子自然是千好萬好，所以也盼著能找個各方面都出眾的女子。

只是出眾的姑娘也不少，可是合了兒子心意的，卻只有這一個。

說來說去，她還是不想讓溫凌鈞失望。

韓氏見到了晌午，便留下兩位夫人用午膳，而她們也沒有推脫，此時韓氏心底也有盤算。忠慶伯夫人與紀家有關係，她來了不奇怪，只是她突然將這位晉陽侯夫人帶來，倒是讓她感到有些納悶。

不過之前溫凌鈞在真定的時候，也是拜訪過紀家的。

難不成是那時候他瞧中了紀家的哪個女孩，如今讓他母親過來相看的？這雖是她自個兒的想法，可心底卻覺得大概也是八九不離十。

雖然從年歲上來說，大姑娘是最適合的，可這樣好的姻緣擺在面前，韓氏又如何能不心動？所以這會兒紀寶芸說話，她也沒阻止。

韓氏來京幾個月，這才發現想要一門風光的婚事，著實是太難了。先前丈夫上司家的夫人，她倒是結交過幾回，聽說家中也有適婚的公子，本還心動不已，可誰知他家那公子流連花街柳巷，在京城是出了名的。

京城但凡有愛惜姑娘的家族，豈會將自家姑娘往火坑裡推？這上司夫人也就是打量著她剛來京城，不知道內情，想要乘機定下婚事。也幸虧韓氏多長了一個心眼，叫人出去打聽。

經此一事後，她心裡也是又擔憂又生氣，若不是因為對方是紀延德的上司，她真想痛快地罵一頓。可如今，她依舊還得與對方來往，只是結親的事情，卻再也不提。

用膳的時候，眾人自是端莊作派，不過也不是全然沒有聲音。

韓氏不時招呼著兩位夫人，紀寶芸自認滿腹經綸，在菜品上說道。只見黃氏聽得津津有味，但坐在她身邊的晉陽侯夫人顯然沒在意。

等人都散了，韓氏只留下紀寶芸一人，連紀寶茵都叫了出去。

紀寶芸也不知她娘想與她說什麼，但心想多半是關於晉陽侯夫人的事情，所以垂著頭，一臉的嬌羞。

「芸兒，娘問妳，妳要老實與娘說，先前溫世子來家中的時候，妳和他可有接觸？」韓氏嚴肅地問道。

紀寶芸心頭一驚，以為她娘是懷疑她與人私相授受，立即道：「母親，女兒雖不才，可是也不敢做出私相授受的事情啊。」

韓氏瞧著她會錯意，立即笑道：「母親哪裡會懷疑妳，只是今日晉陽侯夫人突然過來，她是何意，妳也該明白吧。」

姑娘家提到自個兒的婚事，哪有不害羞的道理。於是紀寶芸扭了下身子，將頭微微偏到旁邊，低喚了一聲。「娘。」

韓氏見她羞澀，便道：「妳也到了該說親的年紀，娘如今也在替妳細細地挑選，畢竟這是女兒家一輩子的大事，馬虎不得。這位溫世子咱們也都瞭解，是再好不過的孩子了，年紀輕輕便有功名在身，還是侯府的世子爺，當真是打著燈籠都找不到。」

關鍵是溫淩鈞性子還溫和易相處，韓氏與他接觸過幾次，極喜歡他。其實那位裴公子也不錯，只是他太過冷漠了些，即便是她有時候瞧了他那雙眼睛，都會覺得深不可測。

這樣的男子日後定會有大前程，可就親事上來說，他可比不上溫世子搶手。

韓氏再問，紀寶芸想了許久，卻還是輕輕搖頭。她和溫淩鈞也只說過幾句話，還是大家都在場的情況下，要說關係親近，紀家的姑娘裡，反倒是沅沅與他關係最近。

又是沅沅，又是她。

紀寶芸一想到裴世澤待沅沅如此好的那模樣，只覺得怒火中燒。這丫頭真是哪兒都有她。

韓氏嘆了一口氣，道：「若晉陽侯夫人真是來相看的，那多半便是妳大姊了。」

她雖覺得可惜，卻也沒法子。畢竟只有男方求娶的道理，哪有女方求嫁的？

「母親，如今晉陽侯夫人都還沒這個意思呢，您怎麼就說這話？」紀寶芸輕咬了下唇，忍不住道。

誰說晉陽侯夫人就一定是來相看大姊的，萬一就是瞧中了她呢？

韓氏此時倒是有些後悔與她說了這些話。畢竟八字都沒一撇呢，若人家只是單純過來交際，豈不是鬧了個大笑話？於是韓氏便找了個由頭，岔開了話頭。

其實要說這樁婚事，紀延生可是比家裡的女眷都早知曉，就瞧著溫淩鈞對他那個熱絡勁，便能發現一二。

去年他來京城處理大哥的事情，第一天剛到，氣候還行，可第二天溫淩鈞便前來拜訪了。

紀延生一向喜歡讀書人，覺得和自個兒是一路的，溫凌鈞雖然是勛貴家族出身，可老師是三通先生，又有個舉人功名在身，所以他心底自然是滿意的。只是這小子居然能忍到現在才叫他娘來，也夠慢的啊。

當晉陽侯夫人第二次來時，雖說也有別的夫人一道來紀府，可這結親的意思，可就是昭然若揭了。只是這相看婚事，總不可能一蹴而就。

不過晉陽侯夫人只娶一位媳婦，可這府裡卻不止一個姑娘啊，光是適婚的，便有三位。不過二姑娘紀寶茹是庶出，如何都不可能是她，那這人選必然就是大姑娘和三姑娘。

家裡有熱鬧事情，又兼因剛從外頭買了一批小丫鬟，結果還就生出了口舌之非。

紀寶芸這幾日總是在花園閒逛，誰知走到一處花牆，就聽到對面的小丫鬟正在閒聊。

只聽一個丫鬟道：「妳說晉陽侯夫人究竟是瞧中了咱們家的哪位姑娘？」

「要我說肯定是三姑娘，大老爺官職比二老爺高，侯夫人肯定是瞧中了三姑娘。」

只是她剛說完，另一個聲音便嗤笑道：「一瞧妳們兩個便是新來的，連這點都不懂。三姑娘要怎麼和大姑娘比啊？別看二老爺官職不如大老爺，可大姑娘的外家可是靖王府啊，而且靖王世子爺身子不好，指不定哪天王府就由大姑娘的舅舅來繼承了。單是這點，便是幾個三姑娘都不夠瞧的。」

紀寶芸沒想到下人竟這樣議論她，氣得渾身發抖。跟著她的丫鬟藍煙，想出去叫這些小丫鬟閉嘴，卻被她一把拉住。

她倒要聽聽，這些人還要說些什麼。

結果這些小丫鬟竟越說越起勁，言語中都是大姑娘如何好，最後連紀寶芸都不提了。

紀寶芸轉頭離開後，藍煙低著頭跟上去，走到湖邊的時候，她咬著牙狠道：「妳去給我看看究竟是哪幾個在嚼舌根的，回頭稟了管事婆子，全給我遠遠地賣了，一個都不許留！」

待她們回到院子，守在院子裡的素紅見她回來，立即上前賀喜道：「三姑娘，方才大姑娘派人來說，過幾日晉陽侯府裡的溫姑娘辦宴席，想請您一塊兒過去。」

素紅自然歡喜。畢竟這可是侯府姑娘辦的宴會，自家姑娘過去了，定能結交些貴女。

「大姊派人來說？不是溫姑娘發的帖子嗎？」紀寶芸當即反問道。

素紅愣住了，一時無話可說。

「好呀，她竟是炫耀到我跟前來了。」

那日晉陽侯夫人來，也是帶著家中女兒溫雅一起，她們是一起與溫雅結交的。結果今日，卻是紀寶璟派人來與她說……

紀寶芸當即提了裙子，轉身就往外面走。

素紅愣住，藍煙嚇得趕緊跟上。

素紅追上來後，藍煙低聲道：「妳趕緊去請五姑娘過來一趟，只怕要出事了。」

第四十六章

紀寶璟正在書房裡練字，這是她的習慣，每日都要練上半個時辰。熟能生巧，這書法也是一個道理，便是再好的書法家，若是不練字，也會退步的。

如今二房的事情，有曾榕管著，她也樂得當千金大小姐。

紀清晨也在旁邊，只是她坐在椅子上，紀寶璟則是站著習字。

「三姑娘，您……」門口玉濃的話還沒說完，就見紀寶芸怒氣沖沖地闖進來。

玉濃跟在她身後，沒攔住她，有些無奈地對紀寶璟道：「大小姐，三姑娘她……」

「是妳叫人去說，要邀我一起去參加晉陽侯府的宴會？」紀寶芸冷笑看著對面的人。明明她才是紀家的長房嫡長女，可是自小到大，她處處都要被紀寶璟壓過頭。

紀寶璟略皺眉，不知紀寶芸又在發什麼瘋，她放下手中的毛筆，淡淡道：「妳若是不願去，那不去便是。」

「妳說得倒是好聽，難道妳不是存心派人去羞辱我的？」紀寶芸真是越想越氣，就連方才那些低賤的丫鬟，都敢在背後說她的壞話。

若是沒有紀寶璟在，她又怎會落得這般境地，可紀寶璟竟還要如此羞辱自己。

紀寶璟聽得一頭霧水，又見她言之鑿鑿的模樣，只得回道：「三妹，妳有什麼事情只管和我說，若是其中有什麼誤會……」

「能有什麼誤會？若不是因為妳，那些賤丫頭怎會那般詆毀我？妳素日裡裝作一副端莊大方的模樣，可私底下還不是勾引晉陽侯府世子？別以為妳做的那些下賤事，別人都不知道。」

紀寶芸一張清秀的臉龐，此時猙獰得厲害，那模樣彷彿恨不得上前生吃了紀寶璟。

紀寶璟何曾聽過這樣嚴厲的指責，當下氣得渾身發抖。不過她不打算和紀寶芸再囉嗦下去。她瘋了，可自個兒還沒瘋呢。

一直在旁邊聽著的紀清晨實在忍不住了。紀寶芸左一個賤人、右一個下賤的，還句句都指著紀寶璟。

「三姊，妳胡言亂語什麼呢？大姊好心叫妳一起去宴會，妳不領情就算了，還到這裡來發什麼瘋？」紀清晨從椅子上跳下來，看著紀寶芸怒道。

只是她小小一個人兒，說起話來奶聲奶氣的，此時就算是罵人，也沒什麼效果。

方才她被紀寶璟擋住了，所以紀寶芸不知她也在，此時瞧見她，更是新仇舊恨一起湧上來。

「我還沒說妳呢，仗著自己年紀小，便一口一個哥哥地叫著，攀著人家就不鬆開。若不是妳幫著勾搭，溫家豈會看上她這個有娘生、沒娘養的？」紀寶芸真是越罵越順嘴，像是要把這麼多年來所受的委屈，一股腦兒都發洩出來。

若是先前她對溫家的婚事還抱著一絲期望，如今溫雅辦宴會，只給紀寶璟發了帖子，卻沒給她，她便已知道，晉陽侯夫人瞧中的人，不是她。

再加上那些小丫鬟說的話，一想起來更是火上澆油。

紀清晨最恨的就是這句話——有娘生、沒娘養。是她們願意沒娘養嗎？難道她們就不想要娘嗎？可這些人倒好了，處處都拽著她們的痛處戳。

紀清晨指著她，道：「妳別以為我不知道妳在發什麼瘋，不就是溫雅姊姊沒給妳下帖子嗎？我還真告訴妳，她不僅這次不會給妳下，以後也不會給妳，人家就是沒看上妳。」

既然她都踩著大姊的傷口上撒鹽了，紀清晨自然也不會再跟她客氣。

今兒個不就是要鬧？那索性就鬧得大一些吧。

紀寶璟見紀清晨跟她吵起來，立即將紀清晨拽到自己身後。「不許再說了。」

「玉濃，妳速速去請大伯母過來，就說紀寶芸在這裡魔怔了，請她趕緊過來把人領回去。」紀寶璟不願再和紀寶芸多說。

玉濃點頭，此時屋子裡的動靜，也驚動了外面的丫鬟，只是沒紀寶璟的吩咐，誰也不敢隨便進來。

「三姑娘。」此時藍煙趕了過來，拽著她的手臂哀求道：「求求您，趕緊回去吧，要是太太來了，就真的沒法子收拾了。」

「就算我娘來了又如何？是她先欺人太甚的。」紀寶芸聲音顫抖地說。

「妳口口聲聲說我欺負妳，那妳便說說，我哪裡欺負妳了？」紀寶璟也知道今兒個這件事，怕是不能善了了，乾脆也不退讓，直接開口問道。

紀寶芸剛要說出名帖的事，可到了嘴邊，反而又說不下去。

「藍煙，還不趕緊把妳家三姑娘扶回去，她若是繼續留在這裡，我可就要對她不客氣了。」紀寶璟的性子從來都不是水做的，她只是不願與人爭執罷了，如今既然別人都欺負到自己頭上，她也沒退讓的道理。

紀寶芸一聽到「不客氣」三個字，當即就冷笑，不僅沒出去，反而上前幾步。只是當她的視線落在書桌上時，就瞧見一張淺粉色的花箋，上頭那手寫的「溫」字深深地刺痛了她的心。

只見她揮手就將書桌上的東西推倒。書桌上本就有水、墨汁還有書本，被她這麼一推，一下子全黏糊成一團。那淺粉色的花箋，登時便被墨汁染成了黑色。

紀寶芸瞧著，只覺得心中痛快無比。

「潑婦！」紀清晨真是氣瘋了，她若是能長得再高點，恨不得衝上前去與她打一架，也好過看她這般羞辱大姊。

誰知紀寶芸聽到這句叫罵，竟把書桌上擺著的筆洗摔過來，而且剛好是衝著紀清晨的方向摔過去。

紀寶璟一把將紀清晨拽過來，那筆洗一下子摔在地上，四分五裂，濺起的碎片更向四面八方飛濺。

紀清晨被紀寶璟護在懷中，等她抬起頭時，就見紀寶璟手上血淋淋一片。

「我要殺了妳！」紀清晨看著大姊的手，當場便朝紀寶芸撞過去。她人雖小，可是身子卻肉乎乎的，猛地撞過去，還真把紀寶芸撞倒在地上。

「沅沅！」紀寶璟連自己手上的傷勢都顧不得，便過來拉她。

可是紀清晨這會兒真是被氣壞了，恨不得叫紀寶芸血債血償。

紀寶璟伸手拉她，手上的鮮血滴在她身上，紀寶璟抱著小姑娘，低聲道：「沅沅，姊姊的手受傷了。」

紀清晨聽到這句話，「哇」的一聲眼淚就落了下來。她從紀寶芸身上起來，拉著大姊的手，便衝著外面喊道：「快去請大夫啊！」

一旁嚇得說不出話來的藍煙，這會兒才上前去扶自家姑娘起來。

紀寶茵一趕來，就瞧見屋子裡一片狼藉，看到她三姊躺在地上，她趕緊上前扶起三姊，待要問發生什麼事情時，卻見對面大姊的手居然血淋淋的一片。

「這是怎麼了？」紀寶茵嚇得不輕。方才素紅去找她，說是要出事，求她過來勸勸三姊。結果她來了，才發現這件事根本就不是她能勸得了的。

早就有丫鬟去請韓氏和曾榕了，只是韓氏先趕過來，一進來就瞧見這屋子裡的狼藉，生氣地對丫鬟道：「妳們都在做什麼？怎麼也不攔著幾位姑娘。」

她自然也瞧見了紀寶璟手上的傷勢，當即便上前，想要拉起她的手查看，可是卻被紀寶璟給躲過去，淡淡回絕道：「就不煩勞大伯母操心了。」

韓氏雖碰了個軟釘子，可如今也不是在意這個的時候。畢竟被弄亂的是紀寶璟的院子，她一眼就瞧出是紀寶芸過來鬧事的。

只是到底是她的親生女兒，便是再沒出息、再不爭氣，她也得護著啊。

「先叫大夫來給環姊兒瞧瞧手，妳們趕緊把這屋子收拾乾淨，這都像什麼話啊。」韓氏立即吩咐道。

可當她說完，卻沒一個丫鬟動手。

她又要說時，曾榕也趕了過來。她這幾日身子一直不舒服，方才就是在床上歇著，一聽說寶璟的院子裡出事了，才匆匆穿了衣裳過來。

待她一進屋子，便怔住，半晌才道：「這、這都怎麼回事啊？」

等她瞧見紀寶璟手上的血跡斑斑時，嚇得險些昏過去。

「璟姊兒，誰把妳的手弄成這樣的？」曾榕上前捏著她的手，這會兒血珠子還直往下落，她聞見這鮮血的味道，險些就要嘔出來。

紀清晨哭得不能自已，見曾榕來了，立即喊道：「是紀寶芸弄的，她想拿筆洗砸我，結果大姊替我擋在前頭……」

此話一出，房中眾人俱是一驚。

這姊妹吵架還好說，可紀清晨這話，是在指紀寶芸要害她啊。

紀寶芸當然不可能任由她說，便跳出來解釋道：「我沒有，我沒有要砸她。」

「三姑娘這話可就奇了，難不成這筆洗還能長了腿，自個兒跑到地上去不成？」曾榕想都不想地就反駁道。

「妳是她後娘，自然是向著她說話了。」紀寶芸狠狠地瞪了曾榕一眼。

因曾榕年紀小，紀寶芸一向對她不以為然，在心底從沒拿她當長輩看過，這會兒說起話來，更是連一分尊敬都沒有了。不過這顯然也與韓氏平日裡待曾榕的態度有些關係。韓氏都三十好幾的人了，兒子還與曾榕差不多大，又怎麼可能會把這個小弟媳放在眼裡？

只是韓氏不把曾榕放在眼中是一回事，紀寶芸不把她放在眼中，又是另外一回事了。

曾榕冷笑道：「對，我是沅沅的後娘，可三姑娘也別忘了，我還是妳的嬸娘。」

韓氏出聲呵斥道：「芸姊兒，妳瘋了不成？還不趕緊跟妳嬸娘道歉！」

紀寶芸被她娘一聲呵斥，這才回過神，囁嚅地說了一句請罪的話。

「大嫂，這件事也不是咱們能解決的，不如稟告母親，請她老人家作主吧。」曾榕也不想與紀寶芸廢話，反正瞧著韓氏這模樣，只怕是要護短了。

韓氏會護短，難道她就不會了？

韓氏倒是露出為難之色，勸道：「弟妹，今日這事幾個孩子都有錯，咱們還是私下處置了吧。若是叫母親知道，豈不是又要讓她老人家生氣？」

可誰都沒想到的是，大夫來的時候，老太太也一併來了。府裡鬧出這麼大的亂子，想要瞞過老太太，那是不可能的。

曾榕也不願叫外人瞧見屋內的凌亂不堪，便領著紀寶璟到旁邊的廂房，把手上的傷口包紮好了。大夫又開了方子，玉濃趕緊吩咐小丫鬟去煎藥。

老太太坐在書房裡頭，看著這一屋子裡的狼藉，臉上什麼表情都沒有。

待紀寶璟她們回來，老太太瞧著她包紮好的手掌，輕聲問道：「璟姊兒，手上的傷口可還疼得厲害？」

「不疼了。」紀寶璟低頭道。

「妳先坐下。」老太太吩咐道，說著便叫人給紀寶璟搬了一個凳子，而其他人，就是連韓氏和曾榕，此時都是站著的。

待她又環視了眾人一圈後，淡淡問道：「誰能告訴我，究竟發生了什麼事？」

只是她問完，卻沒有一個人說話。

「能讓妳們鬧成這個樣子，真是我紀家家門不幸啊。」枴杖砸在地磚上的悶哼聲，就像是砸在每個人的心裡一樣。

「誰來說？」老太太又問了一遍。

紀清晨瞧著站在韓氏身後的紀寶芸，心一橫，上前一步道：「祖母，我來說。」

老太太瞧著她，點點頭。「好，那就沅沅來說。」

紀清晨也沒添油加醋，只是把紀寶芸如何闖進來，又如何對紀寶璟惡言相向，最後再如何在紀寶璟的書房裡砸東西，弄傷紀寶璟的手掌等經過，原原本本地說了一遍。

她年紀雖小，可說話卻有條有理清晰得很，即便是紀寶芸說的每一句話，她都能清楚複述。

特別是那句「有娘生、沒娘養」，當這句話一被紀清晨說出來的時候，紀寶芸的身子明顯一抖，而老太太的視線也落在紀寶芸的身上。

「芸姊兒，沅沅說的可都是實情？」老太太也沒只聽紀清晨一個人說，又問了紀寶芸一遍。

紀寶芸只是咬著牙齒，怎麼都說不出口。

「妳若是沒話說……」老太太聲音極沈地開口。

只見紀寶芸撲通一下地跪在地上，哭喊道：「祖母，孫女自知罪該萬死，可孫女就是不服氣啊！」

「妳有什麼不服，說來我聽聽。」老太太也不生氣，只是面沈如水地問道。

紀寶芸便將她在花園中聽到幾個丫鬟如何討論她與紀寶璟，如何稱讚紀寶璟，又如何詆毀她的話說了一遍。聽見她說的這些話，就連一旁的韓氏都心疼得眼眶泛淚，恨不得立即將那些碎嘴的丫鬟捉過來打死才好。

「大姊處處都好，可我呢？就該活在她的陰影之下？同樣都是紀家的孫女，憑什麼她便能什麼都得到最好的，我就得撿她剩下的？」紀寶芸哭得愈加厲害。

一旁坐在椅子上的紀寶璟卻一直未言語，神色平靜得彷彿紀寶芸說的一切都與她不相干。

曾榕真是越聽越覺得聽不下去，紀寶芸簡直是在強詞奪理。什麼丫鬟詆毀？什麼宴會請客？說到底還不是因為晉陽侯夫人瞧中的是紀寶璟而並非她，她心生嫉妒，便到這裡來洩憤。

她也顧不得是否會被老太太厭惡，直接開口道：「三姑娘這話說得可真叫我聽不懂了，妳什麼時候撿了大姑娘剩下的？每回做衣裳、挑首飾，不都是妳先來的嗎，何時讓妳挑別人剩下的了？大姑娘自小沒了母親，她若是真有那般心機，今兒個就不會讓妳砸了她的地方。」

「弟妹，妳也太與孩子斤斤計較了吧。」韓氏忍不住駁斥她。

「就因為一件請帖的事情，而且還是大姑娘好意在前，就鬧成這個樣子。大嫂，這是我在斤斤計較嗎？」曾榕靜靜地道。

韓氏被她這麼一問，瞬間怔住。

紀清晨此時擦了擦眼淚，抬起頭瞧著曾榕，見她一步都不退讓地維護她和大姊，心中十分感動。

「母親，方才三姑娘朝沅沅的方向摔筆洗，先不說她是不是故意的，幸虧寶璟拉了沅沅一把，要不然那筆洗就該砸到沅沅的身上了。她才多大點的孩子，三姑娘就敢下如此重手。」曾榕這次也是強硬到底。韓氏不是仗著自個兒是管家太太，硬要護短嗎？那她偏偏就要爭出個是非對錯。

老太太的臉色終於變了，轉頭就盯著紀寶芸。

第四十七章

韓氏也跪了下來，急急道：「娘，寶芸性子是急了點，這次也是她的不對，可若要說她有傷害沅沅的心，我是一萬個不相信的。」

紀寶芸此時也知道這其中的利害關係，立即哭了起來。

老太太瞧著紀寶芸，定睛問道：「寶芸，我問妳，妳真是無意的？」

「祖母，孫女真是無心的，我就是瞧著不順眼，隨手推了一把，真沒想要砸七妹啊！」紀寶芸哭訴道，此時她哭得眼睛都腫了起來。

老太太點頭。「好，我信妳是無心的。」

紀清晨猛地一捏手掌，抬頭瞧著上首的祖母，只是祖母的表情，卻叫她什麼話都說不出來。

「可是妳可知道，妳的無心之失，若是真的釀成大禍，妳該怎麼彌補？」

此話一出，紀寶芸身子都軟了。

「今日之事，是非對錯我已不想再多說。是誰對、是誰錯，妳們自個兒心裡也有一把尺。只是紀家生妳們、養妳們，如今卻因一件小事，爭得這般面紅耳赤，實在是叫我失望透頂。」

「寶芸，今日妳是錯得最多的，不僅對長姊口出惡言，還對幼妹動手。從今日起，妳便在院子裡，專心地抄寫《女誡》。什麼時候妳能懂得貞靜嫻雅，便什麼時候再出來吧。」
待老太太說完，又轉頭看著旁邊的紀清晨，問道：「沅沅，妳今兒個可與妳三姊動手了？」
「是。」紀清晨老實道。
「不管妳三姊如何，妳對姊姊動手，就是妳的錯，妳去佛堂給我跪兩個時辰。」老太太沈聲道。
紀清晨低頭，輕聲道：「孫女知道了。」
曾榕一聽連紀清晨都要罰跪，立刻就要求情，可老太太卻已經起身，她的手也被紀清晨抓住了。她低頭瞧著小姑娘，就見小姑娘輕輕地搖搖頭。
佛堂就建在老太太的正院裡，每日早晚她都要誦經。紀清晨雖住在這裡，可尋常卻極少過來，今日卻要在這裡跪著。
這裡地方不是很大，此時裡面點著蠟燭，有種說不出的陰森。
祖母讓她一個人跪著，紀清晨隱約聽到大姊在外面與牡丹說話的聲音，只聽牡丹道：「大姑娘，不是奴婢不給您進去，是老太太吩咐旁人都不許進去。」
很快地，外面沒了聲音，紀清晨跪在蒲團上，周圍安靜得有些過分。
雖說沒人進來，可也沒人看著她，一開始她還能強忍著，可不知過了多久，她就在蒲團上睡著了。
等她醒來的時候，還是沒人進來，可見兩個時辰還沒到呢，於是她安靜地看著面前的菩薩。

待紀寶環進來的時候，輕輕地跪在她的蒲團旁邊，朝菩薩的畫像鄭重地磕了頭。

「大姊，妳怎麼能進來？」她輕聲問道。

紀寶環笑了下。「時間到了，姊姊來接妳回去。」

紀清晨瞧著她，突然說：「大姊，妳不要因為今天的事情就不理溫哥哥，他真的很喜歡妳的，心裡也只有妳。」

紀寶環沒想到她會說這個，偏頭瞧著她。「妳知道什麼是喜歡嗎？」

「知道，溫哥哥以為是妳掉進河裡，便想都不想地就跳進去救人，這就是喜歡。」

紀寶環愣了一下，眼眶卻是隱隱發熱。

「大姊，別人越是阻攔，咱們便要活得越好。總有一天，那些人都會仰望咱們。」

「好，我們要活得好。」紀寶環輕聲說。

「寶環、沅沅。」陰暗的小佛堂中，跪著的姊妹倆回頭望過去，就見門口站著一男子。

紀延生看著她們姊妹兩人跪在蒲團上，心中不知為何酸澀得厲害。他疾步走過去，蹲在她們身前，嗓子有些哽咽，好久都沒辦法開口說話。

紀寶環看著他，輕聲問：「爹爹，您是來接我們的嗎？」

一句話叫紀延生的眼眶都濕了。他伸手將兩個女孩攬在自己懷中，嗓子猶如堵住了一般，竟連一句安慰的話都說不出來。都是他這個做爹爹的，沒有保護好自己的孩子。

「有爹爹在呢。」過了好久，當他感覺到懷中的寶環輕輕顫抖時，他才拍著她的後背，輕聲安慰。

紀寶璟悶聲「嗯」了一聲。

待紀延生扶著紀寶璟起身；紀清晨原本想自己撐著起來的，可雙腿卻麻到沒了知覺。瞧小姑娘悶聲不說話，紀延生便一把將小姑娘抱起來，將她軟乎乎的身子，靠在他的身上。「跪了這麼久，腿該麻了吧？爹爹抱妳。」

紀清晨聽著紀延生溫柔的聲音，鼻尖是他身上熟悉的味道，一直強撐著的精神，一下子便放鬆下來。

「妳可想跟著爹爹回院子？」紀延生輕聲問她。

今日之事，他已聽高全說了，他對母親的處置雖然不滿，卻不能說出口。先招惹是非的明明是紀寶芸，沒想到最後罰跪的卻是他的女兒。

紀延生心底還是覺得不大舒服。

誰知他懷中的小姑娘，卻輕輕地搖搖頭。「不要，我要留在這裡。」

小佛堂便設在老太太的院子裡，她住的地方也一直都是在祖母的院子，所以她不要走，她想留在這裡。

紀延生有些詫異地看了小姑娘一眼。

「也不知祖母還生不生我的氣呢？」紀清晨低著頭，有些難過地說。

今日她看見祖母的臉色，是前所未有的難看和凝重，想必一定對她們都失望透頂了吧。祖母說得對，她們一樣都是紀家的姑娘，可如今卻鬧得這般難看。

紀延生點點頭。

而此時老太太正坐在羅漢床上，手中雖捏著佛珠，可眼睛卻一直盯著外面。還是她身邊的方嬤嬤懂她的心，低聲道：「方才二爺回來後，便直接去小佛堂了。這會兒時辰也該到了，七姑娘馬上就能回來了。」

「沅沅自小到大，我就沒罰過她，妳說她這次會怪我嗎？」老太太臉上竟出現了緊張的神色，她怕沅沅怪她。

老太太輕聲嘆了一口氣。聽到外面有了動靜，她眼睛登時一亮，只見紀延生抱著紀清晨走進來，後面則跟著紀寶璟。

原本坐著的老太太立即站起來。

紀清晨見她站起來，便想要從紀延生的懷中下來，卻被他緊緊地抱著，低斥了一聲。「不許亂動。」

待把她放在羅漢床上，紀延生才轉身道：「母親，還是先給沅沅上藥吧，她跪了這麼久，腿腳都麻了。」

老太太本就心疼紀清晨，此時心底更是說不出是什麼滋味。

可她一轉頭，卻看見小姑娘正衝著她笑，小嘴咧開，輕聲問：「祖母，您現在不生我的氣了吧？」

老太太一把抱住小姑娘，嘴裡念叨著。「沅沅、沅沅啊。」

紀延生看著母親這模樣，心頭也不好受，趕緊扶著老太太坐下。「母親，都是這些孩子不懂事，您不要跟她們一般見識，免得氣壞了身子。」

老太太摸著紀清晨的小臉，見她臉上不僅沒有一絲怨懟，還對著自己笑，她心裡就跟被刀子一下下地割著一樣。

沒一會兒，牡丹便將膏藥拿過來。一旁的葡萄小心地將紀清晨的褲管捲上去，待捲到膝蓋的時候，就看見原本白皙的膝蓋又紅又腫。雖然她是跪在蒲團上，可到底年紀小，又跪了這麼久，所以膝蓋腫得有些厲害。

方嬤嬤親自給她上藥，藥油敷在她的膝蓋上後，方嬤嬤如蒲扇般的大手，便在她的膝蓋上來回搓揉，疼得紀清晨眼淚都要掉下來。

她連罰跪都沒哭，反倒這會兒上藥時卻疼哭了。

方嬤嬤瞧著她眼眶裡的眼淚一直打轉，立即道：「七姑娘稍微忍耐著些，上了藥油就是要揉一揉，這樣才能把藥力揉進去。」

「可是好疼啊。」紀清晨可憐巴巴地說。她都已經被罰跪了，現在居然比罰跪還要疼。

老太太瞧著她這模樣，立即心疼道：「揉輕點兒，輕點兒。」

方嬤嬤登時為難起來。這輕點兒可沒效果啊！可是看著老太太一臉的不捨，她只得放緩手中的力道。

揉了一刻鐘後，方嬤嬤才放開她的膝蓋。

突然間，聽到外面有些吵嚷，老太太抬頭看過去，就見門簾被掀起來。

紀延德一手扯著紀寶芸，見屋子裡有這麼多人在，雖驚訝了一下，卻還是對旁邊的紀寶芸道：「孽障，還不跪下！」

紀寶芸哭得梨花帶雨，卻不敢違抗父親的話，立即跪下來。

韓氏就跟在他們身後，她雖拿著帕子拭淚，卻一直沒敢開口說話。

「你這是做什麼？」老太太皺眉。

誰知紀延德卻也跪下來。紀延生原本站在老太太旁邊，他趕緊往後退了兩步。

這時紀延德道：「娘，都是兒子管教無方，才讓芸姊兒做出這等不孝不敬的事，兒子把這孽障帶來給娘請罪。」

老太太知道他不是作假，只是低低地嘆了一口氣。她轉身叫丫鬟都出去，除了方嬤嬤之外，便只有紀家的大大小小在此處。

紀寶芸的哭泣聲在屋子裡迴蕩著，似乎充斥著無數的怨氣。

老太太低頭瞧她，卻是細細打量著。這孩子小時候也是個玲瓏可愛的孩子，可究竟是從什麼開始，讓她變得這般斤斤計較，一點兒大家閨秀的樣子都沒有？

「芸姊兒，旁人說一千遍、道一萬遍，都不及妳自個兒想通來得有用。今日之事，妳可想通了？」老太太低頭看著她，問道。

紀寶芸一直哭，眼淚順著臉頰淌下來，卻咬著唇沒說話。也不知過了多久，才聽到她一抽一抽地回道：「祖母，我知道錯了。」

老太太看著她臉上的表情，便知道她心裡只怕還是覺得不服氣。

「妳今日連個緣由都沒問，就跑到妳大姊的院子裡大鬧一通，又是砸東西、又是罵人的。妳爹說得沒錯，他是教子無方，不過我這個做祖母的也有責任。家裡的姑娘連臉面都不要了，鬧成這樣，就是我治家不嚴。」老太太冷冷地說。

屋子裡的人，誰都沒聽老太太說過這樣的重話，皆是瞠目結舌。

紀延德馬上道：「娘，都是兒子沒管教好寶芸，您萬不可氣壞了身子。」

老太太卻看都沒看他，只垂眼瞧著紀寶芸道：「芸姊兒，妳自幼也是我看著長大的，為何妳會變成這樣？」

這話一說出口，老太太是真的痛心了。

紀寶芸卻迷茫地抬起頭，眼淚猶如珠子般直往下掉落。

她瞧著旁邊站著的紀寶璟。大姊長得漂亮，自小就長得比她好看，而且還有靖王府當外家，誰都說紀家的大姑娘如何、如何。可明明她才是長房的嫡長女，卻一直活在紀寶璟的陰影之下。

「祖母，您自幼看著長大的是大姊和沅沅，不是我和寶茵，您喜歡的也是她們，又何曾多看過我們一眼呢？」紀寶芸抽泣地說。

紀清晨震驚地看著紀寶芸，沒想到她竟能說出這樣的話。

此時房中眾人都震驚了，紀延生更是緊緊地皺著眉頭，低頭瞧著面前的姪女，沒想到她居然會說出這樣的話。

當響亮的巴掌聲響起時，又叫所有人一震。紀延德跪在地上，一巴掌狠狠地打在紀寶芸的臉上，直打得她整個人都趴在地上。

韓氏倏地撲上來，抱著紀寶芸喊道：「老爺，你打死我算了吧，你打死咱們母女吧！」她先前一直忍著，可是看見女兒被打到趴在地上，卻是再也忍不住了。

紀延德面容冷如冰霜，只道：「妳以為我不敢拿妳如何是吧？妳作為母親，是如何管教她的？不但當眾頂撞祖母，還跑到堂姊院中大吵大鬧，這就是妳教出來的好女兒？」

大戶人家都講究男主外、女主內，男人一般是不會管後院之事的，所以姑娘的教養問題，都由主母來負責。可紀寶芸今日卻荒唐得叫人吃驚，這其中韓氏所要負的責任最大。

韓氏抱著紀寶芸，不斷地哭泣，此時她白皙的臉頰上，有五根手指印依稀可見。

老太太實在是不願再瞧著他們一家子在自己跟前鬧騰，她只淡淡地看著韓氏和紀寶芸，道：「兒孫自有兒孫福，我這老太婆左右不過再活個幾年，便兩腿一蹬走了。妳們得憑著良心，問問自己……

「寶芸，妳說我只關心寶璟和沅沅，那妳可記得妳小時候出天花，妳母親都沒法子靠近妳，是祖母帶著方嬤嬤兩人照顧妳十幾天。那時候妳水痘癢得厲害，我連眼睛都不敢閉，就那麼守著，生怕妳拿手去撓，日後落下疤痕。」

老太太的聲音中透著失望，那些所謂的親情，可真是脆弱。

紀寶芸緩緩地抬起頭，眼前一片朦朧，可曾經的記憶卻在一瞬間闖入她的腦海中。

「寶璟的母親是她十歲的時候沒了的，我自問她母親還在的時候，我待妳們兩個是一樣好，寶璟有的，妳從來都不曾落下。」

紀延德低著頭，滿臉內疚，急急地喊了一聲。「娘。」

可老太太彷彿沒聽見，依舊道：「對，妳二嬸過世之後，我是比較重視沅沅沒錯。可沅沅打小就沒了母親，她連她娘的模樣都沒見過，妳要跟這麼一個可憐的孩子相比嗎？妳總是說旁人如何待妳不公平，可妳是否曾想過，妳父母雙全，妳父親才三十多歲便是四品官，妳母親是家裡的管家太太，只要她說一句話，這府裡的丫鬟、婆子，誰敢不從？妳哥哥去年參加會試，年紀輕輕便有了舉人的功名。這些，妳大姊和沅沅有嗎？」

紀寶芸呆呆地看著老太太。

「這世上各人有各人的緣法，妳瞧著她，覺得她什麼都是好的，可妳有沒有想過，妳有的這些，旁人也是沒有的，那旁人是不是也該喊一聲不公平，然後衝著妳又打又砸？」

紀寶芸趴在韓氏的懷中，終於忍不住地失聲痛哭。

第四十八章

「沅沅今日與妳動手，我便罰了她。至於妳……妳若是想不通，誰都勸不了妳。只是如今妳在家裡是千金，妳父母疼愛、偏寵妳，可是待他日，妳嫁到旁人家裡時，但凡有個不平，是不是也要和家裡的妯娌、小姑子這般打打殺殺？」

老太太的面色越來越蒼白，她只覺得胸口疼得厲害，可她不願讓孩子們瞧見，便揮手道：「都回去吧，我今兒個也累了。」

最後就連紀清晨都被紀延生帶走了。她想留下來陪祖母，可祖母卻沒留她。

等眾人出門後，紀延德瞧著一旁的弟弟，再瞧著他懷中抱著的小姑娘，知道她在佛堂裡跪了兩個時辰，便歉疚道：「二弟，今日之事，全是我管教不嚴。」

紀延生實在說不出安慰他的話，畢竟紀寶芸方才的那番話，已叫他惱火不已。特別是他今日聽高全來稟報，說紀寶芸當眾罵他家的兩個姑娘，是有娘生、沒娘養的……

若不是紀寶芸是隔房的姪女，他真想對她不客氣了。

他只是淡淡道：「大哥，你先帶著大嫂她們回去，有什麼事日後再說吧。」

紀延德只覺得臉上無光，也不好再說些什麼，便讓人扶著韓氏母女，匆匆離開了。

紀清晨就算被抱著離開了，小腦袋還是靠在紀延生的肩上，向後看著。待看不到祖母的正院時，她才失望地問：「爹爹，祖母應該很傷心吧？」

自己的親孫女對她說那樣的話，怎麼能叫她不傷心呢？雖然祖母最喜歡的確實是自己，可也不代表她不喜歡別的孩子啊。

特別是紀寶芸，她年幼那會兒出了天花，家裡人都以為她沒得救了，是祖母把她帶到莊子上，細心地照顧，這才保住她的一條小命。可今日卻聽到她這般嚴厲的指責，想必祖母一定傷心透了。

紀延生只是低低地嘆了一口氣，卻沒回答女兒的話。

曾榕一直派人去老太太的院子裡探消息，聽說他們父女三人回來了，便帶著丫鬟在門口迎接。

這會兒天色已經暗了下來，但院子門口卻亮著兩盞燈。當他們看著門口站著的人時，三人卻都微微笑了起來。

「可算是回來了。」曾榕忙迎上去，瞧見紀清晨趴在紀延生懷中，立即問道：「沅沅還好嗎？」

紀清晨顯得有些無精打采的，倒是紀延生開口安撫道：「沒事，就是膝蓋腫了，養幾日就好了。」

「這還叫沒事。」曾榕一聽這話，登時倒吸了一口氣。

她忙叫他們進屋子，讓紀清晨坐在羅漢床上，她要瞧瞧膝蓋的傷。

紀清晨抱著腿，死活不願意。方才方嬤嬤的手勁那般厲害，險些把她給疼哭了，這會兒要是小後娘再來一下，她才是真要哭了呢。

「方才方嬤嬤已經給她上過藥了，妳也別太擔心，都沒事了。」紀延生瞧出小姑娘這是怕了，於是趕緊安撫曾榕，攬著她的肩膀道：「咱們都餓了，趕緊叫人弄些吃食來吧。」

曾榕也一直沒吃呢，聽他這麼說，忙叫丫鬟去準備膳食。

待一家四口在桌子旁坐下，桌上擺了滿滿的菜餚，全都是紀清晨喜歡吃的。

最後一道鴿子湯上來的時候，曾榕親自掀開蓋子，準備給紀清晨裝一碗。可誰知她掀開蓋子後，熱氣迅速地散開，那濃郁鮮美的味道登時瀰漫開來。

曾榕不知怎的，只覺得胃裡一陣翻騰，雖努力忍著，最後還是猛地別過頭，嘔出了聲音。

一旁的三人原本正要用膳，瞧見她這個樣子，都抬起頭，停下筷子。

父女三人面面相覷，還是紀清晨有些不解地問：「這鴿子湯的味道不對嗎？我覺得很香啊。」這味道也不至於叫人反胃啊？

聽到小女兒的話，紀延生也是不解。不過他趕緊起身，替曾榕拍了拍背部，問道：「是不是不舒服？要不我叫人去請大夫？」

紀清晨還想說些什麼，卻被紀寶璟扯住了袖子，待她轉頭，就看見大姊古怪的神情。

「爹爹，您是該給太太請個大夫來看看了。」紀寶璟道，只是一說完，她卻低下頭，臉上閃過一絲紅暈。

紀清晨就更加不解了。請大夫是讓人害羞的一件事嗎？

而當大夫對紀延生說出「恭喜」二字的時候，紀清晨才明白紀寶璟之前的那抹羞澀從何而來。

原來她的小後娘懷孕啦！

今日鬧騰了一天，沒想到晚上收尾卻能有這樣的好消息。

「你不想去講武堂？」裴勛低頭看著面前的孫兒，一旁坐著的裴延兆則是一副欲言又止的模樣，只是礙於裴勛在，一時難以開口。

講武堂乃是太祖開創，為的就是培養軍中將官。畢竟天下書院多如牛毛，可培養武官的地方卻是少之又少。當年太祖打江山的時候，便時刻覺得手下大將實在是太少了，所以開朝後，便設立這個講武堂。

講武堂裡的教官，都是上過真戰場的。

裴家乃軍中起家，裴家先祖跟著太祖打天下，定國公府乃是世襲罔替的國公府，百年來一直屹立在勛貴當中，不管換誰當皇帝，定國公府的地位卻從未變過，靠的就是一代又一代忠肝義膽的裴家男兒。

只可惜到了這一代，裴勛生了三個兒子，裴延兆雖是世子，可對學武從軍卻一點兒也不感興趣；次子如今倒是跟著他，可次子乃庶出；至於小兒子裴延光，他更像是個讀書人。

裴世澤年幼時，便被裴勛帶著，夏練三伏、冬練三九。裴勛每日起床後，便叫他一塊兒起來，小小的孩子卻一點兒苦都不喊。只是後來他被國師看上，離家數年，再回來的時候，這性子卻叫裴勛有些看不透了。

之前裴勛看過他與自己的副官過招，裴勛的副官那可是萬裡挑一的好手，一手穿楊箭撼動九軍，卻還是被裴世澤輕而易舉地打敗了。

當時裴勛心中激動不已，只覺得他們裴家總算是後繼有人。所以此時一聽裴世澤說不想去講武堂，裴勛便怒火中燒。

「祖父，講武堂如今早已不是太祖年間的講武堂了，當年大魏多少名將皆出身講武堂，可現在的講武堂，不過是有些人晉升的一個跳板罷了。」裴世澤淡淡地道。

雖然他說的都是實話，可一個才十五歲的少年，便對太祖設立的講武堂這般不屑……

裴延兆一時沒忍住，開口斥道：「講武堂乃由太祖設立，豈是你能隨意詆毀的，真是荒唐！」

聽見這話，裴世澤只是淡淡地瞥了父親一眼，並未言語。

裴延兆最不喜的就是這個長子。這副冷淡的模樣，彷彿一點兒都沒將他的斥責放在心上，所以這會兒他更是心生不悅，待還想罵，卻被裴勛打斷了。

裴勛瞧著面前的孫兒，輕聲說：「那你想去哪兒？」

「我想去軍營，上真正的戰場。」裴世澤堅定地道。

既然祖父開口問了，他便將自己早已決定的事情說出來。他自小便是這般，一旦打定了主意，便不會更改。

裴勛看著他，眼神深了深。這孩子真是沒叫他失望啊，可卻也讓他擔心，就連裴勛進軍營都是在十八歲之後，上戰場更是跟著有經驗的將領。

裴延兆一臉複雜地看著這個兒子。身在定國公府這樣的家族中，他身上的壓力可想而知。可偏偏他的身子根本不適合習武，更不適合從軍。

裴勛被稱為定海神針，他作為兒子，生怕別人說出虎父無犬子這種話，可偏偏越是怕，他就越沒辦法超越父親。

當裴世澤被裴勛那般看重，甚至是日日帶在身邊的時候，他心底不僅沒為這個兒子感到驕傲，反而生出了不滿。

如高山般的父親，已讓他仰望不止，偏偏自己生的兒子，也眼看著就要超越他了。

待告辭離開的時候，裴延兆只瞧了裴世澤一眼，便甩手走了。

莫問有些擔憂地瞧了主子一眼，卻見裴世澤的表情變都沒變，就朝自個兒的院子走過去。

莫問這才放心，跟著他離開了。

待他進了院子，就見裴游匆匆地迎上來，在他耳邊說了幾句。

「怎麼回事？」裴世澤一愣，繼而臉上露出薄慍。

裴游垂著頭，不敢說話。

裴世澤想了想，問道：「沅沅現在怎麼樣？」

「據說跪了兩個時辰，膝蓋雖有些不好，不過休養幾日便好了。」裴游低聲道。

裴世澤眉頭緊蹙，站在門口半晌都沒動彈。

他做事一向與他師父極像，喜歡掌控一切，是以在紀家大房來京買人的時候，他便將自個兒的暗樁埋了進去。

沒想到這麼快就起了作用。

他有些生氣，只道：「這個溫凌鈞真是……」

明明已確定的事情，卻偏偏橫生枝節，如今還連累到小丫頭。

六月是紀寶璟十五歲的及笄禮，連遠在遼東的靖王府都早早派人送了禮物過來。她這次及笄所戴的釵便是靖王府送來的那一支，因為她知道那是舅舅的意思。

讓人想不到的是，這次的正賓竟是定國公夫人。裴老夫人乃是正一品的國公夫人，身分地位自是不用說，所以能請到這般德高望重的裴老夫人親自幫著插笄，只會教旁人對紀寶璟另眼相看，對於紀寶璟來說，只有說不盡的好處。

當得知是裴老夫人來給紀寶璟插笄時，連韓氏的臉色都變了。

只聽老太太當著眾人的面道：「這次能請來裴老夫人，與我並無關係，都是看在沅沅的面子上。」

紀清晨上個月去了定國公府兩回，都是裴世澤親自來接的。紀家誰都知道，定國公府的這位三公子，對他們家的七姑娘可是重視得很呢。

況且之前裴世澤在真定落難，也是紀家伸出援手的，所以裴老夫人來給紀寶璟的及笄禮當正賓，倒也不是很令人意外了。

這一日，溫凌鈞總算找了個機會，上門來求見紀延生。

他如今一心準備科舉，時文制藝都在學，紀延生當年可是正經的二甲進士，是以溫凌鈞來向他求教，那是理所應當的。

只是他身在曹營心在漢，與紀延生說話的時候，心卻飛到了某處。

說來也巧，紀延生有個同僚也上門來，於是他只得先去招呼，就請溫凌鈞在此處等著。

溫凌鈞才站起來，就聽見院子裡有個小姑娘的聲音，他趕緊走出去，就見紀清晨正一臉著急地對著小廝說些什麼。

「沅沅。」他歡喜地喊道。自從他們來京城之後，除了因元寶的事情見了幾面，他已有兩個月多未見到她了。

紀清晨沒想到溫凌鈞會在這裡，便過來拉著他的手，道：「溫哥哥，你在這裡正好，你幫我一下吧。」

溫凌鈞被她一路拉著，一直走到一棵樹下，就見一紙風箏正掛在樹杈上。紀清晨指著風箏道：「溫哥哥，你能爬上去幫我把風箏拿下來嗎？」

這……溫凌鈞是個斯文人，叫他拿筆寫字自是不在話下，可叫他去爬樹，那可真是太為難他了。可瞧著小姑娘一臉著急又期待的表情，他咬了咬牙，便抱著樹準備爬上去。

只是想法容易，行動太難。

待他勉強爬到樹杈上時，那風箏還是掛得太遠了，他勾了半天，卻還是沒勾到，便聽到樹下一個聲音響起。「沅沅，妳在這裡做什麼？」

紀清晨被紀寶璟這麼一問，本就緊張，生怕被她瞧見樹上的人。可誰知一直沒動靜的繁茂大樹，突然搖晃起來。

紀寶璟一抬頭，就瞧見樹枝中間，那溫柔的男子。

「璟姑娘。」溫凌鈞卡在樹杈中間，與她打了個招呼。

紀寶璟再看向樹枝上掛著的風箏，豈有不懂的道理。她瞪了紀清晨一眼後，便輕聲道：「溫公子，你還是快下來吧，那上面太危險了。」

「沒事，我拿了風箏便下去。」聽到她關心的話，溫凌鈞臉上的笑意更甚。

待溫凌鈞跳下來的時候，紀寶璟心中的緊張才消失，她低頭斥了紀清晨一句。「以後不許再叫溫公子做這樣的事情，太危險了。若是摔下來可怎麼辦？」

紀清晨乖巧地點頭，可一接過溫凌鈞手中的風箏，趕緊說了聲謝謝便跑走了。紀寶璟只好叫玉濃追上去看著她。

可玉濃一離開，這周圍便只剩下他們兩個，紀寶璟立即要告辭離開，可溫凌鈞這次卻比她還要先開口道：「璟姑娘，過幾日便是妳的及笄禮了，我在此先恭喜妳。」

「謝謝你，溫公子，我該走了。」紀寶璟微微點頭，便要離開。

可是她剛轉身，身後的溫凌鈞卻道：「待妳及笄之後，我便請我母親到妳家中提親可好？」

這句話一說完，兩人俱是一震。

溫凌鈞因見她要離開，慌忙之中竟開口把心底最想要說的話全說了出來。而紀寶璟則被他的大膽表白給嚇住，一時立在當場，忘記要離開。

見她停住不動，溫凌鈞反而生出了無限的勇氣。他走過去站在她的面前，低頭看著她美麗的臉龐。「寶璟，自我在真定第一次見到妳，便喜歡上妳了。我原本打算下次春闈取得功名後，再上門提親的。可是妳這麼好，我怕自己再不說，日後便沒機會了。」

這是他第一次喊紀寶璟的名字，那兩個字在唇齒間繞過的時候，連心都是暖和的。

紀寶璟饒是再大方爽朗，被男子這般直白地告白，一時間還是面紅耳赤了起來。但腳上卻如生根般，被定在原地。

「寶璟，等妳及笄，我就讓母親去提親，以後由我來照顧妳一輩子，妳願意嗎？」

願意嗎？

紀寶璟終於抬起頭看著面前的男子。他清秀的面容上盡是赤誠，眼睛更是緊緊地盯著她，那樣期待的眼神……

她是願意的。

當紀寶璟衝著他笑時，溫凌鈞覺得他心裡開滿了花，漫山遍野的花，是那樣燦爛，那樣明豔，叫他一輩子都無法忘記。

第四十九章

紀寶璟的及笄禮辦得風光極了，可是更風光的是第二年春天時的婚禮，十六歲的大姊終於穿上了大紅的嫁衣。

當看著她被大堂哥揹上花轎的時候，紀清晨躲在一旁看著，眼眶裡滿是淚水，幾乎是咬著牙在說：「我討厭溫凌鈞。」

她連溫哥哥都不願意再叫了，因為他搶走了她的大姊。

而站在她身旁的裴世澤則是摸了摸她的髮頂，溫和地說：「討厭就討厭。」

這五個字，她記得格外清楚，因為這是她最後一次與裴世澤說話。

春日明媚，廊廡下擺著的幾盆花草都長勢良好，微風拂過時，帶著花香飄向遠處。

一個穿著水紅比甲的丫鬟卻匆匆地跑進來，打破了這難得的寧靜祥和。待她到了門口，瞧見站著的兩個丫鬟，便低聲問道：「姑娘還在書房裡？」

左邊圓臉的丫鬟點點頭，輕聲道：「杏兒姊姊，姑娘還在看書呢，不許咱們進去伺候。」

說話的是蘋兒，這個院子裡的二等丫鬟，因臉兒圓圓的像蘋果一般，這才得了這個名字。

杏兒嘆了一口氣，卻還是硬著頭皮在門上敲了敲，只盼著姑娘這會兒心情還算不錯，不會怪罪她才是。

一會兒後，就聽裡頭傳來一陣有些慵懶的聲音。「誰？」

這聲音太淡太輕，叫杏兒聽不出裡頭的情緒。她只能揣測一二，輕聲道：「回姑娘，是我，杏兒。」

裡頭還是沒聲音，杏兒大著膽子道：「姑娘，五少爺往兔舍那邊去了。」

此話剛落，就聽到裡面傳來輕微響動聲，接著眼前的門霍地推開。

杏兒看著出現在門口的少女，雖然她伺候姑娘已有好些年，可是當這扇門打開時，乍然瞧見姑娘的臉，她依舊有種驚心動魄的感覺。

杏兒識字不多，也不知道該用什麼話來形容自家姑娘的美貌才是。可自家姑娘的容貌實在是叫人驚嘆，別說紀家人裡面沒一個比自家姑娘漂亮的，便是這京城裡也沒瞧見過。就因為容貌過於惹眼，姑娘已好些年連上香都不去了。

面前的少女一雙眼眸又黑又亮，淡淡地瞧過來時，眼眸中水光瀲灩，猶如蘊著一汪清泉般。按理說只有孩童的眼睛才會這般清澈又烏黑，可紀清晨的眼睛卻如幼年時一般水亮。只是幼年時，這雙眸子蘊含的是調皮可愛，此時則是淡得彷彿什麼情緒都沒有，可眼波流轉間，又彷彿有千言萬語藏在裡頭。

「他又去了兔舍？」紀清晨問道，只是面上瞧不出是什麼情緒。

杏兒在她身邊伺候了這麼久，豈會不知自家姑娘的表情越是這般淡然，那就代表越要出事了啊。

她微微點點頭，但還是道：「五少爺也只是剛去而已，應該不曾……」

「我今兒個就要叫他看不見明日的太陽。」紀清晨的嘴角微微上揚，美得驚人的容貌因為這淺淡的笑容，竟越發叫人挪不開眼睛。

她抬腳便往外頭走去，杏兒不由分說，趕緊跟上去。

其實她走的速度不慢，可腰間的禁步卻一點兒都沒有搖擺。她今日穿著一身天水碧繡雲紋對襟衣裙，外面罩著一層碧影紗；身上也沒有多餘的配飾，只在頭上插著淺碧色玉簪。耳上戴著的碧玉耳環，卻是雕成了寶塔形狀，著實有趣得很。

待她到了一處院落時，就見門口果真站著一個小廝，不過原本正四處張望的小廝，此時一瞧見她，腿都要軟了，哪裡還記得要進去通風報信。

「奴才見過七姑娘。」引夏一瞧見紀清晨，臉都發白了。

紀清晨饒有興趣地瞧著他，淡淡問道：「看來你是不記得我上回說過的話了？」

「奴才不敢，奴才記得、記得。」引夏被嚇壞了。七姑娘是好脾氣，可那是在不惹到她的前提下啊。

紀清晨瞥了他一眼，便往裡頭走。

剛進到院子裡，就瞧見鬱鬱蔥蔥的一片，這院子裡只用鵝卵石鋪了一條小路，其他地方都種著青草，這會兒正值春日，觸目所及皆是一片青綠色。

她繼續往裡走，只見平日裡總會在草坪上玩耍的一團團毛茸茸的小傢伙，這會兒卻不知去向。她在心底冷哼一聲，又往旁邊走去，果然聽見有個聲音傳來。

一個穿著寶藍錦衣的小少年，這會兒手上正拿著一根分岔極多的樹枝，趕著一團雪白的小傢伙，只見原本活潑可愛的小兔子，此時都蜷縮在牆角，瑟瑟發抖。

「小兔子別怕，我只是來抓你們的，所以不要跑。」

紀清晨聽到這話，險些氣笑了，她開口道：「湛哥兒。」

她的聲音極好聽，彷彿那從山上細細流淌下來的溪流般，清靈悅耳。只是這一聲叫喚，卻讓前頭的人一下子僵住了背脊，就連手上揮動的樹枝，也都靜下來了。

待小少年回頭的時候，就見到一張唇紅齒白的精緻小臉。這般好看的孩子，讓人心生好感，只可惜，如今的紀清晨卻只想好好教訓這不知天高地厚的小鬼。

「姊姊，妳怎麼來了？」只見小少年靈動的大眼睛眨了眨，臉上掛著討好的笑。

紀清晨立即笑了，柔聲道：「我聽說你想捉我的兔子，所以便來瞧瞧。」

她低頭瞧著牆角那一堆毛茸茸的小傢伙，大概是因為擠在一起的緣故，倒像是一團會動的雲團般。

她剛說完，就見對面的小傢伙一下子丟掉了手中的樹枝，便跑過來，抱著她的腰撒嬌道：「我只是來瞧瞧姊姊的兔兔而已。」

「好好說話。」紀清晨淡淡道。

可抱著她纖細腰肢的紀湛，卻沒鬆手，反而道：「我只是想來瞧瞧姊姊妳的兔子有沒有變多而已。」

「哦，是嗎？我怎麼記得，有人可是在俊哥兒面前誇下了海口，說要捉了我的兔子去烤兔子肉吃的。」紀清晨可沒被他的小花招給迷惑住。

紀湛咬牙。「溫啟俊這個叛徒。」

待溫啟俊下次再來，他定要狠揍他一頓。

只是他自個兒也不想想，這紀家誰都知道兔舍裡的一窩兔子，就是七姑娘的命根子，他倒是好了，居然還敢捉了烤來吃。

他也就是仗著在家裡頭，紀清晨最寵的就是他了。

紀湛，紀家的五少爺，二房的嫡長子，紀延生的老來子，紀清晨唯一的弟弟，也是她最寵的小傢伙。因為之前紀家大房夭折了兩個孩子，是以明明上頭只有兩個堂哥，紀湛在家譜上依舊行五。

「你還記得我上次與你說過什麼？」紀清晨低頭瞧向正抱著自個兒的小傢伙，輕聲問道。

紀湛哪裡不知道抱緊大腿的重要性，他立即搖頭道：「姊姊才不會生我的氣呢，姊姊對我最好了，我也最喜歡姊姊。」

這小傢伙的嘴巴還真甜，簡直就跟紀清晨小時候有得拚。

只是他忘記了，他姊姊小時候就是靠著無敵可愛的小臉蛋和一張甜嘴，橫行整個紀家的，如今他想要靠這個法子來矇混過去，那可真是在關公面前耍大刀。

「我可曾說過，你要是敢再來，我便叫你見不著明天的太陽？」紀清晨淡淡說道。

一直抱著她的小傢伙終於鬆開手，往後退了兩步。只是他又伸手拉起紀清晨的兩隻手，放在他的眼睛上。

「姊姊一直這麼蒙著我的眼睛，這樣我便瞧不見明天的太陽了。」

紀清晨終於忍不住低聲笑了起來。她就知道自己真的拿這個小東西沒辦法，他簡直有無數的法子來對付她，讓她怎麼都不會與他生氣。

「姊姊，我不是故意要捉弄妳的兔子，都怪溫啟俊。」紀湛見她笑了，便立即說道。

紀清晨瞧他居然得了便宜還賣乖，便用指尖在他的額頭上點了點，教訓道：「你還敢說俊哥兒，他可是你的外甥，他能指使得動你？哪次不是你帶著他去幹壞事？」

溫啟俊是他們的大姊紀寶璟的兒子，今年六歲了，只比紀湛小一歲。曾榕前一年生的紀湛，第二年紀寶璟便生了溫啟俊。紀延生是在兩年內，當了爹又當了外公。

她剛說完，就見杏兒進來了，待走到她跟前，便道：「姑娘，大姑奶奶帶著小少爺回來了。」

「大姊回來了？」紀清晨露出驚喜的表情，她轉頭瞧著旁邊的小傢伙道：「你不是說全怪俊哥兒嗎？正巧他回來了，就讓他與你對質。」

「姊姊、姊姊。」紀湛忙拉住她的手臂，輕輕地搖著，道：「妳就饒了我這次吧。」

「就只有這次？」紀清晨睨了他一眼，問道。

紀湛馬上點頭。「肯定是最後一次，我以後再也不碰這些兔子了。」

紀清晨知道他年紀小，不過說話卻還是算話的，這才點點頭，拉著他的手便往老太太的正院裡去了。

說來也巧，紀家搬回京城沒多久，隔壁宅子便要出售，紀延生便乾脆將那宅子買下來。那是一座四進的宅子，二房自此便搬了過去，只是兩家中間開了一道門，也還算是住在一塊兒吧。

紀寶璟每次回來，都會先到老太太的院子裡請安，如今祖母年事高了，尋常連院子都不愛出呢。

等他們到了的時候，就聽到裡頭有小孩子的歡聲笑語。

剛一掀簾子，紀清晨險些被撞到，而差點撞著她的小男孩，一抬頭便歡喜地撲到她身上，大喊道：「小姨母。」

溫啟俊生得白白胖胖的，這一撲差點讓紀清晨接不住。

還是紀湛瞧不下去，對他道：「溫啟俊，你輕點兒，小心撞傷我小姊姊。」

「小舅舅。」他雖教訓了人家，可是俊哥兒卻一點兒也不生氣，反而歡歡喜喜地喊了一聲。

紀清晨瞧著面前的小傢伙。都說兒子肖母，溫啟俊確實長得像她大姊，眉眼盡是英氣，這會兒已有些俊俏的模樣出來了，也就是這小臉蛋稍微白胖了些。不過他還是個孩子，胖乎乎的才可愛。

她想起就連她自個兒小時候，那也是粉嫩嫩、胖乎乎的一個小團子呢。

「大姊。」紀湛衝著正坐在羅漢床上，陪祖母說話的紀寶璟打了聲招呼。

「小叔叔，俊哥哥搶了我的糕點。」只見一個粉嘟嘟的小姑娘，此時可憐巴巴地瞧著紀湛道。

這小姑娘便是紀家大房長子紀榮堂的女兒紀悅，正巧傅氏帶著她來給老太太請安時，就碰上了紀寶璟回來。

傅氏嫁進來之後，連落了兩胎，才得了這麼一個寶貝女兒，所以平時也是嬌生慣養得厲害。

紀湛一聽，便做出捋袖子的動作，道：「溫啟俊，你如今竟知道要怎麼欺負人了啊？」

「是妹妹自個兒要給我吃的，我可沒有搶。」俊哥兒立即道，還躲到紀清晨的身後。

紀清晨瞧著紀湛這會兒耀武揚威的模樣，便伸手在他的腦袋上拍了下。「不許欺負俊哥兒。」

「我沒欺負他，我可是他小舅舅。」紀湛不服氣地說。

雖說這兩個孩子只差了一歲，可輩分上卻是差了整整一輩，所以紀湛在溫啟俊面前，那就是天然的優勢。幸虧俊哥兒這孩子遺傳了他爹十足溫和的性子，是個大方且不愛計較的，否則還不吵了個翻天。所以紀湛在他跟前擺著長輩的譜，他也不生氣，而且還特別喜歡和他一起玩。

「好了，不就是幾塊糕點，叫丫鬟再上一些來，保管叫咱們俊哥兒和悅姊兒都吃個夠。」紀清晨笑著摸了摸溫啟俊的小腦袋。

於是兩個小傢伙便拚命鼓掌，真是給足了她面子。

待搞定了這兩個小東西，紀清晨才坐到紀寶璟身邊，挽著她的手臂道：「大姊好些日子都沒回來了，我可想大姊了呢。」

「都多大的人了，還和姊姊撒嬌，我看妳連湛哥兒都不如，瞧瞧他多有做長輩的模樣。」紀寶璟揶揄地道。

紀清晨登時嗤笑道：「他就是在俊哥兒面前才擺譜，在我跟前可不敢這樣。」

「還是咱們七姑娘會管教弟弟。」紀寶璟含笑道。

紀清晨有些不樂意了。大姊這是在笑話她嗎？

紀寶璟這次回來，是為了紀延生四十歲生辰一事。

因為紀家打算宴客，紀寶璟作為長女，自然極為重視，而她大姊夫溫凌鈞為了準備壽禮，更是忙前忙後了好幾個月。

紀清晨認為，大姊和大姊夫這般重視，認真地挑禮物，到時候大家的壽禮一拿出來，那她和紀湛的馬上就被比下去了，豈不可憐？

估計紀湛比她還可憐，他如今月銀才每個月三兩，曾榕還嚴格把控他月銀的去處，生怕他隨意花用。

幸好紀清晨經常偷偷地接濟他，不過這件事可沒讓曾榕知道，要不然他們可就慘了，到時候一個都跑不掉。

「北方這兩年總算是消停一些，據說皇上準備叫大軍班師回朝，好生賞賜這幾年在外駐守邊關的將領呢。」紀寶璟笑道，只是她說這話時，卻是瞧了紀清晨一眼。

紀清晨正忙著逗弄兩個小傢伙，沒瞧見她的眼神。

等回去的時候，紀寶璟拉著紀清晨一起走，紀湛則領著溫啟俊跑在她們前頭。

「沅沅。」紀寶璟低聲叫了紀清晨的小名。

紀清晨有些懷念地「嗯」了一聲。也不知從什麼時候開始，她總覺得她的小名越來越少被人叫起了。

或許是錯覺吧，畢竟祖母和父親他們一直都在啊。

「北方的大軍要回來了。」紀寶璟的語氣中帶著一股說不出的感慨。

紀清晨噗哧一笑，道：「大姊，姊夫可是個文官啊，北方的大軍回來又不關咱們的事。」

紀寶璟瞧著她，半晌才說：「聽說裴世子這次也會回來的。」

裴世子？

過了好一會兒，紀清晨才反應過來她說的是誰。

是啊，他如今已是裴世子，不只是她的柿子哥哥了，早就變成了真正的世子爺——定國公府的世子爺。

前定國公裴勛是在顯慶三十三年去世的，他去世之前將定國公之位傳給了長子裴延兆，並向皇上上摺子，請求立嫡長孫裴世澤為世子。

當時裴世澤已在通州軍營兩年，紀清晨也有兩年未見到他。

待他匆匆回京後，紀清晨隨著家人去參加定國公的葬禮，卻只是隔著人群見了他一面。

他變得又高又大，似乎完全褪去了少年模樣，變成了一個男人。兩年的軍營生涯，讓他變化太大了，竟讓紀清晨覺得陌生。

只是這一次，是她最後一次見到他。因為半年後，北方爆發蒙古族大舉入侵中原的戰事。

大魏自建朝以來，小的暴亂有過，可像這般大舉入侵的戰亂，卻是六十年來的第一次。一時長城邊關頻頻告急，八百里加急一次又一次地送到京城。皇上挑選主帥匆忙迎戰，可是卻首戰失利。

裴世澤也是在這個時候離開了京城，他甚至還有重孝在身。只是此時國家存亡，匹夫有責，他理當先赴戰場支援。

他從一個七品的參將，到一戰成名，只花了一年的時間。

這一年內，戰事也發生逆轉。蒙古人勢如破竹的攻勢被阻擋下來；又過了幾年，蒙古人已被徹底打退回去。

大魏的軍隊甚至還打入了他們的腹地，這一戰可謂是蕩氣迴腸。

只是裴世澤聲名雖起，可惡名也隨之而來。

關於他殺人如麻、對蒙古人趕盡殺絕的傳聞，讓京城的大家閨秀們，每每提到他的名字時，是又歡喜又害怕。

「回來就回來，與我何干。」紀清晨不在意地說。

她才一點兒都不想他呢！

第五十章

「姊姊，誰和妳無關啊？」一直走在前頭的紀湛此時又跑過來，聽見她冷冷的話，便好奇地問道。

紀寶璟抿嘴一笑，紀清晨則瞧了他一眼。「小孩子不許瞎打聽。」

這句話從前紀清晨可是聽慣了的，如今倒是能用來教訓紀湛。

果不其然，小傢伙聽到她的話，立即哼了下。「我可不是小孩子，我是小舅舅。」

「小舅舅。」他剛說完，一旁的溫啟俊便跑過來，將手上的東西遞給他瞧，竟是一隻草編的蜻蜓。

紀清晨有些驚訝地看了一眼，問他道：「這是俊哥兒自己編的？」

溫啟俊點頭。紀清晨捏了捏他軟乎乎的小臉蛋，彎腰親了下，道：「俊哥兒真是厲害呢，這個是要送給小姨母的嗎？」

當她問完，小傢伙卻有些為難。

紀清晨沒想到他居然會猶豫，當下便嘛了嘛嘴，道：「原來不是給小姨母的啊。」

「小姨母，我再給妳編一個吧，這是我要送給小舅舅的。」溫啟俊著急地解釋。

紀清晨瞧他那著急的模樣，立即笑了，安慰道：「俊哥兒真乖，什麼好東西都不會忘記小舅舅呢。」

大概小孩子總是愛跟著比自個兒大的孩子玩，溫啟俊極喜歡且崇拜紀湛，就連紀湛帶著他去搗蛋，小傢伙都樂此不疲。

「小姨母妳不要生氣，我馬上再給妳編一個。」溫啟俊安慰她說。

一旁的紀寶璟笑開來，道：「他爹爹也不知道從哪兒學了這一手，結果他非要跟著學，如今學會了便到處要給人編，我房中都擺了十來隻了。」

紀寶璟的口吻雖無奈，可眼睛卻是含笑地看著兒子。

紀清晨嬌笑道：「原來大姊夫會編這玩意兒啊，那大姊夫編了是要送給誰的啊？」

沒想到溫凌鈞如今竟這般會哄人，雖說這些草編的玩意兒不值錢，可卻叫人看了開心。

紀寶璟沒想到她居然還戲謔到自個兒身上，反手拍了她一下，紀清晨立刻討饒。

待她們到了曾榕的正院時，丫鬟已在門口等著，一見到她們，忙上前請安道：「大姑奶奶，太太一聽說您回來，便叫奴婢在這裡等著。」

「司音，我娘在幹麼呢？」紀湛踮著腳尖朝裡面瞧了一眼。

司音立即道：「五少爺，你放心吧，你偷偷跑出去的事情，太太還不知道呢。」

前兩日紀湛生了一場病，所以這幾日都待在家裡休息，沒去學堂，只是今兒個卻偷偷跑去兔舍，如今回來，才知道害怕了。

紀清晨在心底笑著。連司音都知道他偷跑出去了，太太又怎麼可能不知道呢？

紀湛顯然已經身經百戰，立即反問道：「妳怎麼知道我偷偷跑出去了？」

司音被他問住，尷尬一笑，就聽紀湛又說：「我知道了，肯定是妳要騙我進去。」

說完他立刻轉身，卻被紀清晨一把拉住，她好笑地看著他道：「早知如此，何必當初？既然敢偷跑出去玩，就該想到後果。」

「沅沅，妳幫我跟娘親求求情吧。」紀湛抱著她的手臂，抬起頭可憐巴巴地說。

紀清晨登時板起小臉。「沅沅也是你能叫的？」

「娘親會把我打死的，如果我被打死了，妳就沒有親弟弟了。」紀湛眨著眼睛，求助地看著她。

「那正好，我以後就只疼俊哥兒一個人就好了。」紀清晨早已經在心底笑開，可面上卻一直強忍著，裝出嚴肅的表情。

紀湛搖著她的手臂，喊道：「沅沅、沅沅。」

還是紀寶璟笑著開口道：「你小姊姊與你說笑呢。跟大姊進去吧，大姊替你求情。」

「姊姊，妳真是……」紀清晨跺了下腳。她還沒耍夠當姊姊的威風呢，大姊就這樣給她拆了臺。

紀湛馬上見風轉舵，衝著她吐了下舌頭，便乖乖地跑到紀寶璟的身邊，與溫啟俊兩人一邊一個地站著。

「進去吧，別叫太太久等了。」紀寶璟微微一笑。

等著他們回來的曾榕，一見到紀寶璟就開心地笑起來，不過當瞧見躲在她身後的紀湛時，頓時一把怒火在胸中燒起。

「你跑哪兒去了？」曾榕的表情沈了下來，還不等紀湛回話，溫啟俊便跳出來，擋在紀湛的身前，一副要哭出來的樣子。

曾榕心底雖有些生氣，可瞧著溫啟俊那小模樣，卻也不好說什麼，只好扯開話題，笑著問他。「俊哥兒覺得幻戲好看嗎？」曾榕知道前幾日，紀延生帶著他們兩個去看幻戲了。

「好看，可厲害了。」溫啟俊立即點頭。

紀湛還以為他娘不生氣了，便趴在她懷中道：「娘，那位梅大師簡直就是出神入化，爹爹說了，他的手法可以說是前無古人。」

前無古人？

紀清晨突然想起了裴世澤。說來他們倆第一次見面，就是他扮作幻戲師，在真定紀家東府的太夫人壽宴上表演。那時候在場的所有人都被他震撼了。

也不知怎麼回事，這幾年來她絕少會想到他，可今天卻一直想起，大概是因為梅信遠，又或者是因為大姊說了關於他的消息吧。

其實她一直都沒忘記裴世澤的模樣，甚至清楚地知道二十多歲的裴世澤，會長成什麼樣子。

他那張過分俊美的臉，會因為歲月而越發輪廓分明，更加惹人矚目。

但她不知道的是，他的性子還會像前世那般嗎？前世時他的名聲極不好，在舅舅登基之後，他受舅舅寵信，更有傳聞他因為從龍有功，才會受皇上重用。

但偏偏大皇子殷柏然卻極不喜歡他，好幾次大皇子這邊的大臣都上書控告他的罪狀，只是皇上一直壓住不發而已。

前世時，他們對她來說，只是一個個的名字而已，就算她日日與裴世澤相伴，可她只是一縷魂魄，用不著去管世間的這些是是非非。

但現在，他們對她來說，不再只是一個簡單的名字。

柿子哥哥和柏然哥哥都是她生命中最重要的人。如果……一想到這個如果，紀清晨心底便煩亂不已。只盼望這個如果，永遠不要來才好，因為她不想在他們兩人之間作選擇。

再過半個月便是紀延生的四十歲生辰，紀清晨之前特地在古玩鋪叫人找了一本前朝時期的字帖，是紀延生最喜歡的一位書法家。

這天掌櫃派人到門口遞了消息，說是孤本找到了。

紀清晨立即稟了曾榕，要出府一趟。

曾榕知道她是為了紀延生的壽禮，也沒攔著，只是叫丫鬟和婆子好好跟著。

誰知紀湛也在家，他非鬧著要一塊兒去。曾榕本來是不准的，還是紀清晨瞧著他那期待的小眼神，心一軟便同意他去了。

於是美其名曰也給他買書，紀湛這才得了機會能跟上來。

等上了馬車，就見小傢伙偷偷地拿了一個荷包出來，豪氣地對她說：「沅沅，妳今日若是瞧中了什麼，便與我說，我買給妳。」

紀清晨心中感動的喲。真是沒白疼這小傢伙，小小年紀就知道給姊姊買、買、買了。

只是待她瞧清楚他荷包裡的碎銀子，心酸得險些要落下淚來。她爹如今好歹也是朝廷正四品的官員，可是唯一的嫡子，荷包裡居然只有十幾兩銀子，據說還是攢了好久才有的。

可小傢伙不僅沒覺得自個兒可憐，還特別大方地表示，今兒個由他來出錢。

等到了古玩鋪子，紀清晨牽著他的手，叮囑道：「進去後不許亂跑，跟在姊姊身邊。」

紀湛有些好奇地道：「可是姊姊，這裡不是書鋪啊。」

之前紀清晨也委託過一家書鋪找字帖，過了許久都沒消息，倒是這間古玩鋪子很快便有了消息。只是如今造假的老玩意兒極多，所以她才親自上門驗收。

因紀延生極喜歡這位書法家，所以紀清晨自小便看著他的字帖，自認不會看走了眼。

待她進店後，小二立即迎上來，可瞧見竟是一個少女牽著一個孩子走進來，他有些吃驚。畢竟來這古玩鋪子的大都是男子，本就少有女子出入，更別說是孩子了。

「我是來拿字帖的。」紀清晨直接道出來意。

「字帖？」店小二愣了一下。

紀清晨立即說出那位書法家的名字，店小二臉上卻出現古怪的表情，回道：「請您稍等片刻，我去請掌櫃的。」

說著，他便轉身去找。紀清晨感覺事情似乎有變故，瞬間皺起了眉頭。

紀湛則是鬆開她的手，跑到旁邊的架子上看來看去。不過他倒是極聽話，只是看，並不曾伸手去拿。

掌櫃很快便過來，他一瞧見紀清晨便道：「這位姑娘，實在是不好意思，這本字帖已經被別人訂下了。」

「荒唐，是我叫你們找的，什麼叫被人訂下了？」紀清晨問道。她的聲音雖清靈，可此時沈下嗓子，還是帶著一股氣勢。

她頭上依舊戴著帷幔，掌櫃的雖沒瞧見她的面容，卻知道她現在極生氣，連忙道：「剛好有一位客人也讓小店找了這本字帖，他今日來得早一些，此時已在樓上準備……」

掌櫃的心中也惱火不已。兩位客人同時叫他們找同一本字帖，這掌櫃的只找到一本，他本想著兩邊不得罪，誰給價高就賣給誰的。只是他昨兒個不在鋪子裡，店裡的小二竟直接上門通知了兩家買主，今兒個兩人正好撞在一處來了。

這會兒掌櫃的也是騎虎難下，因為這兩位都不是他能得罪的啊。

「他只是準備付錢罷了，你把字帖拿下來，若是真的，我可以在原本的價格上再加三百兩。」這幾乎就是字帖的雙倍價格了，掌櫃的聽到這話，身子明顯一抖。

紀清晨卻毫不在意這點小錢。她要買的是爹爹的心頭好，凡事能用錢解決的，那都不是大事。

「這位姑娘好大的氣魄。」此時樓上傳來一個淡淡的聲音，紀清晨抬頭瞧過去，就見一個身著青地團花紋嵌銀線錦袍的男子，站在樓上衝著她道。

只見那男子頭戴著玉冠，一張俊臉如白玉般，他的表情雖在笑，可眼神卻極深，因此讓人有種這個人有些不好惹的感覺。

「凡事都有先來後到之理，公子搶了我的心頭好，難道就不允許我再要回來嗎？」

「妳是說這本字帖，是妳的心頭好？」樓上的男子手上舉起一本書，只是那修長白皙的手指卻是叫人忽略了那本字帖。
紀清晨未說話，只抬頭瞧著，帷帽上懸掛著的鈴鐺，在她抬頭的一瞬間，輕輕地搖晃，在這店中發出悠遠清脆的聲音。
男子緩緩走下來，也不知是他的腳步太輕盈，還是木板太厚實，他下樓時，竟連一絲聲音都沒有。等他走到紀清晨的面前時，便將字帖遞到她面前，輕聲道：「既是姑娘的心頭好，那我自然沒有硬搶的道理。」
紀清晨有些怔住。她以為最起碼要經過一番爭奪，才能拿到這本字帖呢，倒是她以小人之心，度君子之腹了。她微微頷首，輕聲道：「謝謝公子。」
待她翻開略看了幾眼後，便認出這本字帖確實是真跡，便給了銀票，付錢走人。等她招呼紀湛準備離開時，卻又被一直站在旁邊的男子給叫住了。
紀清晨回頭。「公子，還有事？」
「妳真的不認得我了？」男子輕聲笑問。
紀清晨皺眉，只當他是故意搭訕。原以為是個君子，竟是又一個登徒子。
「我是謝忱。」
略帶高傲的聲音，在她的耳邊響起。
謝忱？紀清晨瞧著面前英俊的男子。她怎麼記得印象中的他，不是這般好看的？

第五十一章

紀清晨淡淡地看著面前的人，心底卻是疑惑不已。謝忱怎麼會認出她來呢？

「在樓上看見紀府的馬車，又見妳要這本字帖，便大概猜測了一下。」謝忱含笑道。紀府的馬車，還有這本字帖，他就能猜到她是紀家的七姑娘，還真是不負京城第一才子之名。

這幾年來謝忱在京城可以說是大放異彩，特別是三年前他在北直隸會試中，考取了頭名解元，令人側目。因為根據記載，他是大魏開朝以來，最年輕的解元。

只是第二年他並未參加春闈。這幾年來時不時有關於他的消息，他所在的應天書院，因為入學的人太多，甚至不得不對外宣布，要以考試的方式錄取學生。

對於紀清晨來說，他不過是幼年時偶然見過一面的人而已，可沒想到，他居然還記得她。

一旁的紀湛聽到「謝忱」二字，眼睛轉了又轉，待想起來後，立即指著他道：「你就是謝忱啊？」

小傢伙驚喜極了，畢竟謝忱可是京城赫赫有名的才子，更是大魏百年來最年輕的解元，不少長輩自是以他為目標，來教導自家的孩子。只是過去只能從別人口中聽到的名字，如今卻是活生生的本人，站在他面前。

再加上謝忱這幾年有幾首詩流傳出來，更是叫人追捧不已，就連那些文人聚會，若是有謝忱參加的，都會引得眾人爭相前往。

紀湛他們的學堂裡，就有個學生是姓蔣的，據說是謝忱的表弟，他每日都將表哥的名字掛在嘴邊。

紀湛是瞧不上他的，可學堂裡的其他學生卻極為巴結他，就連謝忱平日裡喜歡的吃食也能讓他們討論上半天。

「你認識我？」謝忱瞧著眉眼染上興奮的小傢伙，低聲問道。

紀湛立即抿嘴一笑。他自是不會告訴他，自個兒在學堂裡日日聽到他的名字。他故作矜持地道：「只是聽過謝公子的名字而已。」

紀清晨低頭瞧著她的親弟弟。這般矜持的話語，居然會從他們家紀湛的口中說出來？

「謝公子，今日謝謝你的讓書之儀。」她微微頷首，只是道謝之後，她又道：「我便不多打擾謝公子，先行告辭了。」

謝忱看著她急匆匆地拉著身邊的小少年離開，只是輕輕一笑。難道他就那麼可怕？她見了他竟是比兔子跑得還要快。

其實謝忱並不是未卜先知，只是他也喜歡這位書法家的字帖，可這位書法家並不是很為人所知，即便是同好，那也是寥寥無幾。

他先前還因為紀延生有不少這位書法家的帖子而曾求見過他，所以紀府有人來找這本字帖，他便猜測，應該是紀家二老爺的親女兒吧。

嗆。

他記性不錯，自是記得那年春日裡，那個嬌俏的小姑娘，一口一句將那拐子為難得夠嗆。

方才聽到她理所當然地要搶回這本字帖時，他心中的猜測便也轉成了確定，果然她還是她，性子一點也沒變呢。

「謝公子，那這本字帖……」掌櫃見他滿臉微笑，登時心頭一鬆，方才他生怕兩人在自個兒的店裡爭執起來。

謝忱轉頭瞧著掌櫃的，只是臉上那似笑非笑的神情，叫人心裡發怵。

「楊掌櫃，以後這種事千萬別再做了。」謝忱瞧著他，輕聲道。

他語氣柔和，卻讓楊掌櫃心裡一顫，立即道：「謝公子，您實在是誤會了，我這次絕對不是故意的。只是您兩位同時要找一本書……」

他偷偷瞄了一眼謝忱的臉色，便不敢再說下去。

上了馬車後，紀湛便一臉興奮地問道：「姊姊，妳認識那個謝公子？」

「不認識。」紀清晨馬上回道，可小傢伙心中的雀躍仍是不減。

他見紀清晨不想搭理自個兒，便伸手要去撩起車窗上的簾子，卻被紀清晨一把拽住，抱在懷中，教訓道：「不許淘氣。」

紀湛眨了眨眼，那與紀清晨一模一樣的黑亮大眼睛中，滿是好奇。「可是那個謝公子他認識姊姊妳啊。」

「那是因為我小時候與他見過一面，而且只是偶然遇見的，我早就忘了。」紀清晨見他實在是好奇，解釋道。

小傢伙立即抱著她的腰身，撒嬌地問：「姊姊小時候？多小的時候啊？」

多小？她瞧著懷中狡黠的小東西。這是要套她的話呢，不過這也不是什麼見不得光的事，她如實道：「比你現在還小，那時候你可還沒出生呢。」

「要是我能早點見到他就好了。」紀湛羨慕地道。

紀清晨驚訝地睜大眼睛，沒想到他居然這麼喜歡謝忱。她笑問道：「你為何這麼喜歡謝忱啊？」

紀湛便將在學堂裡聽到的事情說了。

紀清晨想像了一下，一幫小傢伙嘰嘰喳喳地討論著謝忱，就連他喜歡的吃食都要研究半天，想來就覺得好笑。沒想到謝忱不僅在姑娘中極受歡迎，便是這些小傢伙都將他當作偶像般地崇拜。

「我覺得這個謝哥哥不僅長得英俊，還特別大方，瞧見姊姊妳要買這本書，就主動讓給姊姊了。」紀湛想了想，歡喜地道。

明兒個去學堂，他可得好好地說一說，也叫他們對自己羨慕一下。

紀清晨瞧著他一個勁兒地向著謝忱說話，立即道：「這本書本來就是我訂下的，他是來搶的。」

結果一向站在她這邊的小傢伙，居然微微蹙眉，認真地解釋道：「是謝哥哥先去的啊，姊姊妳後去的，況且謝哥哥還將書讓給姊姊妳了。」

紀清晨：「……」這小傢伙是怎麼了？竟是向著旁人說話。

於是她別過頭，她才不要和幫著外人的弟弟說話。

紀湛瞧著她這模樣，立即嘆了一口氣，輕聲說：「姊姊，妳怎麼能像個小孩子一樣呢？」

回到家之後，她才剛到院子，就見香寧正站在門口，一瞧見她，立即道：「姑娘，五姑娘來了。」

五姊？紀清晨感到有些奇怪。一進屋子，就瞧見紀寶茵正坐在羅漢床上，悠閒地喝著茶，旁邊還擺著點心，看起來竟是跟在她自個兒的院子裡一樣自在。

「五姊，妳要來怎麼也不叫丫鬟提前與我說一聲？」紀清晨將手中的東西遞給香寧，讓她放到書房去。

從古玩店離開之後，她又帶著紀湛去了一趟書鋪，在裡面買了不少澄心堂紙，又給紀湛買了好幾本書，以及一套筆墨。

紀寶茵登時嘆了一口氣，道：「我是來妳這裡求個清閒的。」

紀清晨輕聲一笑，就聽紀寶茵已忍不住地抱怨道：「三姊又與我舅母吵架了，今兒個回來在我娘的院子裡哭得厲害，我實在是聽不下去，便到妳這裡來透透氣。」

紀寶芸幾年前嫁給了韓氏的親姪子，按理說嫁到舅舅家，總不至於吃虧。只是紀寶芸嫁過去這幾年，一直沒生養孩子，剛開始倒還好，可這兩年韓太太忍不住了，三番兩次想要給兒子納妾。

幸虧韓家的老太太還在，硬是給攔住了。

其實說來紀寶芸成親也才四年，即便是沒孩子，也不至於這麼急著納妾，這還是自己的外家呢。所以紀寶芸心底對婆母有些怨懟，時常會跑回娘家來哭訴。

紀清晨沒有說話，左右這些事，也不是她們這些小輩能置喙的。

可是她不說，紀寶茵卻有一肚子的話要吐槽。

她比紀清晨要大兩歲，如今已是十五歲，九月就該及笄了。這會兒韓氏也帶著她四處出去交際，準備給她說親。可是看著親姊姊這般，她心底對未來的親事，開始有種說不出的抵觸。

「三姊嫁的人還是親外家，我外祖母還在世呢，舅母便張羅著給表哥納妾。這才過去幾年啊，舅母就忘記了當初是怎麼到家裡來求娶三姊的了。果然古人說得沒錯，姑娘在家的時候是千金，待嫁出去之後，便處處受人掣肘。」紀寶茵瞧著紀寶芸哭成那般模樣，心底也不好受。

韓家這幾年勢弱，按理說韓氏本來是不願將女兒嫁回去的。只是紀寶芸性子驕縱，她不捨得讓女兒吃苦，再加上韓太太當時極盡所能地誇讚紀寶芸，恨不得將她捧在手心裡，所以韓氏才點頭答應。

可是這人啊，變臉也不過就是幾年的時間而已。

紀寶芸一直沒有懷孕，就是個導火線罷了。

聽說她在韓家依舊如在自家一般，嬌小姐的性子，時常指使丈夫做這個、做那個。韓太太心疼兒子，說過她幾回，只是她絲毫不放在心上，依舊我行我素。

卻不想這回韓太太發了狠，一定要給兒子納妾，而且還不是通房，是有正式文書的妾室。

所以紀寶芸一氣之下，便回了娘家。

她是紀清晨剛出門沒多久時回來的，哭了好幾個時辰，紀寶茵實在是被吵得頭疼，就跑到紀清晨的院子裡來了。

「各人都有各人的緣法，五姊妳也不用太難過。」紀清晨待紀寶芸一向淡淡的，不過與紀寶茵關係不錯，便開口安慰她。

其實也不是所有出嫁的姑娘都會受委屈。比如大姊，她出嫁後孝敬公婆，待下頭小叔子、小姑子也是極親善。

晉陽侯府庶出的小叔子娶親，她忙前忙後，一點差錯都沒有，讓晉陽侯夫人在親戚面前極有臉面。

親戚誇讚晉陽侯夫人這個嫡母做得仁厚，孟氏自是在心底記著兒媳婦的好。這一來二去，豈有為難媳婦的道理？

婆媳相處之道，本就是個學問，顯然紀寶芸在這門學問上實在是學藝不精。

「對了，沅沅，柳家的三姑娘給我下了帖子，下個月她要辦春宴，妳要一起去嗎？」紀寶茵問道。

紀清晨略皺了下眉頭，因為她知道紀寶茵提到的這個柳家，是宮中柳貴妃的娘家。

這位柳貴妃乃是十年前入宮的，初入宮時才十五歲，不過是個小小的婕妤而已，因容貌出眾，很快就受到了皇上的寵幸。

皇上當時膝下只有大皇子一個兒子，可誰知兩年後，大皇子去世了。

當時皇上深受打擊，本就是中年得了大皇子，卻不想還是沒留住。

朝中大臣也是驚懼不已。畢竟皇上那會兒都已五十多歲了，這個年紀本就是該當祖父的年紀，可偏偏膝下空虛。

三個月之後，柳氏懷孕。

皇上龍顏大悅，柳氏從婕妤一躍成為貴妃，連跳五級，成為皇后之下位分最為尊貴的女人。而十月懷胎之後，柳貴妃生下一子，也是皇上膝下唯一的孩子。

原本皇上想立此子為太子，卻被勸阻，畢竟這太子之位太過尊貴，擔在那小小嬰兒的肩頭上，只怕他承受不住。

於是皇上便打算賞賜柳氏。只是柳貴妃已身為貴妃，位分是進無可進，所以皇上便賞賜柳家人。本以為一個伯府之位已是夠了，卻不想皇上直接賞了柳家一個侯爵。

歷數大魏的侯爵，哪一家不是祖上拚了性命搏回來的？卻不想今日柳家只靠著一個女人，便與他們這些勛貴世家平起平坐了。

當時這件事在朝中掀起了一番風波，就連清貴那一派都認為皇上對柳家的賞賜太過了。

可皇上一心要賞賜，只是一個侯爵又如何？若皇上高興，即便是一個公爵，那也使得的。

因此柳家大老爺，也就是柳貴妃的父親，被皇上賜封為安樂侯，就連柳家嫡長子如今都在五城兵馬司擔任副指揮使的職務。一家子可說是靠著柳貴妃雞犬升天，如今在京城風光極了。

不過紀寶茵又是噗哧一笑，像是想起什麼極好笑的事情似的，對紀清晨道：「說來這個柳明珠之前可是碰了一個好大的釘子。妳也知道，她去年便及笄，如今過了年都十六歲了。我聽說啊，今年過年的時候，柳貴妃特地召見了定國公府的老夫人，想讓柳明珠嫁給裴世子，誰知卻被老夫人一口回絕了。這消息也不知怎麼傳出去的，柳明珠羞得沒臉出門，都好幾個月沒露面了。如今她大概是覺得風聲過去了，便又出來招搖。」

柳家是新貴，自然是叫京城那些個舊勛貴世家瞧不上，所以就算柳貴妃膝下有皇上唯一的兒子，不過有些人家照舊不買柳家的帳。

柳家想與定國公府結親，將柳家這位嫡出的三姑娘嫁給裴世澤，卻不想想定國公府可是簪纓世家，從太祖時期被封為國公，幾代傳下來，豈是一般勛貴世家能比的？

定國公府世代在軍中都極有勢力，柳貴妃想將裴家綁上自家的船，讓她兒子的皇位坐穩。

可裴家也不是好惹的，定國公府能這般屹立不倒，就是因為定國公府從來不選邊站，裴家只忠於皇上。裴家已是極富貴了，又何必去爭那什麼從龍有功的名頭？

所以裴家拒絕柳家的這門親事並不出人意料。

只是柳貴妃卻覺得受了侮辱，便打算要敲打裴家，想給定國公一點顏色瞧瞧。可她卻忘了，即便她受寵，又有皇上唯一的兒子在手，但她也只是個貴妃而已，頭上還有位皇后娘娘呢。

紀清晨笑看著紀寶茵。原來她既瞧不上柳明珠，又要去參加人家的宴會啊。

紀寶茵自然也注意到紀清晨的表情，立即無奈地表示。「妳以為我願意去捧柳明珠的臭腳？只是我娘說了，以後柳家說不定還要更高一步，叫我別得罪了人家。真是人在屋簷下，不得不低頭。」

紀清晨見紀寶茵坦蕩蕩地承認，更是笑了出聲，道：「真是委屈五姊了。」

「要不妳和我一起去吧？說來妳如今都已經十三歲了，何必成日待在家中，也該出去交際了。」紀寶茵慫恿道。

紀清晨只是搖頭。她對這些聚會沒什麼興趣，都是些小姑娘聚在一塊兒，她實在不耐煩應付這種場面。

況且說到親事，她比紀寶茵還不耐煩呢。不過好在她爹一直覺得她年紀還小，從來不急著給她說親。

紀寶茵又待了一會兒，才告辭離開。

等她走後，紀清晨靜靜地瞧著窗外。

關於柳明珠與他的事情，她不是第一次聽到，只是每次心中都有種說不出的滋味，畢竟聽到他的名字與別的女人連在一起……

可是又能如何呢？她不過是幼年時與他相識而已，若他真的在意自個兒，會這麼多年來連一點音信都沒有嗎？

又過了半個月，再幾日便是紀延生的壽宴，家中各處早已收拾起來，就連花園裡也添了些花卉樹木。

紀清晨生怕下人不小心傷到兔子，這幾日便把兔舍給鎖了，不讓牠們四處跑。

正巧她之前從爹爹書房中拿了兩本志怪小說，想趁著爹爹不在家時送回去，這還是她上次偷偷拿的呢。

只是一到那兒，就見小廝正站在門口處，裡頭還有人說話的聲音。

她有些驚訝，便問道：「爹爹今日在家？」好像還有客人在。

「有客人上門來拜訪。要奴才進去通稟嗎？」小廝立即道。

紀清晨正要擺手說不用，就聽到一個淡漠的聲音道：「貿然上門打擾，還望紀大人見諒。」

她聽到自己的心跳聲，遽然加快，那種在腦海中呼之欲出的念頭，叫她忍不住摀住心口。待她要轉身離開時，手中拿著的東西一下子便掉在了地上，砰地砸在她的腳尖上，痛得她輕呼了一聲。

「是誰在外頭？」紀延生皺著眉頭，問了一聲。

紀清晨連書都不要了，轉身就急急地離開。

小廝沒敢叫她，只是將地上的書撿起來，便推門進去。
紀延生見小廝進來，又問了一句。「方才是誰在外頭？」
「回老爺，是七姑娘過來還書。」小廝趕緊道。
紀延生露出一絲笑意，轉頭對旁邊的男子說：「小女不懂事，望裴世子見諒。」
只是待他說完後，心中卻突然想起，裴世子年少的時候，與沅沅的關係還是不錯的。
裴世澤淡淡地看著小廝手上的書冊——《神物志怪》。
原來如今她喜歡這樣的書。

第五十二章

紀清晨匆匆回到院子裡，杏兒瞧她不斷喘氣，還往後頭瞧了一眼。也沒人追著啊，自家姑娘是怎麼了？

「姑娘，奴婢給您倒杯水吧？」杏兒輕聲道。

紀清晨立即搖頭，揮揮手叫她出去。等她房中沒人後，她一個人扶著桌角，慢慢地坐下來，她伸手撫著胸口，心臟的跳動卻比先前還要快。

那個聲音，是他的聲音吧？

雖然聽大姊說過他要回來了，她一直以為自己能坦然面對，畢竟這麼多年過去，她也長大了。可是、可是……紀清晨深吸一口氣，可是心房那怦怦怦的聲音，猶如鼓擊般響個不停。

一直到快用午膳的時候，她都一個人待在房中。

門口的杏兒和香寧面面相覷。姑娘只不過是去了趟老爺的書房，為何就變成這樣了？可她們兩個也問了跟去的丫鬟，聽說姑娘只是走到門口，連房門都沒打開，就轉身離開了。所以，姑娘到底是怎麼了？

「姑娘，該傳膳了。」杏兒在槅扇上敲了敲，只是屋子裡太過安靜，竟是不像有人在一般。

杏兒不死心，又敲了兩下。「今兒個您想用些什麼？奴婢要吩咐灶上準備。」

就在她以為還是不會有回應時，卻見槅扇突然打開，紀清晨一臉冷靜地出現在門口。當瞧見她們都站在門前，她輕聲道：「前幾日做的那道金絲卷吃著倒是不錯，今兒叫廚娘再做一道送來，還有白玉蝦球、糖醋小排骨；對了，叫她們再弄個清心百合湯。」

葷素搭配，還有清心湯，這餐點倒是叫得不錯。

等她重新關上門，杏兒和香寧又對視了一眼，兩人趕緊往外走。

待走到院門口時，剛好一個少婦打扮的女子進了院子，瞧見她們凝重的表情，便問道：「這是怎麼了？」

「葡萄姊姊，妳可算來了。」原來這女子乃是已嫁為人婦的葡萄。她如今是這院子裡的管事媳婦，只是前兩日她孩子病了，便告假幾日，回去照顧孩子。

杏兒趕緊將今日的事情告訴葡萄，她還心有餘悸地道：「我瞧著姑娘今日太不對勁了。」

「妳瞧瞧妳們一個個的，就是愛大驚小怪。」葡萄倒是沒放在心上，只是叫她們趕緊去灶上通知一聲，別耽誤了姑娘用膳，畢竟這個點已比平時晚了兩刻鐘。

杏兒點頭，招了小丫鬟過來。

葡萄又叫香寧去幫忙，自個兒則是進到屋子裡。

此時只有兩個小丫鬟站在門口，葡萄敲了敲門，屋子裡還是照舊無人回應。

「姑娘，奴婢是葡萄。」她輕聲道。

好在這次屋裡很快有了動靜，只是這聲音卻有些有氣無力。「進來吧。」待葡萄進去時，就瞧見紀清晨斜靠在羅漢床的大迎枕上，眼睛盯著對面，可眼神卻是放空的。她轉頭順著她看的方向瞧過去，卻什麼都沒看到啊。

「姑娘。」她又輕喚了一聲。

「小魚的病好了嗎？」紀清晨依舊不動，只是開口問她。

小魚是葡萄的兒子，前幾日孩子高燒不退，紀清晨怕葡萄擔心，便叫她回去照看孩子。她身邊的兩個大丫鬟，前幾年都嫁人了。葡萄嫁的是家裡管事的兒子，丈夫也在府上的前院當差，手底下有兩個小廝。

至於櫻桃，則是嫁了出去，她嫁的是外頭掌櫃的兒子，而那個掌櫃是紀清晨鋪子裡頭的，所以櫻桃如今便在紀清晨的鋪子裡幫手，偶爾進來給她請安。

她一向待身邊的丫鬟不錯，也知道嫁人是她們一輩子的大事，所以當初要放出去時，都是請曾榕幫忙掌看的，挑的都是老實本分的人。

「多謝姑娘關心，這孩子結實，昨兒個就好得差不多了，還要多謝姑娘給他請的大夫呢。」葡萄感激地道。

葡萄回去後沒多久，大夫便到家裡了，聽說是紀清晨請來的。所以她心裡感激，孩子這才剛好，便趕緊回來了。

紀清晨點點頭。「沒事就好。這幾日妳都回去住吧，我這裡有人伺候的。」

「我知道姑娘寬厚，只是奴婢可不能蹬鼻子上臉的。」葡萄立即笑道。

她從紀清晨小的時候便在她身邊伺候，可以說是瞧著紀清晨長大的，所以這會兒她雖面上沒什麼表情，可葡萄卻還是瞧出了她的不對勁。

葡萄有些小心地問道：「姑娘，可是有什麼心事？」

「沒有。」紀清晨立即反駁，只是她說得太快，反倒有些欲蓋彌彰的感覺，話一出口，她便惱火地閉上嘴。果真是多說多錯。

葡萄瞧著她露出薄怒的表情，反倒一下子放心了。這還能生氣就代表沒事了，若心底生著氣，但面上卻沒什麼表情，那才叫真的有心事呢。

只是自家姑娘一向豁達，極少有讓她為難的事，沒想到今日卻獨自生悶氣。

誰知不久後，曾榕派人過來請她。她怕會遇上裴世澤，便捣著肚子，有些為難地說：「我今日肚子有些不舒服，就不過去了。」

來的是曾榕身邊的司琴，一聽這話，便道：「姑娘身子不舒服？那奴婢即刻去回稟太太，趕緊請大夫來瞧瞧吧。」

「倒也無妨，大概是癸水快來了，這才有些不適吧。」紀清晨隨口找了個理由。

只是她不知道的是司琴素來心細，加上紀清晨這邊有什麼事情，曾榕總是派司琴過來，所以司琴對她的事情多少有些瞭解。她心底正奇怪著呢，按理說七姑娘的癸水才過去沒幾日啊，怎麼會又快到了呢？

不過她也沒打算戳破，只回道：「那奴婢現在就去回稟太太。」

待司琴離開後，紀清晨便哼了一聲。她才不要過去呢，這肯定是某人的手法，她如今長大了，才不會吃他那一套。

午膳上來之後，她今兒卻是多吃了半碗，讓杏兒和香寧驚訝不已。

姑娘方才不是不高興的嗎，怎麼這會兒突然又像是心情不錯的樣子？

等晚膳的時候，曾榕又派人來了一趟，紀清晨想著裴世澤肯定已經走了，這才沒拒絕。

待她到院子裡的時候，紀湛已經在房中了。

丫鬟掀了簾子請她進去時，就見紀湛手中拿著一把弓箭，這會兒正興奮地做出拉弓的姿勢。只是那弓箭瞧著雖然古樸，卻極堅固，並不是如今的他能拉得開的。

不過就算是這樣，紀湛還是一點兒都沒失望，反而更加興奮地仔細打量著手中的弓箭。

「姊姊，妳看我的弓箭。」紀湛瞧她進來了，立即跑到她跟前炫耀。

紀清晨低頭瞧著這把弓箭，心底一哼，明知故問地說：「這弓箭是從何處來的？」

「是裴哥哥給我的，他還說過幾日要帶我去打獵呢，到時候我就可以用這把弓箭打兔子了。」紀湛說完，又雀躍不已地看著她說：「姊姊，妳與我一同去吧，到時候我把我的獵物都給妳。」

紀清晨瞧他興奮地拉著自己的模樣，卻想起了幾年前在真定街上，她一臉開心地看著溫凌鈞，叫他給自個兒買糖葫蘆，這樣才要帶他去見大姊。

當真是天道好輪迴，如今這樣的事竟發生在自個兒身上。

瞧著她這個傻弟弟的模樣，只怕連他自己都不知道已被別人利用了。

「好了，別拉著你姊姊了，你姊姊今兒個身子不舒服，趕緊叫她過來坐著。」曾榕坐在羅漢床上，出聲教訓道。

紀湛擔心地問：「姊姊，妳身子不舒服嗎？」

紀清晨自然不好意思承認，那就是她找的一個藉口而已，所以笑道：「姊姊先前已經躺了一會兒，不礙事了。」

紀湛才放心地點頭，又接著道：「姊姊，今日裴哥哥送了好多東西過來，妳也去瞧瞧吧。」

待紀清晨坐下後，曾榕才笑著說：「今日裴世子來家中了，本想叫你們見一面的，畢竟你們小時候那般熟稔，說來妳那會兒可是特別喜歡纏著人家。」

紀清晨臉頰一紅。「太太就別打趣我了，那都是小時候的事情，不作數的。如今我都長大了，應該避諱一些才是。」

曾榕倒是沒想到她會說出這話。不過想想也是，那會兒她只是個五、六歲的孩子，即便是再喜歡裴世子，如今長大了，應該也忘得差不多了。

「姊姊和裴哥哥也認識？」紀湛好奇地問道。他怎麼覺得姊姊雖然不出門，但是誰都認識啊？

「那當然了，你姊姊小時候可比你討人喜歡得多，長得又可愛，當然有很多小哥哥喜歡她了。」曾榕摸著兒子的小腦袋揶揄道。

紀清晨聽到這話，登時垂下了頭。

紀湛立即說：「可是姊姊現在也長得漂亮啊，反正我覺得姊姊比誰都好看。」

「這倒是真的。」曾榕抿嘴一笑，伸手捏了下兒子白嫩細滑的小臉，表示同意。

紀清晨簡直就要被他們打趣得無地自容，立即道：「你們要是再這樣，我可要生氣了。」

「別生氣、別生氣，來瞧瞧人家裴世子給妳帶的禮物吧。這孩子也真是太客氣了，一回來啊，知道妳爹爹要過生辰，便送了禮物上門。」

裴世澤確實送了不少東西過來，還有一箱上等的好皮子，據說都是從北方運回來的，光是這箱皮子就價值幾千兩銀子，出手可真夠大方的。

就連紀延生回來後，也一直在誇讚裴世澤，說他如今雖立了戰功，可為人一點兒也不驕縱。大軍就駐紮在城外，過兩日回城，到時候會有百姓去迎接，而他則是低調地先回來了。

文人雅士一向喜歡「風骨」二字，爹爹雖為官，可骨子裡就是個文人，就喜歡淡泊名利這樣的性格。

只是爹爹也不想想，裴世澤這樣的人若真是個淡泊名利的，那麼如今名揚天下的還會是他嗎？只怕他這身皮肉早就在剛上戰場的那會兒，就被人生吞活剝了。

一晃眼又過了幾日，明日就是紀延生的生辰了。

紀清晨怕客人來得多，會在花園裡閒逛，便又去了兔舍一趟，吩咐專門伺候這群小兔子的婆子，明日千萬不要讓人進去嚇到牠們。

婆子自是滿口應承，保證定會看好這群寶貝的，紀清晨這才放心。

杏兒見她興致不錯，提議道：「姑娘，花園裡這幾日可被收拾得漂亮極了，您都沒逛過，要不咱們逛逛再回去吧？」

「是妳自個兒想逛吧。」紀清晨笑她。

於是主僕二人來到花園，只見不遠處彷彿有一團雲霞，竟是家中的一小片桃樹開花了，因枝繁葉茂，粉紅的花瓣擠在一處，遠遠看過去就像是粉色的雲彩。

她緩緩地踱步過去，待站在桃樹邊上時，一陣清風拂過，吹得桃枝亂顫，樹上的花瓣紛紛如雨般落下，地上瞬間鋪了一層淺淺的粉色花瓣，此情此景，真是美得叫人不想說話。

「就是這裡。」一個突兀的聲音響起，紀清晨睜開輕閉著的眼睛，轉頭看過去。

就見紀湛一手拉著一把弓箭，另一手卻拉著一個男人。只是那男子的臉被桃枝擋住，紀清晨沒瞧清楚，還以為是家中人，便開口喊道：「湛哥兒，你在做什麼？」

此時那男子往旁邊走了幾步，她終於瞧見了男子的臉。這張她早已見過千萬次的臉，今世第一次出現在她眼前的時候，她覺得心臟彷彿一瞬間要停止跳動了。

他的好看是那種妳只要一瞧見他，所有的注意力便只會放在他身上，再也不會注意到旁人。那樣清冷如玉的人，讓妳完全想像不到他會是個軍官。

這麼多年的軍中生活，讓他的身姿看起來更加挺拔俊逸了。那身錦袍穿在他身上，煞是好看，有種飄逸俊朗之感。

「姊姊！」紀湛興奮地拉著裴世澤過來，立即問道：「妳怎麼會在這裡？」

紀清晨連眼角餘光都不朝旁邊瞟，只低頭看著小傢伙問：「我去了一趟兔舍，你又怎麼會在這裡？」

「我來打麻雀，裴哥哥說他可以教我拉弓。」紀湛興奮地說。小男孩到底還是喜歡這些刀槍棍棒，只是平日曾榕怕他會傷著，根本不許他碰這些。

紀清晨淡淡地點頭，道：「那你先打吧，姊姊要回去了。」

紀湛瞧著她冷淡的模樣，立即道：「姊姊，妳怎麼都不跟裴哥哥打招呼啊？」他撓了一下頭。不是說姊姊小時候和裴哥哥感情是極好的？

「湛哥兒，你瞧前頭那是不是麻雀？」裴世澤拍了拍他的肩膀。

小傢伙眼睛一亮，趕緊跑過去。他可是來打麻雀的，可是今兒個這些麻雀就好像知道他要來一樣，一隻隻都跑沒了。

等他跑走了，就聽裴世澤又對紀清晨身後的杏兒道：「小少爺一個人有些危險，妳先去顧著吧。」

杏兒沒想到這位裴公子會這般吩咐她，便瞧了自家姑娘一眼，可紀清晨卻撇頭瞧向另一處。杏兒想了想，還是轉身跟了上去。

此時四下無人，只有微風吹在樹枝上發出的沙沙聲，樹上那些花瓣緩緩地往下落。

就聽對面那個清冷的聲音，再次響起，只是這次卻含著淺淺的笑意。「妳長大了。」

妳長大了。

紀清晨聽到這句話時，登時咬著唇。可是一直不說話，又像是她犯錯一般，於是她心一橫，便抬頭瞧著他。只是驀然看見他站得這般近，還是叫她心中一顫。

她道：「你也變老了。」

裴世澤微微挑眉。沒想到小姑娘與他說的第一句話竟是這個。看著眼前雪膚紅唇的小姑娘，她長得比他想像中還要美一百倍，甚至是更美，就連此時臉頰上淺淺的紅暈，都讓人覺得可愛。

「前幾日見了我，為何轉身就跑？」裴世澤輕聲問道。

紀清晨聽到這話更生氣了，立即反駁道：「誰轉身就跑了？我……」

可眼前的男子突然上前一步，他們之間的距離是那麼那麼近，彷彿只要他一低頭，就能碰觸到她的髮。只是他沒低頭，而是緩緩地抬起手，當他的手快要到她的臉頰邊時，紀清晨也不知為何，一下子閉上了眼睛。

過了好久，那隻手都沒落在她的臉頰上，她忍不住睜開眼睛。

就見他手上捏著一片桃花瓣，放在手中把玩。

紀清晨羞得耳朵滾燙，臉頰更是要滴出血一般。她有些羞惱地轉身，只是身子剛轉，手掌卻被握住了。

一個冰涼的東西塞進她的手心。

「這是給妳的禮物，不要和我生氣了。」

第五十三章

桃花樹下，高大俊逸的男子，一臉溫柔地看著面前的女孩。

這是他許多年不曾見過的小姑娘啊！他走的時候，她才那麼一點點大，肉乎乎的小臉彷彿還歷歷在目，可如今的她，已成為一個美得過分的小姑娘。

當初的那個小傢伙，真的長大了。

就連裴世澤都沒發現，當這個念頭在他腦中滑過時，他竟有種說不出的驕傲。

紀清晨不知道他心底已閃過這麼多念頭，因為她正低頭看著自己手中那冰冷的東西，發現竟是一枚木雕，刻的是一隻兔子。

「這是我刻得最好的一隻了。」紀清晨默默地聽著他說，卻已認真打量起手中的小兔子。兔子的眼神靈動可愛，真是叫人愛不釋手。

她忍不住問：「你刻了很多？」

「軍中生活無趣，閒暇時間都花在這上頭了。」裴世澤輕聲地說，低沈的聲音比起從前更多了一分成熟穩重。

當聽到閒暇時間這幾個字，紀清晨登時輕聲一哼。他有時間雕這些兔子，竟連一封信都不寫給她。

「謝謝裴世子。」紀清晨霍地握住手中的木雕，淡淡地說。

在聽到她的話後，裴世澤登時眉頭一皺，反問道：「妳叫我什麼？」

裴世子啊，如今外頭都是這般叫的，若是覺得不夠威風，她也可以叫裴將軍。不過這些話她也就是在心底想想，到底還是沒敢說出口。

裴世澤也不想逼迫她，小丫頭看起來對他還是有些抗拒。

不過也是，這麼多年沒給她寫過隻字片語，難怪她會生氣。只是有些事情他不願意多說，畢竟那些事情不是她一個小姑娘可以知道的。

「裴世子，我該回去了，要不然叫人瞧見了不好。」紀清晨低聲說道，只是手中的木雕倒是握得緊緊的。

「小白還好嗎？」裴世澤突然開口問道。

本來已經準備轉身的紀清晨，還是頓住了腳步。

待過了好一會兒，垂著頭的小姑娘才輕輕搖頭，有些難過地說：「牠死了，在去年的時候，如果你早點回來，說不定還可以看到牠。」

小白是裴世澤送給她的一隻兔子，也是他離開前，叫人最後一次送來的禮物。

紀清晨一直很小心翼翼地飼養，可兔子能活個五、六年本就不容易。小白死的時候，她大哭了一場，好些時間都緩不過情緒來。

對她來說，小白這幾年一直陪在她身邊，大姊嫁人了，柿子哥哥也離開，雖然這個家裡也有孩子出生，可小白是她童年的見證，小白的死去，讓她不得不面對自己的長大。

長大了，就意味著什麼都要改變了，可她總覺得自個兒還沒做好準備。

如今紀家還有三個未出嫁的姑娘，不說紀寶茵，便是庶出的紀寶芙都時常跟著曾榕出門。可她就是不願意出去交際，她不想見那些貴婦人，聽她們拉著自己的手問東問西，然後在背後品評一番。

「別難過。」裴世澤瞧著她低落的口吻，卻是有些後悔了，早知道就不該送她兔子的。結果紀清晨還沒走，紀湛倒是回來了，他有些失望地說：「裴哥哥，我瞧見一隻麻雀了，不過我沒能拉開弓箭。」

「沒事，我教你。」裴世澤摸了摸他的小腦袋，安撫道。

倒是紀湛又對紀清晨道：「姊姊，妳和咱們一塊兒去打麻雀吧，裴哥哥拉弓可厲害了，爹爹說裴哥哥可以百步穿楊。」

小傢伙把百步穿楊這四個字咬得特別重，還一臉的驕傲，彷彿能百步穿楊的人是他一般。

不過紀清晨不喜歡這些，便趕緊找了個理由匆匆離開。

這次裴世澤沒有攔住她。

等她離開之後，紀湛揚起肉乎乎的包子臉，脆生生地問：「裴哥哥，我娘說你在我姊姊很小的時候就認識她了。」

裴世澤點了點頭。

紀湛這個年紀正處於對什麼都很好奇的階段。他姊姊的小時候，那是多小的時候？他可沒見過。

倒是裴世澤被他問了，不禁抬頭望著她離開的方向。多小的時候啊……那時候她還粉嫩嫩得像個小團子一樣，水亮的大眼睛像是洗過的紫葡萄般，會甜甜地喊他柿子哥哥，每次都要讓他抱著，要不然就會耍賴不走。

其實面對長大的紀清晨，他心中的震驚並不比她少。

那個肉乎乎的小傢伙不見了，變成了一個玲瓏有致的小姑娘，臉蛋雖依稀有著小時候的模樣，可五官卻早已經長開。眼眸水波瀲灩，像是蘊藏著雪域上最清澈的湖泊般，那雪白的皮膚細嫩滑膩，比最上等的羊脂白玉還要好摸。

雖然知道她已成了一個姑娘，可親眼所見，卻比任何言語都還要來得衝擊。

那個曾經是小女孩的模樣，一下子在他腦海中淡去了，深深留下了她如今長成少女的模樣。

今日老太太穿了一身喜慶的新衣裳，額上戴著同色的抹額，看起來極是低調富貴，就連手上的那枝柺杖，都是紀延生今年才孝敬她的。

來的女眷一般都會先到老太太院中，給她請安。

其實紀延生這次之所以會辦壽宴，也是因為他即將出任戶部右侍郎。從三品之後，好歹也能喚一聲大員，現如今便是大哥紀延德的勢頭都沒他好呢。

再加上紀家二房本就有晉陽侯府這樣顯貴的姻親，所以這次來的人，有不少都是世家大族。

今兒個是二房的大日子，韓氏這個做大伯母的，倒也不必幫手，只需要好好地坐著便行。

當婆子來回稟說定國公府的三太太來了，她倒是有些驚訝。這幾年從來沒聽說家裡和定國公有什麼來往啊。

她朝紀清晨的方向瞧了一眼。若說從前有什麼來往，那也是因為家裡這位七姑娘特別受裴世子喜歡。

只是裴世子這幾年一直在外，再加上老國公去世，裴家的老夫人基本上不太出門了，所以她沒想到三房的人會在這時候過來。

董氏進門的時候，是曾榕親自上前迎接的，而她今兒個是帶著女兒，也就是裴家的三姑娘裴玉欣一起來的。

裴玉欣一進來，就瞧見了站在老太太身旁的紀清晨。

只是幾月未見，原本就美得不得了的小姑娘，這會子似乎又長得更美了。白皙的皮膚彷彿能掐出水來，烏黑瑩亮的眼眸更是水汪汪的，美得就像是仙女下凡一般。

裴玉欣也是個大氣秀麗的姑娘，尋常被人瞧見了，也是拉著手直誇讚長得好看。可是一瞧見紀清晨，便打從心底覺得，她才是真正長得漂亮的人，在她面前，自個兒真是輸得心服口服啊。

一想起三哥當年說最喜歡的是她，裴玉欣心裡原本還有些不服氣，可是見到本人之後，她算是明白了。

小時候的她生得玉雪可愛，這長大了便出落成絕色大美人，幸好她不常出門交際，要不然哪還有外頭那些所謂的美人們什麼事啊。

裴玉欣衝著紀清晨眨了下眼睛，惹得紀清晨好笑不已。

還是老太太知道她和裴玉欣的關係還不錯，便讓她去招呼。

誰知一旁的韓氏卻笑著對身旁的紀寶茵道：「茵姊兒，妳也幫著妳七妹招呼一下裴姑娘，妳們姑娘間肯定有說不完的話呢。」

紀寶茵有些尷尬，好在還是紀清晨替她解圍道：「五姊，咱們與欣姊姊到一旁說話去吧。」

三個姑娘這才來到一個角落。紀寶茵與裴玉欣也見過幾回，只不過都是點頭打招呼的關係，倒不是很熟悉。

這京城貴族圈的姑娘，其實也都是分圈子的，像裴玉欣這樣的都是與家裡交好的那些人家的姑娘來往，不是侯府的女兒就是公府的孫女，或是皇室的女眷。

說來紀清晨也能算是和皇室扯上關係，畢竟她母親乃靖王府出身，靖王爺是皇上的親弟弟，而她母親便是皇上的親姪女；只不過她母親是庶出的，自然不是那麼受重視。

不過這兩年，宮裡的皇后娘娘倒是賞賜了東西給紀寶璟，畢竟紀寶璟如今是晉陽侯府世子夫人，因此連帶著紀清晨也得了一份賞賜。

紀寶茵則是與柳明珠這個圈子裡的姑娘玩得不錯，柳家是新貴，柳明珠又仗著自個兒的姑母是寵妃，不願降低身分去討好那些舊派的勛貴世家，於是乾脆自個兒弄了個小圈子。紀寶茵的父親是朝中三品大員，所以與柳明珠的關係還算不錯。

不過柳家與裴家的那場指婚風波，可說是鬧得沸沸揚揚的，紀寶茵瞧見裴玉欣的時候，還真有些不好意思呢。

好在裴玉欣沒顧得上她，只拉著紀清晨問道：「妳可真是的，給妳發了帖子，讓妳來參加我辦的宴會，妳竟是一次都不來。」

「妳偏要下雪天辦什麼賞梅宴，我可受不了那樣的冷。」紀清晨立即笑道。這話是不客氣了，可也正是因為兩人關係好，才能說出這樣的話。

裴玉欣倒沒生氣，只是回嘴道：「旁人都能來，偏就妳嬌氣得厲害。」

待說完的時候，她又問：「那上個月我家裡辦賞花宴，妳又為何不來？」

「那又不是妳辦的，我哪裡好意思湊上去。」紀清晨輕笑。

賞花宴是裴家大房的二姑娘裴玉寧辦的，也就是裴家的長房嫡女，樣貌身分都是頂好的，就是那性子有些高傲。不過身為國公爺的女兒，她自是有高傲的資本。

可對於這位裴世澤同父異母的妹妹，紀清晨卻喜歡不起來。因為她第一次去定國公府的時候，與裴玉欣在花園裡玩，正好撞上她，就被她嫌惡地問，這又是哪裡來的野丫頭？

後來因裴世澤處處護著她，所以裴玉寧都沒在她身上討到好處，這也是紀清晨後來不大願意去裴家的原因。裴世澤不在家裡，她又不想瞧見裴玉寧那張高高在上的臉，乾脆就避開。

幾人正說著話，就見前頭一陣響動，想必是又來了人。

只是這次連韓氏都站起來，迎了上去，親自招呼著。

紀清晨有些好奇地瞧了一眼，倒是旁邊的紀寶茵低呼道：「謝夫人怎麼來了？」

一旁的裴玉欣也有些驚喜地問：「妳家竟與謝家都還有往來？」

紀寶茵見她主動搭話，便點頭道：「我祖父與謝家的老太爺乃是同科進士，所以一直有些往來。只是這位謝夫人一向深居簡出，所以我沒想到她今日會來。」

其實這位謝夫人之所以深居簡出，那也是被逼的啊。謝忱年少便成名，十五歲的時候就成了大魏朝最年輕的解元，提親的人險些都要把謝家的門檻踏破了。謝夫人自是不勝其擾，連家裡都時不時有人上門，這出去交際豈不是更會讓人團團圍住？所以這兩年她極少出門。

裴玉欣是從未見過這位夫人的，況且定國公府與謝家也無甚來往，是以在這裡瞧見謝忱的母親還真是讓人驚喜萬分。

這裡的幾個姑娘都是到了花樣年華，家裡大都開始給相看婚事了，所以就算表面上不說，可心底還是期待不已。像謝忱這樣的少年，那真是萬裡挑一的，光是聽著他的名字便叫人心動不已；再看他偶爾流出來的詩篇文章，更是叫那些自詡才女的高傲千金折服。

裴玉欣自是見過謝忱的，只不過是遠遠地瞧了一眼，倒不至於說多愛慕，可這樣的少年，即便提起都讓人覺得心頭甜絲絲的。

待她瞧見謝夫人身旁跟著的窈窕少女，身著一身粉色遍地纏枝繡銀線長褙子，容顏秀麗，文靜嫻雅，便低聲問：「謝夫人身邊的姑娘是何人啊？」

「應該是謝家的姑娘，但不知是哪一房的？不曾聽說過謝夫人有女兒啊。」紀寶茵也挺好奇的。

待謝夫人與紀老太太說話時，別說是紀寶茵，就連裴玉欣都隱隱有些期待，只盼著長輩能叫她們過去給謝夫人見禮。只是老太太與她說了幾句話，便打斷韓氏的攀談，請謝夫人坐下了。

謝家有這麼一個有出息的孩子，老太太自然是知道的，只是今日來了這麼多人，她也不欲叫謝夫人為難。

「既然謝夫人都來了，那今日謝家肯定不止她一個人來吧？」裴玉欣咬了半晌的唇，才拉著紀寶茵輕聲問道。

她瞧出來紀清晨左右是個一問三不知的，倒是這位五姑娘，似乎知道得不少。

紀寶茵瞧著裴玉欣平白紅起來的耳垂，手上還扯著帕子，大概知道她想知道什麼，於是想了一會兒才道：「應該是吧，不過女客都是到這邊來的，聽說男客都安排到二房的院子裡去了。」

一說完，兩個姑娘的眼睛驀然瞧向紀清晨。

紀清晨被她們倆的眼神看得有些害怕，心中頗為無奈，只嘆這個謝忱還真是個「紅顏禍水」，連面都沒露，就叫面前的兩個姑娘心神不定了起來。

「說來，我好久沒去妳院子裡了。」裴玉欣抱著她的手臂，就是不撒手。

紀清晨立即咬牙低聲道：「今兒個這麼多人，等下回我給妳下帖子妳再來玩吧。」

「就是今兒個人多才熱鬧啊。」裴玉欣嘟著嘴撒嬌道。

第五十四章

這會兒又來了人，紀清晨為了轉移她們的注意力，立即道：「五姊，妳舅母來了。」

韓家是紀家的姻親，而且還是親上加親，自然是要過來的。

自從紀寶芸回娘家之後，這次三姑爺韓謹卻沒像之前那般，立刻就跑來接紀寶芸回去。於是紀寶芸在家裡哭得更厲害了，就連韓氏都有些生氣。

這會兒韓太太來了，韓氏也沒立即迎上去，反而是曾榕過去招呼。

韓太太到了跟前的時候，韓氏才起身叫了一聲嫂子。

反倒是韓太太臉上和和氣氣的，又是給老太太見禮，又是與韓氏說話，即便是一旁給她請安的紀寶芸，也都沒冷落了。

「我瞧著妳舅母倒像是個和氣的啊。」紀清晨有些奇怪，三姊到底是怎麼把人給得罪的？

紀寶茵立即哼了一聲，低聲道：「妳可別說了，我舅母素來就是這樣，就算是再生氣，臉上都是帶著笑的。我娘早說過她是面慈心苦，要不然妳說這才幾年，她就要給三姊夫納二房。當初來求娶的時候說得可好聽了，如今倒是全都忘得一乾二淨。」

紀寶芸剛回來的時候，紀寶茵也覺得煩，可瞧著韓謹一直不曾來，她也跟著著急，生怕表哥從此與姊姊生分了。如今見大舅母來了，她更是一肚子的牢騷。

裴玉欣也是個小姑娘，素來愛聽這些八卦，便問了兩句。待紀寶茵說完後，她也附和道：「確實是有些過分了。」

紀寶茵像是找到了知音般，開始拉著她抱怨個沒完沒了。

紀清晨見她們的注意力都被轉移了，反而鬆了一口氣。可見這些八卦還真是有些用，最起碼能讓她們把注意力放在八卦上頭。

只是原以為沒她們什麼事，卻聽韓太太問道：「怎麼沒瞧見茵姊兒？」

紀清晨趕緊拉了紀寶茵一把，她才不情不願地住嘴，上前給韓太太請安。

而韓太太又再瞧了過來。紀清晨知道她也應該給韓太太見禮的，便走出來行了禮。

只是後頭來的夫人見走出來一個姑娘，竟是難得一見的絕色，紛紛都是一驚。

先前紀清晨站在紀寶茵和裴玉欣的身後，所以也就剛來的幾位見過，這會兒又出來了，才叫比較晚來的眾人瞧見了。

「就算瞧妳家這七姑娘再多回，我都是瞧不夠的。這麼個漂亮的姑娘，怎麼偏偏就要藏在家裡？」韓太太拉著她的手一直誇個不停，反倒是一旁的親外甥女紀寶茵只說了兩句話，便被晾在一旁了。

韓氏瞧著自己女兒受了冷落，臉上登時難看起來。雖說紀寶茵確實是比不上沅沅，可是她大嫂當眾這般叫紀寶茵下不了臺，那就是明晃晃地往她臉上打呢，紀寶芸的事情都還沒解決，她倒是又來這一齣。

韓氏當即便冷哼，只是她還沒說話，就聽對面一直安靜著的謝夫人開口道：「既是這麼好的姑娘，韓太太也該叫咱們都瞧瞧，怎麼能一個人欣賞呢？」她說話語氣溫和，又是打趣的話，登時堂中發出一片笑聲。

曾榕趕緊出來道：「我家這個姑娘向來少出門，害羞得很，就別再笑她了。沅沅，還不快過來給妳謝伯母見禮。」

紀清晨剛走過去的時候，就覺得有幾道視線一直盯著她，雖然頭皮有些麻，卻還是上前乖巧地行禮。

謝夫人點點頭，溫和地叫她不用多禮。

紀清晨正要退到曾榕身邊，就聽謝夫人溫柔地說：「這是我家的蘭姊兒，我瞧著妳與她年紀相仿，她也是個不大出門交際的孩子，身邊連個手帕交都沒有，以後妳們可要多多來往才是。」

此話一出，就連老太太面上都一愣。誰都知道謝夫人素來深居簡出，可是今兒個不僅來了，還對紀清晨這般熱忱。

這下子有些腦子轉得快的貴婦人，俱是心底一驚。

難不成這位謝夫人是瞧中紀家七姑娘了？

此時又有人進來，曾榕立即起身去迎客，同樣先把人請到老太太的身邊，這才讓眾人的注意力被轉移。

那個叫蘭姊兒的姑娘輕聲說：「我叫謝蘭，在家裡序排六，妳可以叫我蘭姊兒，也可以叫我六姑娘。」

紀清晨瞧她主動與自己說話，自是回道：「我名喚清晨，在家裡是排七，我還是叫妳蘭姊姊吧。」

謝蘭微微頷首，卻還是好奇地打量著身邊的小姑娘。她是謝家三房的長女，只是父親早年過世，只剩下孀居的母親帶著她過日子。之前她一向很少出門，只是如今到了快要嫁人的年紀，這才出來交際一下。

她雖只出來幾次，但是託家裡那位了不得堂兄的福氣，認識的姑娘都待她極好，不過她還是頭一回見自家大伯母主動為一個小姑娘解圍。

不過這位紀姑娘確實是長得太好看了點，這皮膚也不知怎麼養的，她站這麼近地瞧著，可真是又白又細，比那最上等的凝脂豆腐還要嫩。

「那我便托大喚妳一聲晨妹妹吧。」謝蘭抿嘴一笑。她性子溫和，說起話來也是輕聲細語。

這個稱呼倒是新鮮，紀清晨點點頭。

待兩人站在長輩身後，便小聲地說話。紀清晨也知道謝蘭是才來京城沒幾年，之前一直住在江南老家。

等她說自個兒乃是蘇州人士的時候，紀清晨心底猛地漏了一拍。

她前世乃是揚州人士，雖說兩地距離不遠，可謝蘭乃是養在深閨中的姑娘，想必她一定不會知道的吧……

雖說今生她是紀清晨，可那些過往，總是難以忘記，特別是待她極好的父母、哥哥。前世父親為了她，全力資助那個人，最後卻是餵養了一隻白眼狼。

這一世阮家不再有她這個人，那麼大哥也不會再送她上京，此生也不會有相見的機會了吧。

雖這麼想著，她卻還是抱著說不定的心思，問道：「我聽說江南有家華絲紡極是厲害，染出來的料子不管是樣式或顏色，都頂出眾的。」

謝蘭愣了下，隨後笑道：「沒想到華絲紡的名聲竟已傳到京城來了，這家店確實是了得。我聽說華絲紡的東家為了這些印染的方子，可是跑遍大江南北，所以他家的料子總是新穎又別致。」

紀清晨沒想到謝蘭真的知道，第一次有人在她面前提起前世有關爸爸和哥哥的消息，她心中登時激動起來。

是啊，華絲紡能從兩間門面鋪子，發展到遍布江南三省各處的幾十間鋪子，都是靠著她父親搏命而來的。

江南盛產絲綢，大小作坊遍布，若是想要脫穎而出，就要有別人所沒有的東西。蜀錦之貴聞名天下，她父親為了能讓阮家的絲紡獨一無二，便帶著幾個家丁前往蜀地。

雖成功拿到了染色的方子，可是卻在回來的路上遇上劫匪，其他的東西都丟了，卻還是把方子死死地揣在懷中。吃樹皮、被蛇咬，受了那麼多的苦，遭了那麼多的罪，才把東西帶回來。

阮家沒有做什麼見不得人的黑心勾當，可偏偏就是因為他們是商賈，便叫所有人都瞧不起。

那個人不過就是因為家中曾是當官的，便被父親看上了，不但供他讀書，還將最心愛的女兒許配給他，可他一朝金榜題名，便見利忘義。

「晨妹妹。」謝蘭見她發呆，便輕聲喚了一句。

紀清晨這才回過神來，衝著她不好意思地笑了一下。也不知怎的，今日竟想起了這麼多前世的事情。

或許是第一次有人與她說華絲紡的事情吧，不過聽到華絲紡如今依舊生意紅火，她心底也算是放下了一塊大石頭。

大家陸續落坐的時候，裴玉欣故意挑在她的左邊坐下，而謝蘭則是坐在她的右手邊。

裴玉欣瞧著嫻雅文靜的謝蘭，登時在她耳邊輕聲道：「妳可沒與我說過，妳認識謝家的人啊。」

「蘭姊姊。」紀清晨喊了一聲，險些把裴玉欣嚇了一跳，她說道：「這位是欣姊姊，素來與我要好，性子也是極好的。」

裴玉欣這才知道，她是要介紹自個兒和謝蘭認識，她的臉上閃過一絲感激又羞愧的表情。她方才還以為，清晨是故意要瞞著她的呢。

謝蘭便又和裴玉欣，還有另外一邊的紀寶茵打招呼。都是差不多年紀的小姑娘，所以說起話來，也有些共同語言。

只是裴玉欣沒說上幾句，便問道：「謝姑娘，今兒個就妳陪著謝夫人一同來的嗎？」

紀清晨恨不得扶額。我的欣姊姊啊，妳是巴不得叫全天下的人都知道妳是醉翁之意不在酒是吧？

好在謝蘭已習慣了，輕聲道：「大伯母帶著我來的，大伯父與四堂哥應該都在前頭吃酒。」

謝忱在謝家少爺裡排第七，之前京城曾流傳過一句話：「謝家十分靈氣，九分在七少」，所以就沒人不知道謝忱是謝家七少爺。

這會兒謝蘭一說完，裴玉欣和紀寶茵兩人的眼睛都放光了。

倒是紀清晨有些不解。謝忱確實是長得英俊了點，但小姑娘們也不至於如此迷戀他吧？要說長相，柿子哥哥就比他好看啊。

提到裴世澤，紀清晨心裡也是一哼。誰說他沒有愛慕者的？那個柳明珠可比誰都厲害，竟想叫柳貴妃求著皇上賜婚，還真是異想天開。

連紀清晨自個兒都沒注意到，她這般想著的時候，簡直是咬牙切齒。

曾榕留了紀寶璟在家中用過晚膳，才讓她回去。

隨後就有丫鬟進來通稟道：「太太，門口來了一個年輕後生，說是衛姨娘的表姪。」

別說衛姨娘，就連紀寶芙都愣住了。衛姨娘家中的情況誰都知道，全家被抄家之後，女眷都死了，只剩她自個兒活了下來，被貶入教坊司。好在紀家老太爺全力搭救，這才一進去教坊司就能夠贖出來。

按理說她家裡早就沒人了，這個表姪又是從何處冒出來的？曾榕也只是大概知道衛姨娘家中的情況，如今貿然出現一個表姪子，她若是叫人把他攆走，可紀寶芙還坐在這裡呢。

於是曾榕便轉頭對紀寶芙道：「芙姊兒，妳可知道妳姨娘的這個表姪？」

紀寶芙一臉迷茫地搖頭。她聽都沒聽說過這人，又哪裡會知道？不過她倒是知道，她姨娘還有個親舅舅家是住在江南的，只是姨娘的舅母對她實在不好，還想將她嫁給一個半截身子已入土的鰥夫，所以姨娘才會逃到京城來。

這個表姪不會是從那一家來的吧？紀寶芙雖懷疑著，心底卻還是掙扎。也不知這人到底是什麼樣子？要是上門打秋風的窮親戚，還不如趕走算了。

曾榕便問丫鬟道：「可問清楚了，是衛姨娘的親戚嗎？」

丫鬟點頭道：「門房說他下午就過來了，只是他身上也沒什麼信物，便進來通稟。不過他在門口都等了好幾個時辰，這才過來說一聲。聽門房說，他如今在應天書院讀書，是進京來趕考的，只是聽說咱們老爺今兒個過壽，這才上門來祝賀。」

紀寶芙在聽到進京趕考這幾個字，倒是眼前一亮。能參加春闈的，都是有舉人功名的，那應該不是個窮親戚吧。

於是她有些期待地看著曾榕，只是也不好直接開口。

曾榕想了想，還是叫人把他給請進來了。雖說是姨娘的親戚，可人家既是上門來賀壽的，也不好拒之門外。況且一聽到應天書院這幾個字，她也有些驚訝，畢竟如今應天書院可是極難進的，需要通過考試才可進入書院讀書。

因姑娘家不好直接見外男，曾榕便到正堂裡坐著，而紀清晨、紀寶芙和紀寶璟她們，則是留在東梢間裡等著。

曾榕出去之後，紀寶芙便一個勁兒地抬頭，朝外面望著，好久都沒動靜。

等外頭終於有腳步聲的時候，紀寶芙手上的帕子便驀然扯住。

紀清晨瞧著她一副想瞧又不敢瞧的模樣，便是一笑，不過就是個表姪，算起來也是紀寶芙的表哥，何至於這般緊張。

只是隔著屋子，聽不大清楚外頭的聲音，而紀湛則是依偎在她懷裡，忍不住問：「姊姊，到底什麼時候能吃飯啊？」

「你餓了？」紀清晨瞧著他的模樣，忍不住點了下他的鼻尖。下午才吃了一肚子的點心，這會兒倒是又開始叫著要吃飯了。

紀湛點點頭，對面的溫啟俊也同樣開始喊餓。

「等太太見過外面的人，咱們就用膳，都不許再喊餓了，不然今兒個都不給吃雞腿。」紀清晨伸出細嫩的手指，指著他們兩個說道。

溫啟俊立即將自個兒的嘴巴摀住。

也不知外頭說了些什麼，過了一會兒，似乎又有些動靜，好像是爹爹和大姊夫過來了。接著就是丫鬟掀簾子進來，請她們出去。

紀清晨心中有些驚訝，沒想到父親會叫她們出去見這個衛姨娘的表姪。

於是她起身牽著紀湛的手走出去；紀寶芙離正堂最近，是以她是頭一個出去的。紀清晨走在她身後，待到了正堂後，還未站定，就聽一個謙遜的聲音乍然響起。

她循聲望了過去，可是卻在那一瞬，徹底震住。怎麼會是他？

她的手掌倏地鬆開，紀湛的小手乍然被落下，便抬起頭，有些奇怪地瞧著她，卻發現紀清晨正目不轉睛地盯著一旁坐著的人。

是他，喬策！

紀清晨還記得第一次見到喬策的時候，他十足落魄書生的打扮，可偏偏眼睛裡帶著一股叫人不敢輕視的傲然。極度的自傲，便是極度的自卑，只可惜，她當初不懂這個道理。

她只知道這個少年，是個極有學問和才華的少年，雖家境貧寒，為人卻自尊、自愛，實在叫人欽佩。這也是為何她父親瞧中他的原因吧。

只可惜阮家老爺一輩子在商場浮沈，卻還是瞧走了眼。

喬策確實非池中之物，而他騰起的那一刻，也狠狠地踹掉了阮家這個一直對他無限支持的家族，讓阮家從恩人變成了低賤的、妄圖攀附他的商賈人家。

是啊，這就是喬策，她前世的未婚夫。

若說這世上有她怨恨的人，那麼喬策，便是那人。

第五十五章

喬策一身青布衣衫，腳上依舊是一雙千層底布鞋，雖然紀清晨兩世身分不同，可偏偏再遇見他時，他穿的衣裳卻又是一模一樣，還真叫人覺得諷刺啊。

他臉上帶著謙遜的表情，就像是個謙卑好學的少年。

只是紀清晨盯著喬策的眼神太過露骨，不僅曾榕和紀寶璟瞧見了，最後就連紀延生都注意到了。

紀延生正要皺眉，倒是曾榕搶先開口道：「這是衛姨娘家中的表姪子，如今在京城的應天書院讀書，是個極出眾的後生。」

曾榕其實本不想叫姑娘出來的，只是紀延生似是有些喜歡這個喬策，便叫家裡的姑娘出來見見他。說真的，他這身分也實在尷尬，若只是衛姨娘家中的姪子倒也罷了，可偏偏還是個舉人出身的。

所以曾榕也不能把他當作一般姨娘家的親戚，給幾兩銀子、兩疋料子就打發。畢竟舉人都可以去選官，還是不能怠慢的。更何況，這個喬策不過才十八歲，也算得上是少年有為。

可讓她怎麼都想不到的是，這會兒盯著喬策看的，居然是紀清晨。

按理說不應該的好嗎？這個喬策雖說模樣也還算長得俊秀，可是比起沅沅見過的那些人，還是有些差距的啊。

紀寶芙起身輕喚了一聲喬表哥，曾榕倒也沒阻止。人家到底還是親戚，且喬策還是個舉人，紀寶芙這聲表哥也不算叫虧了。

倒是紀清晨卻在此時微微垂著臉，似是沒瞧見紀寶芙與喬策見禮一般。不過她這麼做，卻叫曾榕鬆了一口氣。

於是曾榕叫人在前院擺上一桌，把喬策留下來用膳，又叫紀延生領著他去前頭。

待他們走後，紀寶芙倒是輕咬著唇，瞧了紀清晨一眼。

方才七妹緊緊盯著喬表哥看的樣子，她也是看在眼中的，沒想到就連七妹都看上了喬表哥。

紀寶芙心裡有種說不出的痛快，倒是該把喬表哥來的事情告訴姨娘才好呢。只是曾榕留她用膳，她也不好推脫。

用膳的時候，紀寶芙有意地誇了一句。「喬表哥可真是年少有為，如今才十八歲，便已有了功名在身。」

「謝家七少爺在十五歲時便是北直隸的解元，不知妳這位喬表哥又是在南直隸排第幾啊？」紀清晨嗤笑一聲，毫不客氣地道。

她想紀寶芙肯定不知道，不過她倒是知道的，因為上一世放榜的時候，她早早便叫小廝去盯著了。

這會兒再想想，就連他上京的時間都沒錯。

前世他便是三月上京的，父親本想留他在江南讀書，只是他卻想去京城，說是文章制藝南北還是有些差別，既要參加春闈，便該早些上京，習慣京城才是。

父親還曾大讚他有志氣，卻不知原來他一上京，就開始攀附權貴了。

她沒想到，這世間之事，竟是如此奇妙。這會兒她才依稀記得，前世喬策確實是娶了一位名門貴女，只是她太過厭惡這個人，連他的名字都不想再聽到，又怎麼會想知道他究竟娶了哪家姑娘呢？難道他娶的就是紀家的姑娘不成？

想到這裡，她便將目光落在紀寶芙身上。

紀寶芙本就因為她這句嗤笑的話而膽戰心驚，這會兒又瞧見她這般盯著自個兒看，當即便小心翼翼道：「七妹這是怎麼了？妳若是不喜歡我說喬表哥，我不說便是了。」

她的語氣甚是可憐，不知道的還以為紀清晨如何欺負她了。

只是這一次，就連紀寶璟都略蹙了蹙眉，只是她不願在眾人面前說紀清晨，這才開口道：「都別說了，專心用膳。」

紀寶芙心底一哼，委屈得不得了。明明就是七妹對她發火，可是大姊偏偏要裝作沒瞧見一般。

等用過晚膳了，紀寶芙便告退回去。

紀清晨也準備離開，倒是紀寶璟開口道：「上回我瞧著妳那裡的花樣子倒是極好，我與妳一起去拿。」

溫啟俊剛要跟著去，就聽紀寶璟又道：「俊哥兒和小舅舅在這裡玩，娘親很快就回來。」

小傢伙乖乖地點頭，一雙濕漉漉的大眼睛期盼地瞧著她，軟萌萌地說：「娘親，快點回來。」

紀清晨知道姊姊說拿花樣子就是個藉口，方才她在席間確實表現得太不對勁了。乍然遇上喬策，她沒叫人把他給攆走，已是極大的克制。

「沅沅。」一進了她的院子，紀寶璟便領著她進了房中，叫其他人都到外面等著。

紀清晨乖乖地轉身。她即便長大了，可在紀寶璟跟前還是跟個小女孩一樣，乖乖地等著大姊教訓自個兒。

只是紀寶璟看著她這般乖順的模樣，反倒不知該如何開口了。

她也是從這個年紀過來的，知道小姑娘到了這會兒，正是知慕少艾的年紀，瞧見俊秀的少年，總是恨不得多打量幾眼，可也不能就因為她多看了兩眼，便教訓她吧？

於是紀寶璟便沈默一會兒，只是她思慮了半晌，都不知該如何開這個口？

要是直截了當地說，那個喬策配不上她吧，反而會叫小姑娘臉上無光，所以她只能說：「這個喬公子是衛姨娘的親戚。」

「我知道。」紀清晨有些鬱悶地說。喬策偏偏就是衛姨娘的親戚，雖說不是什麼正經親戚，可日後少不得會來往。

若嫁給他的真是紀寶芙，那他不就成了自己的姊夫？

一想到這裡，她心底就忍不住煩亂。

今生自個兒成了紀清晨，那曾經的阮清晨早就消失了。難道這一世喬策沒與人訂婚？若是他在江南與人訂婚，還敢再招惹紀家的姑娘，她定然要叫他好看。

因心底盤算著這些事情，難免有些出神，可卻叫紀寶璟越看越著急。

紀寶璟一向是不動聲色的人，偏偏遇上關於紀清晨的事情，就失了冷靜，變得焦心起來。沅沅小時候總喜歡吵著要出門，可越大了，反而越能在家裡待著，她還以為是小姑娘長大變了性子。

可若是因為在家裡待著，沒怎麼見過外男，便被這麼一個從江南來的窮小子給迷了眼，那可就是她不願意看見的。

「沅沅，妳與姊姊說實話，妳是不是、是不是……」紀寶璟細嫩的手掌抓著她，朱唇輕啟，可就是怎麼都沒法把話說到底。

紀清晨這會兒才徹底回過神來，看著大姊這般欲言又止的模樣，便笑問道：「姊姊，妳到底想說些什麼啊？」

「那個喬公子可不適合妳。」紀寶璟乾脆說道。

紀清晨怔住，眼中盡是驚訝，合著大姊在這裡欲言又止了半天，竟是為了這個原因？

她登時失笑，紀寶璟被她這突如其來的笑弄得有些不知所措，卻聽她邊笑邊道：「大姊，妳是以為我喜歡那個喬策？怎麼可能！」

喜歡他？她又不是眼睛還是腦子進了水。

紀寶璟有些愣住。難道不是？那她方才在席上緊緊地盯著人家瞧做什麼？無論如何，知道她不喜歡喬策，紀寶璟心底還是鬆了一口氣。

「他連柿子哥哥的一根頭髮都比不上，有什麼值得旁人喜歡的。」紀清晨輕嗤一聲，秀美瑩潤的小臉上滿是不屑。

在聽到「柿子哥哥」這幾個字時，紀寶璟原本要放下去的心又驀然提了上來。

裴世澤回來後，紀寶璟就見到他了，他還給俊哥兒送了好些禮物，今日也到府裡來給爹爹賀壽了。按理說他如今可是朝中紅人，能來家中，是紀家蓬蓽生輝才是。

可是紀寶璟也是很久之前就認識他的，知道他這人實在是深不可測，性子也有些冷漠。要說不同，那就是跟清晨在一塊兒的時候，反倒能瞧見他的笑臉。

不過自從他離開京城後，便也斷了和紀家的往來，本以為這段小時候的緣分他們都早已忘記了，但這會兒，她從紀清晨口中聽到熟悉又陌生的稱呼時，才發現，她想得似乎太簡單了些。

好在紀清晨已主動開口安慰她道：「姊姊，妳不要總是這般擔心。那個喬策不過就是從江南來的罷了，論年少有為，文有謝忱，十五歲便是北直隸的解元；武有柿子哥哥，二十歲出頭便平定西北，直將那幫蒙古人打得落花流水，滾回老家去。就是論長相，他也比這兩人差遠了。

「況且我可不是單單看長相的人。」紀清晨補充道。

紀寶璟登時就笑了，點著她的額頭就說：「妳還不論長相？還記得太太生湛哥兒的時候，妳天天念叨著什麼？一定要給妳生個漂亮的弟弟。結果呢，湛哥兒一出生，妳非哭著鬧著說，弟弟太醜了。」

紀清晨聽罷，便輕吐了下舌頭。這實在是冤枉她了，其實她也知道小孩子剛出生不會有多漂亮，可偏偏紀湛實在是太難看了，渾身紅通通的，還好久都不褪色，害她以為自個兒的弟弟以後就是個紅皮猴子了。

紀寶璟見話說開了，便伸手撫了撫她耳邊的鬢角，輕聲說：「姊姊也是從妳這個年紀過來的，妳放心，有爹爹和姊姊在，定會給妳選個如意郎君。」

乍然提到自個兒的婚事，紀清晨白皙的臉頰泛起淡如桃花的紅暈，只聽她輕聲道：「姊姊，我年紀還小，還不想嫁人呢。」

「好，不想嫁那就再等幾年吧，反正咱們沅沅長得這麼美，只有咱們挑別人的分兒。」紀寶璟輕聲一笑。

紀清晨羞得厲害，整個人撲到了她大姊的懷中。

紀寶璟伸手將她抱住，姊妹兩人又說又笑。

喬策頭一回來紀家，雖然沒見到衛姨娘，不過紀寶芙回去就將這個消息告訴了她。

這幾年衛姨娘著實消沈得厲害，好在如今漸漸恢復了過來。

畢竟她可是經歷過家破人亡的，先前之所以一片灰心，無非是因為自己最大的依仗沒了。明明就是兒子，偏偏就夭折了，那種希望已在眼前，卻又破滅的感覺，才叫她一下子便崩潰了。

如今她慢慢恢復過來，就連容貌都較之前豔麗了些。可是再豔美，那也是快四十歲的人了，與曾榕那樣正值女人最嫵媚的年紀相比，實在是有些差距。

「姨娘，這個喬表哥，我聽說他是舅公的孫子。」即便是喬策離開了好幾日，紀寶芙還是不斷地提起他。

這個舅公便是衛姨娘的親舅舅，喬策來的時候也早就把家裡的情況說了一遍。他的祖父母在衛姨娘離開沒幾年就去世了，後來他父母也去世了，他是靠著家裡留下來的數百畝田產，才能堅持讀書到現在。

紀寶芙聽著他父母雙亡，卻又能堅持讀書，還考取了舉人功名，著實叫人佩服。倒是衛姨娘聽到她那個惡毒的舅母早就去世了，只覺得心頭出了一口惡氣，所以對於喬策這個孩子，倒也沒那麼厭惡了。畢竟他如今也是個無父無母的孤兒，她又何必為了那些陳年舊怨，再去責怪一個孩子呢？

況且喬策如今是個舉人，待他參加春闈，那就有機會金榜題名，到時候說不定他就成了自己和芙姊兒的依靠。這麼想著，衛姨娘倒是對他有些心熱了起來。

「姨娘，馬上就要到端午了，喬表哥一個人在京城也無依無靠的，要不咱們請他到家中來，過節總是要熱鬧一些才好嘛。」紀寶芙軟軟地道。

衛姨娘瞧了瞧紀寶芙，見她滿眼羞澀，語氣中更是說不出的柔和，當即便道：「雖說喬策如今有舉人功名在身，可他無父無母，家中更是什麼根基都沒有。咱們以後可與他來往，只是旁的可不行。」

衛姨娘怕紀寶芙生出什麼不該有的心思，便趁早說個明白。

她是紀府的妾室，雖說不是什麼尊貴的身分，可喬策也是得依靠著她這層身分才能搭上紀家，所以他定會好生應承她和芙姊兒。

日後他若是金榜題名，一切都好說；可若只是個舉人，便是連衛姨娘都瞧不上。

「太太也真是的，過了年，妳就要及笄了，她竟是一點兒都不著急。」衛姨娘說著，便忍不住埋怨起來。

年輕的那會子倒還有風花雪月的心思，可如今卻只剩下眼前的這些現實。

紀寶芙今年都已經十四歲了，眼看著就要到了說親的年紀，可她偏偏是個庶出，上頭一個堂姊，下頭還有一個同父異母的妹妹，都是嫡出的，便叫她顯得有些尷尬。

紀府上一個庶出的姑娘，便是大房的二姑娘，最後嫁給了一個舉人，家裡有些薄產，後來，連著兩回沒考上，紀家大老爺便走了門路，替他選了個官。大魏朝中，只要是舉人便可選官，不過這選的都是八、九品的小吏。若是沒有二姑娘的嫁妝在，便是連日子都難過得很。

他們婚後還是住在二姑娘陪嫁的三進小院裡，那還是老太太給買的呢。二姑娘知道的時候，可是給老太太磕了好些個響頭，讓韓氏的臉色都不大好看。

這大房尚且如此，即便是曾榕再寬厚，紀寶芙又能比二姑娘的嫁妝厚幾分？

所以衛姨娘是萬萬不願叫紀寶芙嫁到貧寒人家裡去的，那樣的日子她受過，恨不得立刻去死了才好。

倒是紀寶芙見衛姨娘將喬策貶得一文不值，心中便訕訕的。只覺得姨娘連人家的面都沒見過，就這般說，實在是有失公允。

好在衛姨娘並沒拒絕請喬策來家中的事情。

於是她便出門去求了曾榕。因先前紀延生待喬策還算客氣，曾榕又見衛姨娘一把年紀，還在自個兒跟前哭訴，便點頭同意了。

第五十六章

五月初一的時候，大軍進城，皇上在宮中接見幾位將軍。

北方大軍的主帥是張晉源張大將軍，這位張將軍說來還是老定國公一手提拔的，可謂是定國公的嫡系。

老定國公去世後，因朝中無能征善戰的大將，便有人提了張晉源。

他之前一直為定國公的副將，在定國公麾下也立過赫赫戰功，卻一直沒機會能作為主帥出征。這次皇上臨危受命，他也算是不辱使命了。

裴世澤也一併入宮受賞，待眾人落坐後，皇上瞧著他們道：「過幾日便是端午節，正值白水河上賽龍舟，這次你們都去瞧瞧，也叫那些個不知天高地厚的小子們，知道什麼才是真正浴血沙場的戰士。」

每年的端午節，都會在白水河上舉辦賽龍舟，這比賽的隊伍有五軍都督府的，也有衛所的，還有大內侍衛，個個都是一條好漢，誰都瞧不上誰。

皇上這麼一說，眾人倒是紛紛笑起來，張晉源更是立即拱手道：「末將早就聽說過京城賽龍舟的熱鬧，卻一直未曾得見，如今倒是託了聖上的洪福，能親眼見一次。」

裴世澤則是微微蹙眉，他一直都不喜歡湊這種熱鬧。

等離開的時候，張晉源一把捉住裴世澤，叮囑道：「旁人便是我不說，也都會到場，只有你，可別在關鍵時刻給我跑了，這可是皇上親自下旨的，端午那日務必要到場。」

裴世澤皺眉，不過看張晉源那無法妥協的表情，他還是低頭道：「末將遵命。」

張晉源看他一副不情不願的樣子，便咧嘴一笑。

裴世澤和他們這些粗人可不一樣，他是定國公府的金孫，未來的國公爺。

當初他剛到營裡的時候，細皮嫩肉的，哪裡有個當兵的模樣？於是有些愛惹是生非的，便專找他的麻煩。

可後來才知道，真正不好惹的，其實是他。誰要是惹了他，他不動聲色中，就能叫你生不如死。

有一回，有個人實在被整治得受不了了，便大罵背後玩陰招算什麼英雄好漢，有本事練武場上見。

於是裴世澤脫了衣裳便上場，狠狠地教訓了那個人一頓，打得那人是心服口服，也讓其他人不敢再小瞧他了。

出了宮，裴世澤一回到府中，便吩咐裴游去晉陽侯府問一問溫凌鈞，看端午節時晉陽侯府可否要去看龍舟？若是要去的話，便給他留個位置。

雖說溫凌鈞奇怪他怎麼不在自家的地方，反倒要跑來跟他湊熱鬧，卻還是答應給他留下位置。

端午節是姑娘們難得能出門的節日，所以這天的白水河畔不僅彩旗招展，河岸上更是衣袂飄飄，各式各樣鮮豔華麗的衣裙，彷彿讓人置身於一場盛大的狂歡之中。

京城勛貴人家眾多，兩岸能看見龍舟的好位置卻少得很。

況且皇家的御臺是一大早就搭建好的，誰家的帷帳離皇上越近，就表示越受聖眷，自然有許多世家大族想要爭搶御臺附近的位置。

要說聖眷，紀家的兩位老爺都是不鹹不淡的，所以要是靠這兩位肯定是得不到好位置。好在晉陽侯府與紀家關係一向好，每年都會邀他們到帳中來坐，所以時間久了，也就成了一種習慣。

誰知紀家人剛到帳子，就有女官過來，說是皇后有請晉陽侯世子夫人和紀家的七姑娘。此話一出，紀寶茵和紀寶芙臉上都不由露出羨慕的表情。誰叫人家的母親出身皇族，好歹也是姓殷的，她們兩個卻和皇家八竿子打不著關係，只能羨慕地看著她們攜手離去。

在路上的時候，女官覷了一眼這位七姑娘。上回見她的時候，還是過年那陣子，那時她進宮來給皇后娘娘請安。

這才幾個月未見，就覺得這位姑娘竟好像又變得更漂亮了，只是她今兒個打扮得較素雅，頭上只戴了一對碧玉玲瓏簪，圓潤白嫩的耳上掛著一對水滴形的碧玉耳墜。打扮雖簡單，卻勝在正值青春年少，看起來實在是嬌妍明麗。

女官在心底暗自稱讚這位七姑娘。她並沒有一味地在身上堆砌那些珠寶玉器，直叫那些俗物奪了容顏之妍麗。不過女官卻以為紀清晨是故意這般做的，好顯出她的與眾不同，卻不知道實在是高估了她，她只是嫌這端午節有些熱，不願在身上戴那麼多東西而已。

等到了御臺內，就見裡頭人影幢幢。

紀清晨知道宮裡的規矩，便只是垂首跟著女官入內，並未四處張望。

皇后因膝下無子，所以素來喜歡這些個明豔的小姑娘，更何況紀清晨還是皇帝的外孫女輩的，也不怕被皇帝看上了。

待她們姊妹兩個給皇帝、皇后以及眾位妃嬪見禮後，皇后不由笑道：「這才幾月沒見，清晨竟是又長大了些，也越發水靈了。」

皇帝瞇著眼睛瞧了一眼，點頭道：「確實是越發端莊嫻靜了。之前她外祖還來信與朕說，想念這小丫頭，也不知道這會子都長成什麼模樣了。」

靖王世子從兩年前開始便臥床不起，所以殷廷謹在靖王府的地位也是越發水漲船高。雖說靖王世子想要過繼一個子姪到膝下，可靖王爺又不是沒有兒子，所以便一直僵持著。

紀清晨心底不由一笑。她那個便宜外公連她的面都沒見過，又怎麼會想她呢？多半是舅舅在他跟前提了，他才會在請安的摺子上，向聖上提了幾句。聖上一向待靖王這個弟弟寬厚，所以對她們姊妹倆自然也另眼相看。

柳貴妃瞧著自從這兩人進來後，便將她兩個姪女的風頭都搶走了，登時嬌笑了一聲，道：「難怪皇后娘娘急著要見這兩位姑娘呢，妾身瞧著竟是一個比一個好看，倒是把妾身家中的明珠和寶珠，襯得跟那地上的塵土一般。」

她一說完，旁邊站著的小孩有些不樂意了，扭著身子便喊道：「母妃，我喜歡明珠姊姊。」

這便是皇上如今唯一的皇子，二皇子。

皇帝素來對這個兒子是要什麼給什麼，聽他這麼說，當即哈哈大笑道：「瞧瞧這小傢伙，到底還是向著自己人。」

只是他剛說完，皇后臉上的表情便不好看了。

自己人……那不就是說紀家姊妹不是自己人，是外人嘍？只是她生氣歸生氣，面上卻是未顯露分毫。

原本皇后是想叫她們過來，好分散皇上對柳氏姊妹的注意力，只是這會兒卻被二皇子壞了她的好事。

此時，一直坐在御臺下的男子站起來，道：「皇上，賽龍舟馬上要開始了，不如微臣先去探探他們準備得如何？」

「景恒，別以為朕不知你的心思，只怕這是一去不回了吧。」皇帝指著他便哈哈大笑道。

紀清晨聽著他的聲音，已是心跳漏了一拍。她一直都垂頭看著腳下，並未注意兩旁坐著的人，所以根本就不知道他也在這裡。

而坐在柳貴妃身邊的柳明珠，瞧著這人俊美非凡的臉，只覺得心兒都要飛了。一直只聽說他的名字，卻從未見過本人，先前貴妃姊姊想叫她嫁給他，那也是瞧上了定國公府的權勢，何曾有她自個兒的意思？

可前些日子在宮中偶然遇上，才知他竟當真如傳聞中那般，著實是俊美無儔。雖說有一身的驕矜氣勢，拒人於千里之外，可越是這樣，越叫柳明珠想要摘下這顆最耀眼的星辰。

此刻聽到他要走，她的心底只覺得無比失落。

紀清晨出去的時候，就見裴世澤正站在帳外。他本就生得頎長高挑，又因為長年在軍營中，站得如青松般筆直，是以看起來越發高大俊朗。

待紀寶璟領著清晨過來時，他便道：「嫂子，我正要去找凌鈞兄，順道送妳們回帳吧。」

「那便多謝世子爺了。」紀寶璟微微頷首。

於是一行人便往晉陽侯府的帷帳走去。

待到了門口，裴世澤淡淡道：「那便送妳們到這裡了。」

紀寶璟本要請他進去坐一坐，只是他卻說見了凌鈞兄之後，一會兒還有應酬，這才作罷。

待紀寶璟進去之後，跟在她身後的紀清晨緊緊地捏著手心裡的紙條。他居然敢當著姊姊的面偷偷塞紙條給她，著實是膽大妄為。

她手心早已經汗濕了，就連紙條都因為被捏得太久，而有些軟了。

等她找了個無人的地方打開，便瞧見上頭只寫了一句話：今夜等我。

今夜？等他？

他這是想做什麼？要與她一起唱《西廂記》嗎？

《西廂記》……

紀清晨一下子面紅耳赤起來。她在胡思亂想什麼啊！

紀寶璟轉身瞧見她臉上紅了起來，便問道：「沅沅，妳臉頰怎麼這麼紅？」

待紀清晨伸手摸了下，才發覺一張臉燙得有些厲害，趕緊道：「沒什麼，只是外面太熱了。」

紀寶璟瞧了一眼外頭。端午節確實是有些熱，可自己也是跟她一塊兒走回來的，也沒那麼熱啊。

但她也知道，紀清晨打小就比旁人要嬌氣一些，這些年來年紀雖說越來越大，可是這嬌氣也是越來越盛啊。

不過紀寶璟倒是覺得，小姑娘家就該嬌滴滴的才好。

「進來歇一會兒，叫人給妳搧搧風。」紀寶璟伸手去拉她。

紀清晨隨著她進來，此時屋子裡的女眷正在說話，紀湛和溫啟俊兩個小傢伙倒是乖巧地坐著，只是見到紀寶璟和紀清晨回來了，兩人便同時從椅子上跳下來。他們一個抱住紀寶璟，一個抱住了紀清晨。

曾榕立即朝兒子道：「湛哥兒，不許這般衝撞姊姊，小心害姊姊摔著了。」

紀湛抬起頭，瞧著她泛紅的臉頰，擔心地問：「姊姊，妳的臉好紅啊。」

「外面太熱了。」紀清晨摀了摀自己的臉，立即說。

「姊姊快坐，我給妳搧搧子。」紀湛拉著她的手，讓她坐在他原本坐的地方，叫丫鬟給她倒茶，又趕緊拿了扇子替她搧涼。

「瞧瞧咱們的湛哥兒，多懂事啊，這會兒就知道心疼姊姊了。」韓氏瞧著他忙前忙後的小模樣，立即說笑道。

紀湛被取笑得有些不好意思，不過卻還是認真地給紀清晨搧扇子。

倒是紀清晨哪捨得真叫他搧啊，立即伸手接過扇子，道：「姊姊不熱了，湛哥兒也坐下吧，賽龍舟馬上就要開始了。」

這會兒雖然比賽還未正式開始，可是五顏六色的龍舟已然在水面上爭奇鬥豔，船頭上掛著不同的彩幡，讓人能一眼便分辨出到底是哪支隊伍。

待比賽開始之後，即便是素來端莊的姑娘家，這會兒眼睛也都直勾勾地盯著湖面，生怕一眨眼就把重要的地方給看漏了去。

待掛著紅色幡旗的龍舟率先衝過終點時，兩岸登時響起響徹雲霄的歡呼聲，隨後便是鑼鼓聲喧囂而起。

等瞧過賽龍舟之後，總算是安靜下來，可紀寶茵卻低聲問紀清晨：「七妹，咱們出去逛逛吧，今兒是端午，這白水河不知有多熱鬧呢。好不容易出來一趟，總該多瞧瞧才是啊。」

紀清晨看著她一臉躍躍欲試的模樣，立即好笑道：「五姊，妳每年端午的時候都這麼說，也不嫌老套啊。」

紀寶茵愣住，半晌才回道：「我之前說過嗎？」

紀清晨肯定地點頭。「已經說了好幾年，而且連話都是一模一樣的。」

「妳就說妳去不去吧。」紀寶茵捉住她的手臂，不滿地問。

結果紀清晨還沒答應呢，倒是紀湛聽到她們的對話，立即說：「五姊，妳帶我去吧，我想去玩。」

「去去去，小孩子不許搗亂。」紀寶茵哪裡想帶他去啊，小孩子最麻煩了，一會兒要這樣，一會兒又要那樣，還要費盡心機地照顧他，她才不願意帶著小孩一起逛大街呢。

紀湛被紀寶茵這麼一說，登時就不痛快了，他拉著紀清晨的手，哼唧道：「姊姊，我要去，我想去嘛！」

「可是馬上就要晌午，該用膳了。」紀清晨說。

結果她還是拗不過這兩個人，最後連紀寶芙也一塊兒來了，還帶著溫啟俊。

紀寶茵反正是不負責看孩子的，紀清晨只好一手牽著一個小傢伙，一行人才走了出去。

白水河南邊是一條極熱鬧的街，平日裡人就不少，這會兒旁邊又舉辦了龍舟比賽，似乎整個京城的人都聚集到這裡來了。

紀家的三個姑娘頭上皆戴著帷帽，幾個丫鬟和婆子則跟在她們的周圍。只是人實在太多了，紀清晨叫人給兩個小傢伙一人買了一串糖葫蘆，便想哄著他們先回去，讓紀寶茵和紀寶芙自個兒去逛一逛。

突然間，彷彿聽到有人叫她，待她抬起頭，就看見二樓正有人朝她招手。不過她頭上戴著帷帽，那人是在叫她嗎？待那人又喊了兩聲，紀清晨才聽出來，是裴玉欣的聲音。

沒一會兒，裴玉欣的丫鬟便下樓來。「七姑娘，我家姑娘正在樓上歇息呢，她邀您一塊兒上去坐坐。」

紀清晨實在是不願繼續待在人群中，便問道：「五姊、六姊，我不想再逛了，我要去找欣姊姊，妳們要一塊兒來坐坐嗎？」

紀寶茵本來還興致勃勃的，結果瞧見這麼多人，也有點猶豫；她的丫鬟也怕會出事，便勸說道：「姑娘若是想吃什麼，便吩咐奴婢去買。這會兒人實在是太多了，不如咱們也隨七姑娘一塊兒上去坐坐吧。」

紀寶茵這才同意。

既然她們兩個都要上樓了，紀寶芙自然也只能隨著她們一塊兒上去。

第五十七章

只是等到了樓上，裴玉欣已在門口等著她們。「沅沅，我原想著去找妳玩的，沒想到在這兒遇上了。」

紀清晨笑著說：「我和五姊還有六姊一塊兒出來逛逛，只是街上的人實在是太多了，咱們這麼多人，不會打攪到妳們吧？」

「不會，當然不會了，反正裡面人也夠多的了。」裴玉欣哼笑了下。

說罷，她便拉著紀清晨的手往裡頭走，其他人也跟著她們兩個。待到了包廂裡，紀清晨才明白，她所說的人夠多到底是什麼意思。

因為此時屋子裡，不僅有裴家的姑娘，竟還有柳明珠和柳寶珠姊妹二人，還有其他幾位她並未見過的姑娘，不過個個都衣著精緻華貴，滿室衣香鬢影，看得人眼花撩亂。

此時她們進來，也叫這一屋子的姑娘停住了談話聲，往這邊瞧過來。

最先反應過來的便是柳明珠，她輕笑一聲道：「喲，倒是與紀姑娘妳有緣得很，先前在御臺就遇上了，這會兒又在這裡遇見了。」

其實柳明珠長得著實不錯，鳳眼桃腮，明眸善睞，明豔又飛揚，實在是個國色天香的大美人。只是她說話時，總是習慣眼尾上挑，帶著一股高高在上的傲氣和驕矜，反而破壞了她的美。

倒是眾人瞧見裴玉欣手裡拉著的姑娘，心裡都咯噔了一下。這樣的美人兒怎麼以前未曾見過？她五官沒有柳明珠那般深刻豔麗，可是卻有種恰到好處的清麗，多一分則豔麗，少一分則寡淡的那種恰到好處，當真配得上清妍絕麗這四個字。

紀清晨出來的次數不多，柳明珠之所以識得她，也是因為她會入宮給皇后娘娘請安。

柳貴妃為了給柳家兩姊妹撐腰，時常在皇上跟前誇讚她們，時不時就從宮裡賞賜些東西下來。只是這宮裡又不是只有一個柳貴妃，皇后自然是瞧不上她這作派。偏偏她家族中沒有這般年紀的女孩兒，即便是有，那也是旁支的，上不得檯面。

倒是自從見了紀清晨之後，她是一眼就喜歡上，這小姑娘不論是模樣還是氣質都是出眾至極，便是相較於那柳明珠，也是能壓得過的。

況且紀清晨還是和皇室沾了邊，畢竟她母親可是皇上嫡親的姪女，所以每次她進宮，皇后都要拉著她誇個不停，連帶在皇上那兒，她也得了好幾回賞賜。

不過紀清晨也瞧出了宮裡貴人的這些機鋒，實在是不敢多進宮，可就算這樣，柳明珠仍是將她嫉恨上了。

「三姑娘，這位妹妹是哪位啊？我先前好似從未見過，妳也不給我們介紹、介紹，倒是一個人霸著了。」一個圓臉嬌俏的小姑娘，開口輕聲笑道。

裴玉欣笑道：「倒是忘了，這位便是紀家二房的七姑娘，這位是大房的五姑娘，還有這位是六姑娘。」

裴玉欣不僅介紹了紀清晨，還一併介紹了其他兩位。

不過反倒是有姑娘對紀清晨身旁的兩個小傢伙感興趣得很，指著旁邊的吃食便道：「這些是咱們方才叫丫鬟下去買的，紀姑娘妳的兩個弟弟可愛吃？」

「這個是我弟弟紀湛，這個是我大姊家的孩子俊哥兒。」紀清晨立即介紹道。

那個招呼他們吃東西的姑娘，登時摀著嘴歉意地笑道：「我瞧著他們差不多大，還以為是兄弟呢。」

待一行人坐下後，紀湛和溫啟俊挑著那些吃食。都是南來北往的小販賣的小吃，味道很不錯，只是這些姑娘都不敢多吃，怕壞了體態。

紀清晨瞧著有些奇怪，怎麼今兒個柳明珠和裴家的姑娘坐在一處了？她們不是王不見王的嗎？

「這是我二姊叫人定下的包廂，柳明珠瞧見了，便非要過來坐著，我二姊也不好攆她走吧。」等房中說話的聲音再度響起時，紀清晨就聽見裴玉欣在她耳邊低聲說。

紀清晨瞧了柳明珠一眼，見她竟主動與裴玉寧搭話，不過裴玉寧倒是有一句、沒一句地回著。

要是論高傲，裴玉寧比柳明珠還要傲氣呢，畢竟定國公府可是正經的簪纓世家。

「柳明珠醉翁之意不在酒，她到這兒來堵我三哥，簡直就是做無用功，真是一點兒都不瞭解我三哥。」裴玉欣只管笑話她。都以為自個兒做得隱蔽，卻不知這點小心思都被人瞧得一清二楚了。

紀清晨笑著回說：「妳又怎知她這般做無用？萬一……」柿子哥哥這個稱呼到了嘴邊，

她又改口道：「萬一世子爺就來了呢？」

「妳與我裝什麼？誰不知道我三哥喜歡妳比喜歡二姊還多呢，這裡既是二姊訂的廂房，妳說他如何會來？」裴玉欣斜睨了她一眼，直白道。

紀清晨被她一句大剌剌的喜歡說得面紅耳赤，便端起茶杯，掩蓋臉上的窘迫。

可誰知裴玉欣剛說完這句話，就聽守在門口的丫鬟進來歡喜地說：「二姑娘，世子爺過來了。」

「三哥來了！」裴玉寧露出驚訝的表情。

她與裴世澤一向不親近，只是這些事外頭人都不知道罷了，所以她萬萬沒想到，裴世澤會來她訂下的地方。

倒是柳明珠臉上乍然流露出欣喜的表情，明豔的面容登時神采飛揚起來，只恨這會兒周圍都是人，要不然她肯定拿出靶鏡來，瞧瞧身上可有什麼不妥之處。

裴世澤進來的時候，幾乎屋子裡所有的姑娘都在這一刻被奪去了心魂。

定國公世子，在北地浴血奮戰那麼多年，率軍打退了蒙古大軍，守住大魏國門，讓蒙古的鐵蹄不敢輕易進犯的人物。

當他出現的時候，容貌之俊美，她們大部分人只怕此生都少見，又有那樣清冷疏淡的氣質，如寒星皓月直掛在那九重霄上，叫她們這些凡人靠近不得。

他的出現也打破了好些個姑娘心中的印象。畢竟在軍中的人，難免會叫人覺得粗魯野蠻，可裴世澤氣質這般清雋高傲，實在與莽夫聯想不到一塊兒去。

要說唯一能讓人覺得他是軍中之人的，也就是他的站姿極挺拔，皮膚也不似京城那些風流貴公子那般白皙如雪，是淡淡的淺褐色。

這一刻，裴世澤先前那些殺人如麻、暴戾殘忍的名聲都煙消雲散了。

好些人在心底忿忿不平。這都是誰在詆毀裴世子？明明人家就是清冷矜貴之人，又怎麼會和那些不好的名聲扯上關係呢？

「三哥，你怎麼來了？」反倒是裴玉欣先開口問道。

她這一說話，倒是不少姑娘紛紛低下頭來，方才那麼露骨的打量，太不合規矩。好在大家方才都看了，所以這會兒也沒什麼人在意。

裴世澤點了下頭，淡淡道：「溫世子請我過來接一下俊哥兒。」

「裴叔叔，爹爹叫您來接我的？」溫啟俊一聽到他爹的名號，立即歡喜地問。

結果裴世澤要帶著他離開的時候，溫啟俊卻猶豫地看著紀湛和紀清晨，軟軟地說：「可是我想和小舅舅在一起。」

「七姑娘，能麻煩妳陪著他們去一趟嗎？」裴世澤一本正經地問道。

紀清晨瞬間就能感覺到，滿屋子姑娘的眼神猶如刀子般，刺在她的身上。

可偏偏她還不能表現出絲毫不妥，只得回道：「那就麻煩裴世子了。」

只是下一刻，她又轉身對紀寶茵和紀寶芙說：「五姊、六姊，咱們也打擾裴姑娘這麼久了，不如一起回去吧，順便把俊哥兒送到大姊夫那兒。聽說今兒個大姊夫要帶他們兩個去看馬球，只是沒想到倒是比往年早了些。」

她這麼一說，眾人倒是想起來，下午確實有個馬球比賽。不過這些都是男人的活動，姑娘家都沒參加的機會。

這會兒她們卻是好生羨慕紀家的這幾個姑娘，竟有機會讓堂堂的裴世子護送。

紀清晨走到裴世澤身邊，就聽到他用輕不可聞的聲音說：「淘氣。」

待她轉頭看過去時，他又是那般冷淡疏離的模樣。

回到了家裡，紀清晨瞧著四面的院牆，倒也不是極高，身手靈活些的就能翻過來。

究竟是有什麼話不能白日與她說的，非要叫她今夜等他？

如今她可不是會在他床上睡著的那個小娃娃了，他到底知不知道她已經長大了啊？一個男子深夜出入她的閨房，他不知道什麼叫男女有別嗎？

他們之間，確實已經有許多年沒見了，該不會……他還是把她當成那個沒長大的小姑娘吧？

臨睡的時候，紀清晨又叫香寧檢查了一次門窗，惹得香寧連聲笑問：「姑娘今兒個是怎麼了，一直叫奴婢檢查窗子，難不成還能有什麼人爬進來不成？」

紀清晨面色一僵，立即在床榻上躺下來，將被子拉得高高的，悶聲道：「我只是怕有蚊子飛進來。」

於是香寧吹滅桌上的燭火，到外間的小榻上躺下了。

當夜明珠瑩潤的亮光在帷幔間亮起時，床榻上睡得香甜的小姑娘，一頭黑絲披散在枕邊，依稀能看見她白皙的小臉上表情安然甜美。

突然他不想那麼快喚醒她，只想看著她安靜的睡顏。

曾經也有人問過裴世澤，為什麼要在戰場上那麼搏命？明明他是定國公府的世子爺，就算不上戰場，也能享受這世間的榮華富貴。

當時他沒回答，可是現在他心中，卻已有了答案。

因為他有想保護的人，他想讓面前的這個女孩，能一直有這樣安然甜美的睡顏，他要讓她享一世的平安喜樂。

他的小姑娘終於長大了，他錯過了她這麼多年，心中雖有遺憾，卻從未後悔。

紀清晨是被輕拍著臉頰的一隻大手給喚醒的。

她驚醒時，嘴上便覆著一隻寬厚的手掌，只聽夜色中，一個清冷的聲音說：「沅沅，是我。」

夜明珠的光亮，叫她勉強看清了他的臉。沒想到他居然真的來了。

在下一刻，他便將手收回去，輕聲道：「沅沅，起來，我帶妳去一個地方。」

紀清晨眨了眨眼睛，掙扎著起來。她應該要換衣裳嗎？穿著中衣可以出去嗎？在她猶疑間，裴世澤已將手遞到了她的面前。「沅沅，別害怕。」

她當然不會害怕了，這世上最不會傷害她的人，她知道，那就是他。

於是她不再猶豫，牽著他的手，穿上鞋子後便躡手躡腳地走出去。

掌。

在穿過外間的時候，香寧輕微的呼吸聲彷彿就在耳邊，嚇得她忍不住捏緊了裴世澤的手掌。

但她萬萬沒想到的是，裴世澤居然是要領著她到屋頂上坐著。

他指著屋頂時，她嚇得連連搖頭。她哪裡能爬得上去？

可是裴世澤卻嘴角微揚，勾起一個笑容，伸手環住她的腰身。他先是攀住牆壁，上了牆頭，又順著牆壁到了房頂上。

整個過程，她連驚呼聲都沒來得及發出來，就已經站在了上面。

雖然園子裡有一座小閣樓，紀清晨也登高過，可是當站在屋頂上時，竟是有種前所未有的開闊。

「坐下，小心摔著了。」裴世澤用他隨身帶著的帕子鋪在瓦片上，才拉著她坐下，他自個兒則是撩開袍子就坐在了瓦片上。

皓月當空，除了四下不時傳來的風聲，竟是安靜得連蟲鳴聲都聽不見。

紀清晨彷彿失去了自個兒的聲音，在此刻，她只是安靜地望著遠方。

過了一會兒，只聽旁邊的他輕聲開口說：「邊境的月亮懸掛在天空時，就像在眼前，伸手就能勾到一樣。我時常會站在城樓上，雖是為了觀察蒙古人的動靜，卻也會順道看看這月亮。」

他難得一次說這麼多話，紀清晨側頭看著他，藉著月色，她能瞧見他的臉。在這月色中，他的臉龐也被染上了一層淡淡的銀輝，美好得有些不真實。

柿子哥哥真的回來了……從那遙遠的邊塞，回到了這裡。

當這個念頭在腦海中滑過時，她似乎覺得自己也沒那麼生氣了。

雖然他離開這麼多年來，一直不給自己寫信，確實是有點過分了，可是他現在平安回來了，不是嗎？

「我去邊境的第一年，便差點中箭死在那裡。」裴世澤的聲音聽起來異常冷靜，彷彿說的不是他曾經歷的鬼門關，可是紀清晨卻怔住了。

他伸手指了指自己的胸口。「那一箭就射在這裡，若是偏了一點，只怕我便回不來了。那時候我就在想，若是我死了，妳肯定會很傷心吧。」

裴家能替他傷心的人不多，祖母經歷了那麼多風風雨雨，定是能挺過來的，可她只是個小丫頭而已，知道一直陪著自己的大哥哥就那麼死在戰場上，肯定會很傷心吧。

所以他從那時候開始，便試圖忘記京城的一切。

如果他能活著，那麼待他歸來時，必親自向小姑娘解釋。

可是如果他不幸在哪一日死了，那麼對小姑娘來說，他便只是一個小時候對她好的哥哥。或許剛開始她會難過，可是隨著時間過去，她會漸漸忘記小時候的那個哥哥，也忘記那一分難過。

馬革裹屍，上了戰場的人，便不得不面對隨時都會喪命的可能性。

「我不是不想妳，我只是怕自己回不來。」

第五十八章

今夜的夜空格外清朗，漫天星斗，以及那似乎觸手可及的月亮，散發著瑩潤光輝，溫柔地包覆著整個大地。

紀清晨看著面前的人，努力忍著那鼻尖的酸意，叫自己別哭出來。

可是一想到這幾年來，他一個人在邊境，過著隨時都有可能丟掉性命的日子，她心底便有種說不出的難過。

她的柿子哥哥是定國公府的世子爺，是大魏王朝勛貴家族的未來繼承人，可是卻願意為了大魏的百姓遠赴沙場。而她居然還那麼誤解他，她真是太不對了。

瞧著面前的小姑娘垂著頭，半晌都不說話，裴世澤又輕聲喚了句。「沅沅？」

小姑娘帶著濃濃的哭腔輕「嗯」了一聲，正要說話時，卻整個人被裴世澤摟住了腰身，躺倒在房頂上。

他的左手放在她的腦後，右手箍在她纖細的腰肢上，幾乎就在一瞬間，兩人都躺在了瓦片上。雖然動作已極輕，可她還是聽到瓦片咚地響了起來。

他的臉就在咫尺之間，溫柔的月光照射下來，讓她能看見他如墨般的眸子。

兩個人的呼吸在如此近的距離中，彷彿交纏在一處，她只覺得心臟彷彿要蹦出來一樣，那種強烈的躍動，夾雜著一種說不出的歡喜。

他的手掌不僅寬厚，還帶著燙人的熱度，偏偏她身上穿著的中衣只是一層薄薄的絲綢，她彷佛能感受到他手掌那微微有些粗糙的繭子。

「柿子……」她想問他怎麼了，可是裴世澤卻又突然低下頭。

他的臉幾乎就埋在紀清晨的脖子邊上，她僵硬地連動也不敢動一下，因為一動，她就覺得自己的脖子會撞上他的唇。

「噓，有人。」他的聲音輕得像一陣煙，就那麼飄進她的耳朵裡，她的耳垂燙得快要燒起來了。

若是這會兒面前有一面鏡子，她一定能瞧見自己紅得快要滴血的臉頰。

漸漸地，不僅是臉頰，而是全身都在發燙，特別是被他箍著的腰身那裡。他手掌的溫度，灼熱又燙人。

底下傳來了一陣聲音。「妳起夜怎麼老是喜歡拉上我啊？」

是院子裡二等丫鬟桃葉的聲音，此時另外一個聲音哀求道：「桃葉，妳就行行好，陪我一塊兒去吧。」

這是另外一個二等丫鬟蘋兒的聲音，兩人是起夜的，大概是桃葉重重地打了個哈欠，便不耐煩地說：「好吧，我陪妳去，快點啊。」

蘋兒笑了出來，拉著她走出來。

院子裡有專門給丫鬟使用的茅廁，不過離她們兩個住的屋子有些遠，蘋兒是個膽小的，便拉了桃葉一起出來。

紀清晨沒敢往下看，可是卻聽到院子裡響起的輕微腳步聲，每一聲都叫她緊張得心臟彷彿隨時都要蹦出來。

也不知是不是她的心跳聲實在太大了，趴在她身側的裴世澤突然傳來一聲悶悶的輕笑聲。

她有些惱火。他居然還好意思笑?!若不是因為他，自個兒也不必這般害怕。

於是她惡向膽邊生，伸腳便踢了一下他的小腿骨，也不知是她踢得太重了，還是踢對了地方，他的悶笑聲變成了痛呼聲。

他摟著自己腰身的手掌，猛地縮緊，她的身子被迫更貼向他了。

聽他半天都沒動靜，紀清晨反而擔心起來，低聲問道：「柿子哥哥，你沒事吧？」

裴世澤聽她又開始這般叫著自己，心底不由一笑。小姑娘竟是還像小時候那般聰慧機靈，幹了壞事之後，嘴巴甜得就跟抹了蜜汁一般。

可是不管是懷中抱著的人那婀娜的身姿，還是他胸膛前感受到的那團綿軟，都在提醒他，他的小姑娘長大了。

也不知她身上熏的是什麼香，那種淡淡的清香從他進入她的閨房，就一直縈繞在他的鼻間。

當這會兒兩人靠得這麼近時，那股香氣越發撩人，像是要鑽進他的鼻子裡。

「妳說妳天天怎麼那麼多事情，連起夜都不敢。若是日後叫妳貼身伺候姑娘，妳一個人在外頭守夜，豈不是也不能做了？」似乎是桃葉她們回來了，她一邊走一邊數落著蘋兒。

雖然知道她們肯定沒瞧見自己，可是聽到她們提到自己，身子還是忍不住地僵硬起來。

蘋兒小聲地說：「我聽香寧姊姊她們說，姑娘再好伺候不過了，晚上從來不折騰人的。」

「姑娘好伺候，卻也不是妳膽小的理由，妳若是再這般不上進，我看妳以後可怎麼辦？」桃葉說著便嘆了一口氣。

待聽到關門的聲音時，紀清晨才鬆了一口氣。

只是也不知是不是因為說話的聲音消失，周圍乍然陷入了完全的寂靜中，她劇烈的心跳聲，此時格外明顯。

「柿子哥哥，她們走了……」她開口，可是語氣中卻不知為何，像那嬌軟的喘息聲，雖然輕，卻叫裴世澤聽個正著。

裴世澤將手掌抽開後，便猛地坐了起來。

幸虧有這夜色掩蓋，要不然他臉上的表情也定然是藏不住的，況且比起臉上的表情，身上的反應才叫他驚愕。他是個男人，雖至今都沒有女人，可是不代表他不知道自己身體的那種反應。

可她是沅沅啊，他怎麼會對沅沅有那種想法呢？

裴世澤被自己震驚得坐在那裡無法動彈，而此時坐起來的紀清晨，瞧見他不說話，也不好意思開口。

不過她知道柿子哥哥絕對不是占她的便宜，是那兩個丫鬟出來了，他才會靠自個兒那般近的。

況且柿子哥哥還用手護著她的頭，想到這裡，紀清晨便覺得心中甜絲絲的。果然柿子哥哥還是喜歡她的。就算他們很多年沒見，他還是會保護自己。

想到這裡，紀清晨便甜甜地開口說：「柿子哥哥，你這次回來，就不會再離開了吧？」

裴世澤聽到她軟軟的聲音，身上像是燒著一團火，她軟甜的聲音不僅沒叫他那團火消失，反而越發濃烈。

他猛地回過頭，看著月色下正歪著頭，看著自己的小姑娘。

那頭濃密烏黑的長髮正披散在粉色中衣上，她的小臉在月光下越發瑩潤潔白，像是蒙上了一層細紗，美得像是月上的仙子，而不是這俗世間的凡人。

紀清晨被他盯得有些奇怪。難道這個問題是不能問的嗎？她正要換個話題，裴世澤卻開口道：「應該吧。」

只是他一開口，那有些粗嗄的聲音卻叫紀清晨嚇了一跳。她立即問：「柿子哥哥，你聲音怎麼了？」

裴世澤的聲音一向清潤冷淡，絕非現在這般粗嗄，就像是被火燒過了一樣。

裴世澤露出一絲苦笑。若是他說出原因，小姑娘只怕會被嚇住吧。她雖也到了說親的年紀，可到底還是個不諳世事的小姑娘，男女間的事情，會叫她害怕的。

不過這也不是說裴世澤如何瞭解男女之間的事，只是男子和女子天生就不同，男人對床第之間的事情，有種無師自通的本領。而姑娘家則更羞澀，她要一直到成親的時候，才會瞭解那些事情。

成親？

當這個念頭閃過裴世澤的腦海中，不知為何，他腦子裡似乎一下子湧入了說不清的東西。

他今年已二十二歲，早就到了成親的年紀，甚至像他這般年紀的，這會兒都是孩子的父親了。可他偏偏卻一直未曾考慮過成親一事，大概也是因為天下未定，何以為家。

可當他想著紀清晨有朝一日會嫁為人婦時，心底卻油然生起一股排斥感。不管她嫁給誰，他都不願意。

「柿子哥哥。」紀清晨有些奇怪，他怎麼又不說話了？

裴世澤再看著她的臉蛋時，便有個念頭在腦海中漸漸成形。既然不願意任何人娶走她，那就讓他保護她一輩子吧。

當想通這一點時，裴世澤整個人一下子輕鬆起來。

他說道：「我給妳的禮物，妳喜歡嗎？」

「那真的是你自己雕的？」因為雕刻得實在很精細，所以紀清晨十分感慨，她的柿子哥哥可真厲害，上馬能打仗，拿刀能雕刻。

裴世澤輕笑一聲。「不相信？」

也不知為什麼，紀清晨覺得他的聲音有一種說不出的味道，她聽了心底只覺得麻麻的、酥酥的，大概是因為他的聲音太好聽了吧。

「我當然相信啦，柿子哥哥做什麼都是最厲害的。」

小姑娘的一番追捧，讓他的心情頗為愉悅，於是便溫柔地問她。「餓嗎？」

不說她還不覺得，被這麼一問，紀清晨還真的有些餓了。

裴世澤輕笑一下，伸出手放在她的耳邊，紀清晨有些好奇地轉頭，卻被他制止。「別動。」

她嚇得不敢動彈，就聽一聲清脆的響聲，她眨了下眼睛，便瞧見他的手已經到了她的眼前，而他手中則有一個油紙包。

等他打開油紙包，露出裡面的玫瑰花餅時，那股香甜的玫瑰味道，叫紀清晨忍不住吞了吞口水。

「想吃？」裴世澤瞧著她霧濛濛的大眼睛，盯著自己手上的玫瑰餅，一眨不眨的，簡直就想伸手搶走，哪裡會不知道她是真的想吃。

「柿子哥哥。」紀清晨軟軟地喊他的名字，還伸手抓住他的手腕，輕輕地搖晃。

紀清晨實在是太瞭解他了，光是這麼軟萌地撒嬌一下，便叫他沒法子拒絕。

待她抓了一塊玫瑰餅吃起來的時候，卻感覺到她的另外一隻手被裴世澤抓住了。

柿子哥哥的手可真溫暖啊，她吃著玫瑰餅，心底想著。

待她吃得差不多時，一旁的裴世澤藉著月光瞧見她嘴角沾了餅屑。他好笑地搖了下頭。還說是變成了大姑娘，可有時候根本像小孩子一樣。

他伸出一手輕輕捏住她的下巴，再伸出拇指，正要擦掉那塊餅屑時，卻鬼使神差地整個人靠近了她。

紀清晨看著他越來越近，緊張地忍不住伸出舌頭，舔了下自己乾涸的嘴唇，可誰知卻舔掉了她唇角上的那塊餅屑。

裴世澤眨了眨眼睛，紀清晨也眨著眼睛，然後他們都笑了。

「姑娘，妳這衣裳怎麼回事啊？」

隔天紀清晨起身的時候，不住地用手遮著嘴巴，當真是又累又乏。她心想待會兒給太太和祖母請安之後，便得回來再睡一會兒。

所以杏兒喊的時候，她還沒回過神，迷迷糊糊地問：「什麼怎麼回事啊？」

「衣裳啊，衣裳後面怎麼這麼髒啊？」杏兒驚恐地指著紀清晨的後背。

此時紀清晨渾身都嚇出了冷汗。她竟是忘記了，昨夜躺在屋頂的瓦片上，後背肯定是蹭到了上面的灰塵。

她很快地鎮定下來，低聲道：「我昨兒個夜裡睡不著，便起來走了走，大概是不小心蹭到哪裡了吧。」

「姑娘夜裡一個人起來了？」杏兒就更驚訝了，又著急道：「那姑娘怎麼不喚醒香寧？這麼晚一個人出去，多危險啊！」

紀清晨說道：「我瞧著香寧睡得那般熟，便沒想著把她叫醒；況且又是在家裡，能有什麼危險？」

「雖是這麼說，可這大晚上的出去，總是叫人擔心啊。」杏兒輕聲勸道，可心底還在奇怪，這是蹭到哪裡去了，怎麼會有這麼多灰塵？

紀清晨換衣裳的時候，還特地叮囑她。「這件事就不要告訴香寧了，免得她心裡自責。我也只是出去走了走，便回來了。」

杏兒一邊點頭，一邊感動地說：「姑娘妳待咱們可真好。」

紀清晨在心底暗暗吁了一口氣。以後可不能這麼魯莽了。

不過一想到昨晚，她的心底還是說不出的甜。柿子哥哥和她說了好多好多話，他告訴自己他在邊塞時的生活，她安靜地聽他說著那裡的風土人情，想像著殘酷又慘烈的戰爭。

一想到昨晚的事情，她就覺得像是作了一場夢，還是特別甜美的夢。

倒是杏兒瞧著姑娘從起床開始，便嘴角彎彎，看著心情是好極了。可姑娘不是說，昨晚是因為心煩才出去走走的……難道這夜裡散步竟有這樣的效果，讓姑娘這麼快便開懷起來？

紀清晨生怕杏兒說漏了嘴，去曾榕院子裡請安的時候，還特地叮囑了一聲，不過這會兒她卻是找了更好的藉口。「太太一向關心我，若是知道這件事，只怕會責罰香寧的。所以妳可切記，千萬不能在太太和老太太面前說漏了嘴。」

杏兒自然知道這件事的嚴重性，立即點頭。

畢竟她和香寧也是好姊妹，也不願瞧見姊妹落難。但她的心底對紀清晨卻是更加欽佩，覺得姑娘一心只為她們考慮。

第五十九章

裴世澤雖然回京了，可是卻非常忙碌，時常不在府中。所以今日來給老夫人請安，反倒叫老夫人歡喜地直拉著他的手。

「我聽說先前賞你的那兩個廚子，你不是很喜歡？」因瞧著他實在是削瘦得厲害，他一回來，裴老夫人便賞了兩個廚子過去，其中一個尤其擅長熬製各種食補湯。

只是裴世澤一向不在意吃什麼。他原本對吃食挺講究，可這麼多年的軍營生活，他早已學會了大口吃肉、大口喝酒。好在他自小是定國公府教養出來的，所以骨子裡的那分優雅從未消失。

一旁的定國公夫人謝萍如扯了扯站在自己身邊的裴渺的手臂，裴渺陡然被拽了下，還一臉迷茫地看著她。

謝萍如真是氣不打一處來。沒用的東西，日日在府裡，卻還是不懂得怎麼討老夫人的歡心。

倒是一旁的裴玉寧，開口嬌笑道：「祖母，三哥哪裡是不喜歡啊，我看三哥就是太忙了。這幾日，我們都沒怎麼瞧見三哥呢。」

裴老夫人聽著孫女的話，立即點頭嘆道：「你與你祖父真是一模一樣，這一忙起來，便什麼都不管了。你祖父跟你一般大的時候，也是住在軍營裡頭就不回來了。」

裴老夫人又是感慨又是心疼地看著面前的孫子，彷彿瞧見了自己丈夫當年的模樣。

裴世澤歉意地笑了下，道：「是孫兒不對，待忙過了這陣子，便陪祖母到山上去禮佛。」

「這可是你自個兒說的，你們可都聽見了。」裴老夫人臉上露出笑容。

三太太董氏立即道：「娘，您放心吧，世澤這話咱們都聽得清楚著呢，咱們都給您作證。」

又說了一會兒話之後，裴世澤才告退離開。

而老夫人也覺得累了，便叫眾人都回各自的房中去了。

謝萍如與董氏她們在門口告辭，一轉身臉色都耷拉下來，旁邊的裴渺還一點兒都不自知，正與裴玉寧說笑著。

待叫兩個庶出的姑娘回去了，謝萍如沈著臉對他們兄妹道：「你們兩個，跟我進來。」

謝萍如先進了屋子，裴渺一臉無奈地問：「娘這又是怎麼了？」

裴玉寧瞧著她哥哥還一臉不在意的樣子，登時搖頭。難怪娘親會這麼生氣。

等兩人進去了，謝萍如也沒坐著，只站著問裴渺。「渺哥兒，你最近的課業可有給你爹爹看？」

裴渺被她這麼一問，登時愣住，半晌才道：「娘，爹這幾日正忙著呢，兒子也不好拿這點小事去打擾他吧。」

「你真是太糊塗了！越是這種時候，你才該叫你爹多關心你一些。還有方才在老夫人那裡，你怎麼就跟個鋸嘴葫蘆一樣，也不學學人家怎麼討好老夫人。」謝萍如看著他這個樣子，真是恨鐵不成鋼。

倒是一旁的裴玉寧見母親這般責罵哥哥，也忍不住跳出來說話。「娘，三哥剛回來，祖母本就關心他，難免會多問幾句，你又何必叫哥哥在這時候與三哥爭這些呢？」

其實謝萍如也知道，可她瞧著老夫人那副只要有了裴世澤就足夠的樣子，心中就不滿極了。合著別的孩子都是草，就他裴世澤是個寶是吧？一想到這裡，謝萍如心裡便氣不過。

可是再氣不過，她也不能衝著老夫人發火，所以只能衝著自己的兒子撒氣。

裴渺自然覺得無辜。平日裡祖母待他也是不錯的，只是三哥畢竟好些年不在家中，祖母多關心他一些，那也是應該的啊。

「同樣都是國公爺的嫡子，他怎麼就比你哥哥高貴了？」謝萍如聽著女兒這般長他人志氣的話，登時更不高興了。

裴玉寧與裴渺對視了一眼，皆有些無奈。

其實謝萍如的心思他們也都知道，只是三哥已是皇上親封的世子，如今又立有赫赫戰功，除非出現什麼大事，否認了定國公府的世子之位，否則絕對不會旁落他人之手。

或許謝萍如心中也明白，只是她就是不甘心。她身為定國公夫人，可是自己的兒子卻不能成為世子，如今國公爺還在，自然瞧不出分別。可看看如今的國公府，三老爺還與國公爺是同母的親兄弟呢，如今不也是要仰仗著國公爺？

她一想到自己的兒子以後要仰仗著裴世澤的鼻息生活，謝萍如這心底就受不了。

「渺兒，越是這種時候，你越得爭氣，不僅是為了娘親，也是為了你自個兒。」謝萍如看著兒子，語重心長地道。

裴渺時常聽她說這些話，心底早已有些厭煩。

便是再努力又如何呢？從他小時候開始，就是仰望著三哥的。裴家這麼多孫子，可祖父在世的時候，只會親自教三哥，不管是他還是二房，或者是三房的嫡子，都只能跟著教習師傅。

三哥十六歲便入軍營，這麼多年來征戰沙場，他殺過的人，只怕比自己打過的獵物還多。這次三哥回來，裴渺就能明顯感覺到他身上的那股氣勢，雖內斂卻懾人，便是在父親身上他都從未感覺到。

說一句喪氣的話，就算是再給他十年，他也是追不上三哥的。

反正追不上就追不上吧，他好生地做他的定國公府五少爺，就算以後父親離開了，三哥雖面冷，卻也不是容不得人的。

這些話他當然不敢和娘親還有妹妹說，因為他也知道，不管娘親還是妹妹，都一心盼著他能努力。

此時裴玉寧見謝萍如是真動了怒，忙伸手拉了下裴渺的衣袖，輕聲道：「哥哥，你聽見娘親說的了吧？」

「是兒子不孝，叫母親擔心了。母親教訓得是，兒子以後定多加努力。」裴渺在心底嘆了一口氣，卻還是為了安撫謝萍如而這麼說。

謝萍如聽到兒子的這番話，才勉強滿意，放了他離開。

倒是裴玉寧待他離開後，上前扶著謝萍如在身後的羅漢床上坐下。「母親又何必與哥哥置氣呢？哥哥也不是不努力，只是三哥剛回來，祖母總會多關心些嘛。」

「你哥哥這性子啊……」知子莫若母，就是因為瞭解裴渺的性子，謝萍如才著急，這孩子壓根兒就沒那爭的心思。

「妳哥哥要是有妳一半的上進，娘也不至於這麼著急啊。」謝萍如拍著她的手，輕聲誇讚道。

裴玉寧在老夫人跟前一向就是乖巧懂事，時常獻上親手做的針線活，便是老夫人冬日裡戴的暖帽，她都親手做過，那滿手的針眼，可是叫裴老夫人心疼極了。

所以謝萍如對這個女兒一向上心。下個月她便及笄了，這提親的人不知有多少，可是謝萍如還是一直在挑選，畢竟這姑娘嫁人可是一輩子的事情。況且她若是給女兒選了個好婆家，日後對自己的兒子也是極大的助力啊。

「娘，我過幾日想去護國寺燒香，您讓女兒去吧。」裴玉寧給謝萍如捏了捏肩膀，柔聲道。

謝萍如當即皺眉，道：「前幾日端午節不是才出門，怎麼又要去護國寺？」

「娘，您就讓女兒去嘛。」裴玉寧撒嬌道。

謝萍如又問她邀了哪些人？只是在聽到人選之後，便皺眉問道：「我先前不是聽妳說，柳家那個姑娘端午節的時候還與妳一塊兒的，為何這回不同她一塊兒？」

裴玉寧沒想到母親會提到柳明珠，當即便道：「娘，祖母不喜歡柳明珠，您又不是不知道。」

先前柳家還想叫柳貴妃吹枕頭風，讓皇上給裴世澤和柳明珠賜婚，便叫裴老夫人當場給了安樂侯夫人沒好臉色，也把柳貴妃氣得夠嗆。

所以裴家的姑娘極少會和柳家的人牽扯到一塊兒，上回那也是柳明珠厚著臉皮到她包廂中的。

這可讓裴玉寧背後好生笑話。想當她的三嫂？姓柳的也真是異想天開。

「妳懂什麼，妳以為老夫人這般得罪柳家，那是對咱們定國公府好？她都只是為了裴世澤考慮罷了。也不想想，如今皇上只有二皇子一個兒子，若是沒意外的話，日後柳家可就是皇親國戚啊。」謝萍如出身的謝家不過就是個伯府，當年也是裴延兆瞧上了她，主動求娶，她才有機會嫁進來的。

所以她可沒老夫人那股子舊勛貴門閥的傲氣。柳家是靠著女人晉身的又如何，人比形勢強啊。

皇上如今都已經六十多了，是再無可能生出孩子來的，所以二皇子繼位，那就是板上釘釘的事。

日後柳貴妃成了柳太后，柳家可就是正經的皇上外家，又有哪家勛貴門閥比柳家更尊貴的呢？

所以老夫人沒瞧上柳明珠，謝萍如反倒看上了她，畢竟裴渺也十七歲了，與柳明珠的年紀是再適合不過。

柳家日後必會起勢，到時候有二皇子這個靠山在，定國公府鹿死誰手也未可知啊。

裴玉寧沒想到謝萍如打的是這般主意，她微微皺眉，道：「可是柳明珠對三哥極有意，若不是為了三哥，端午節的時候她也不至於厚著臉皮到我包廂中。」

還有一點便是，謝萍如瞧中了二皇子這個靠山，可是柳家瞧上的也是裴世澤的世子之位。柳明珠身為安樂侯府的嫡女，京城這麼多勛爵，她又何必挑上並不是極出挑的哥哥呢？雖然是親兄妹，裴玉寧也不得不承認，自己的哥哥相貌品性雖也不錯，但比起三哥還是差了一大截。

謝萍如倒是不在意地笑道：「這結親事靠的是雙方的意思，如今老夫人這頭已幫妳三哥徹底回絕了，即便是柳明珠再喜歡，可是柳家的長輩也知道，老夫人是不會同意的。我此時若是遞去我的意思，他們自然會考慮的。」

如今裴玉寧也大了，所以有些事情謝萍如也不會避著她，還細細地教給她。

「這次就讓妳哥哥送妳去上香。」謝萍如是打著讓裴渺與柳明珠接觸的主意，她可不覺得自個兒的兒子有什麼差的。

裴玉寧有些遲疑地說：「娘，咱們都是姑娘家，叫哥哥去，不大好吧？」

「妳這傻孩子，妳以為娘叫妳哥哥去是做什麼的？不過就是叫他護送妳，又沒叫他去勾引人家姑娘。」謝萍如自個兒就是成親前與裴延兆相互看對了眼，所以才被娶進定國公府的，所以她想著柳明珠要是能與裴渺看對眼，那就是再好不過的事了。

接著，謝萍如又有些不忿地道：「也不知妳祖母要給妳三哥找個什麼樣的天仙，這都二十二歲的人了，也不說親也不成親，豈不是耽誤下頭的弟弟妹妹？」

裴玉寧倒是笑了下，輕聲說：「或許三哥自個兒心裡有主意吧。」

她想起了端午那日，三哥特地到包廂來，卻是叫走了紀家的七姑娘。雖說後來紀家的姑娘全都走了，可那也是七姑娘自個兒開口的。

她自小就不喜歡這個七姑娘，因為自從紀清晨來京城之後，三哥待她比府裡的妹妹們都好，若不知道的，還以為那個紀清晨才是三哥的妹妹呢。

不過好在紀清晨後來就不常出門，只是在宮裡見過她兩回，但還真是一次美過一次。也難怪柳明珠會瞧她那般不順眼，便是裴玉寧心底對她都是嫉妒的，畢竟哪個姑娘都不會喜歡比自個兒長得美的姑娘吧。說起來她記得紀清晨小時候還是個胖丫頭呢，沒想到長大後竟變得這般好看。

此時裴玉寧心中突然猶如被閃電劈了一下。說來這個紀清晨也已經十三歲了，而三哥一直都不娶親……裴玉寧被自個兒的想法嚇了一跳。

因大軍凱旋歸來，皇上在宮中設宴款待一眾將士，文武百官自是陪同。而後宮之中，皇后娘娘也設宴招待了這些武將的家眷，後來又邀了一眾勛貴和清貴家中的女眷入宮，也算是普天同慶。

紀家女眷自然也受邀進宮。韓氏帶著紀寶茵，曾榕則領著紀清晨，這種進宮的事情，自然沒有庶出的分兒，就連紀湛這會兒都沒帶著。

待入宮後，紀家女眷便被領著去拜訪皇后娘娘。

等進了鳳翔宮，就見裡頭影影綽綽的都是人，今日來的女眷不少，大多都是要來拜見皇后娘娘的。

等宮人進去通稟後，過了一會兒，便有人領著她們進殿。

鳳翔宮內，晶亮光滑的地磚能映照出人的影子。這種地磚乃是內造的，只有大內才能用，就連顏色都接近黃色。

「都起身吧。」隨著紀老太太領著紀家女眷行禮，便聽上首的皇后輕聲道。

說來如今的這位秦皇后並不是元后，她是繼后，所以比皇上還要小上不少歲，如今也才四十歲。

此時皇后娘娘穿著一身華貴的鳳袍，梳著富貴牡丹鬟，頭上插著點翠鑲紅寶石鳳頭步搖，黃豆粒大的紅寶石即便在大殿內，也熠熠生輝。

秦皇后又問了幾句老太太的身子，便賜她們入座。

待紀清晨坐下後，便瞧見不少熟面孔，只見對面前方坐著的便是定國公府的女眷。

定國公夫人謝萍如穿著一身一品夫人的華麗衣裙，妝容精緻濃烈，這會兒正端莊地坐在前頭。而她身邊則是裴玉寧，再旁邊就是裴家三太太董氏以及裴玉欣。

裴玉欣這會兒也看向她，衝著她淘氣地眨了眨眼睛。

紀清晨抿嘴一笑。

第六十章

這次宮宴設在攬月臺中，到時候皇上將會當場賜封此番打了勝仗的將士。

等到時間差不多了，皇后便領著一干女眷前往攬月臺。

只是皇后娘娘有鳳輦可乘坐，卻苦了她們這些嬌滴滴的女眷，得跟著走到御花園裡去。

誰知在路上的時候，竟遇上了二皇子以及安樂侯府的三少爺柳尉。只見二皇子手上拿著彈弓，似乎在找目標，而那柳尉人高馬大的，卻跟在二皇子的身後。

「見過母后。」二皇子遇上皇后娘娘自然是要請安的。

皇后的鳳輦停下來，她坐在上頭，居高臨下地瞧著這麼個小孩。

她入宮二十載，卻未為皇上生下一兒半女，她也是出身公侯府的貴女，可如今卻叫柳貴妃這個破落戶在她跟前耀武揚威。

所以皇后瞧著這孩子，便感到極不喜歡。

二皇子也因為是皇上唯一的兒子，自小就嬌生慣養，柳貴妃更是把他當成心肝寶貝寵著。

「琮兒，你為何在這裡？這個時辰不是應該在上書房裡讀書嗎？」雖然二皇子並未被冊封為太子，可是他的一切規制用度，早已超過了一般皇子。偏偏柳貴妃還嫌不夠，每每都要藉二皇子說事，向皇上索要更多的東西。

皇后冷眼瞧著她上竄下跳。

二皇子有些害怕皇后娘娘，他雖是孩子，卻出身皇宮，自然比一般孩子更早熟些。他知道皇后娘娘不比旁人，而且她還一點兒都不喜歡他，所以他十分怕她。

倒是一旁的柳尉立即拱手回道：「回皇后娘娘，今日皇上在宮中設宴，因感念二皇子學業實在辛苦，便叫上書房給二皇子放了半日假。」

皇后瞧著這個柳尉，冷哼了一聲。

柳家如今在宮中都有特權，女眷每月都能進宮數次，便是皇后娘家的女眷都沒她們那般出入自如。現在更是好了，居然連柳家的男人都能這般自如地出入御花園。

皇后冷不防地握緊手掌，保養得當的修長指甲掐進了手心中。如今她還是個皇后，柳貴妃便已不把她放在眼中，若是日後真讓二皇子登上大寶，只怕她這個皇后也到頭了。

「既是放假了，到那邊去玩吧，也是可憐見的，日日都要這般辛苦地讀書。」皇后臉上帶著得當的微笑，柔聲說。

二皇子心中感到有些奇怪，竟覺得皇后娘娘今日似乎待自個兒過分客氣了。

等皇后的鳳輦再次起駕時，二皇子便領著柳尉退到一邊，而後面的女眷也隨著鳳輦往前走。

柳尉微微抬起頭，就看見那群女眷中，有好些個打扮嬌美的小姑娘。

他雖只有十七歲，可是早就嘗過了男女之事，即便是秦樓楚館都出入過。如今乍然瞧見這些如花般嬌豔的姑娘，自然要偷偷地一飽眼福。

誰知他一眼就瞧見了一個姑娘，穿著淺粉色銀紋繡百蝶度花上衫，配著一條軟銀輕羅百合裙，雖然站得有些距離，卻還是叫人一眼就瞧見了她，只因那張臉實在是美得叫人無法忽視。

此時御花園裡百花盛開，更有數不清的珍稀名品，可不管是哪朵花，都不如眼前的這個少女嬌豔。

柳家如今也是新貴，是以時常會設宴，因此柳尉也瞧過不少京城貴女，卻單單沒見過這少女，他敢肯定若是自己見過她，不至於會沒有一點印象。

她當真是如美玉般無瑕，一出現便勾走了柳尉的心魂，若不是這會兒有這麼多人在，他真恨不得上前去問問小姐貴姓。

紀清晨走過的時候，就感覺有一道目光，一直緊緊盯著自己。只是這道目光太過赤裸，叫她有些厭惡。好在走過拐彎的時候，她便感覺不到了。

再說柳尉瞧見那少女後，便心神不定，就連陪二皇子玩都不上心。於是他哄著二皇子回去，這會兒他要先去找妹妹，畢竟她是姑娘，認得的貴女總是比他多，到時候便叫她替自己去分辨分辨，那究竟是哪家的姑娘？

柳明珠聽說了他的來意後，當即扭頭道：「哥哥若是想去認識，便自個兒去，我可不幫你做這些事。」

柳尉倒是生得一副好皮囊，只是房中不僅已有兩個通房，還時常出入秦樓楚館，便是連柳明珠都聽說了他那些風流韻事。

只是母親一向嬌慣他，並不曾約束。

「好妹妹，妳就幫幫哥哥吧。」柳尉笑著拉她的手，又在她耳邊低聲說了一句。

柳明珠登時眼睛一亮，問道：「此話當真？你可不是誆我的？」

「那是自然的。我聽說姑母這次又準備求皇上了。先前裴家那位老夫人以裴世澤不在京城為理由，如今他人也回來了，這親事總該提上日程了吧。」

聽著哥哥的話，柳明珠雖臉上強忍著，可心底卻開出了花。

之前她不曾見過他，只因為家裡瞧中定國公府的勢力才要定下這門親事。可是當看見他的那一瞬間，她才知道這世間竟有這樣出眾的男子，她的一顆心早就撲在他的身上了。

於是她羞澀地點點頭。

待到了宴會的時候，裴世澤並未與裴延兆坐在一處，反而坐在大將軍張晉源身旁。他是這次大軍的主帥，裴世澤能坐在他身邊，可見兩人都是受到皇上重點賞賜的。

宴會的高潮便是太監宣讀皇上的賞賜，光是那些金銀財寶便如流水一般。

等到了裴世澤的時候，皇上笑指著他道：「說來朕這心中對老國公始終有一分愧疚。景恒你也到了該成親生子的年紀，偏偏為了大魏而耽誤了自個兒的終身大事，如今還是孤身一人。」

此時席間不少人都心底一緊。難道皇上這是要給裴世澤賜婚？

這頭一個蹙眉的就是皇后。她撇頭看向坐在下首的柳貴妃，只見她不僅打扮得花枝招展，這會兒更是笑得花枝亂顫。

看來她是又一次說服皇上了，只恨自己沒法阻止。

「皇上，微臣有一事相求。」此時裴世澤出列，恭敬地向皇上行禮。

皇帝瞧著他，含笑道：「景恒有何事？只管說，朕定應了你的要求。」

此話一出，席間登時有微微的騷動。皇上竟如此寵愛這位世子爺，連問都不問，便先答應了。

裴世澤微微低頭，開口道：「微臣心有所屬，想請皇上賜婚。」

席間的譁然聲更響，眾人沒想到他竟會開口要求皇上賜婚。

紀清晨在他出列時，便已緊張地抿住嘴，此時更是捏緊了拳頭，連呼吸彷彿都要停滯了。

「賜婚？」皇帝哈哈一笑，點頭道：「原來是因為這事。那你說，你瞧中了哪家姑娘？」

大魏朝至今，大概也沒哪個人敢當眾請皇上替自己賜婚的。此時席間所有的少女，都忍不住豎起耳朵，雖然覺得自個兒希望渺茫，可還是忍不住在心中暗暗期待，萬一要是自己呢？

「微臣可以私底下告訴聖上嗎？」

於是席間竟傳來一陣整齊的嗤聲。大家都等著聽是誰呢，竟這般賣關子。

可皇上非但不覺得他無理，還特別開懷，大笑道：「那行，待會兒你便私底下與朕說。」

當裴世澤退回席上的時候，他微微回首，朝紀清晨坐著的方向看過去，最後，他的視線落在紀清晨的身上。

當歌舞表演開始後，紀清晨便起身準備去茅廁，坐在她不遠處的裴玉欣也站起來，走過來道：「晨妹妹，我和妳一起去吧。」

紀清晨瞧著裴玉欣的表情，只覺得古怪。今兒個她只帶了杏兒一個丫鬟，裴玉欣身後也只有一個丫鬟伺候著。

待出去之後，裴玉欣瞧著四下無人，拉著她的手，便低聲問道：「妳說我三哥方才說他已心有所屬，這個屬，到底是哪家姑娘啊？」

裴玉欣說著，眉眼頗為生動活潑，又刻意瞧著紀清晨，就連身後默不作聲的兩個丫鬟，都聽出了她聲音裡的打趣。

紀清晨實在是被她說得不好意思了，輕推了她一下，正色道：「這件事妳該去問世子爺才是，我又不是他，哪裡知道他的心思啊？」

可是她的心跳卻從方才開始就沒停止過，特別是柿子哥哥回頭望過來時，她覺得她整個人都要燒起來了。

「妳可別以為我沒瞧見啊，方才三哥可是朝這邊看過來的。」裴玉欣嘻笑道。以她對三哥的瞭解，他這個心有所屬，定不會是旁人。

紀清晨被戳破了謊言，便要撒開她的手，只是裴玉欣早就料到了，馬上緊緊地抓著她的手腕。

她可不敢去打趣裴世澤，可是逗逗紀清晨還是不在話下的。只聽她幽幽地嘆了一口氣，有些失落地說：「也不知我還能叫妳晨妹妹多久。」

「妳愛叫就叫。」紀清晨彷彿知道她要說什麼，立即出聲打斷她的話。

「那可不行。」裴玉欣立即正色道：「長幼有序啊，可不能亂了規矩。」

紀清晨見她真是越說越離譜，伸手就在她的腰間擰了一把。這會兒可都是仲夏了，姑娘穿著的衣衫都極單薄，裴玉欣被她這一下擰得生疼，哎喲一聲喊了出來。

「我要去告訴我三哥，妳欺負我。」裴玉欣立即喊道。

身後兩個丫鬟聽到這話，也不敢笑出聲，只悶聲地抖著身子。

紀清晨又狠狠地捏了她一下。「告訴去吧。」

裴玉欣瞧著她有恃無恐的樣子，可憐地說：「妳就是知道我三哥肯定會向著妳吧。」

兩個姑娘低聲嘻笑著到了茅廁，待出來之後，裴玉欣依舊挽著她的手。只是她們兩人走在前頭，兩個丫鬟跟在後面。此時御花園亮起一片宮燈，不僅迴廊上掛著，就連樹上都掛著各種精緻的宮燈，火樹銀花，猶如仙境一般。

幾人順著鵝卵石鋪就的路往回走時，卻意外瞧見了前方站著一個人。

「兩位姑娘見諒，我不勝酒力，出來透透氣。」男子見她們停在那裡，立即上前歉意地道。

只是他聲音裡雖有歉意，卻叫紀清晨生厭。若是個有規矩的，這會兒就該迴避了才是，竟還上前與她們打招呼。

況且他微微欠身後，便站直了，眼睛不住地往紀清晨這邊打量。

其實柳尉生得一副不錯的皮相，畢竟柳貴妃如今能寵冠六宮，容貌本就出眾；而柳家幾個子姪輩的，自然都生得不錯。

之前柳尉也不是沒勾引過世家姑娘，不過也都是眉目傳情，倒是不敢真的下手，可是今日瞧見了這個姑娘，他卻是心底癢得跟什麼似的。

所以他一見紀清晨出來，便也跟了出來，就在這裡等著。

遠遠地瞧見小姑娘過來，只見她在樹下停住，樹梢上掛著宮燈，照射下來的昏黃燈光，將她整個人都包裹在其中。

這本就美得驚人的小姑娘，此時更像是月上的仙子，落下了凡塵。

「在下安樂侯府柳尉。」柳尉壓低聲音，企圖擺出一副翩翩公子的模樣。

這回連裴玉欣都瞧出不妥了。這個柳尉該不是專程在這裡等著她們的吧？要不然這時不僅沒迴避，還自報一番家門做什麼？

不就是靠著柳貴妃飛黃騰達起來，瞧著把他得瑟的。裴玉欣這性子是真隨了裴家老夫人，對柳家那有一萬個看不上。先前那個柳明珠妄圖攀嫁她三哥，已是叫京城貴族圈子笑掉了大牙。

卻不想這個柳尉更是個浪蕩子，竟在這御花園裡就敢這般行事，難怪不少人都說柳家猖狂，他這是把御花園當成自家的後花園了吧。

「柳公子，你不陪著貴妃娘娘，到這裡來做什麼？」裴玉欣出言道，只是她語氣中的諷刺意味太濃，連柳尉都沒法子忽視。

紀清晨更是沒說話，只是發出一聲清晰可聞的嗤笑聲。

「咱們走吧。」紀清晨拉著裴玉欣的手，便往前走。

這個柳尉還真以為自個兒是什麼侯府嫡子，小姑娘瞧見他就該投懷送抱，殊不知他就是個笑話而已。

紀清晨冷冷一笑。柳家囂張不了多久，那件事就快要來了。

像柳家這樣的空心樓閣，要推倒，不過就是一瞬間的事情而已。

只是她拉著裴玉欣離開後，柳尉卻站在原地，意味深長地瞧著她們離去的背影。原本以為會是甜美可人的害羞小姑娘，可是沒想到卻是個嗆口小辣椒，倒是也不錯，這讓他更覺得有興趣了。

他輕笑了一聲，便往前走了過去。

倒是裴玉欣走了一段路後，輕聲安慰紀清晨道：「晨妹妹，妳別擔心，那個柳尉不過就是個浪蕩子罷了，仗著柳貴妃便這般沒規矩。可真叫人沒說錯，柳家就是個沒規矩的人家。」她到現在還憤恨不已，方才要是讓旁人瞧見了，她們兩個姑娘的名聲都該受損了。

「我何必與這種人計較，不過就是秋後的螞蚱，囂張不了幾天的。」紀清晨輕輕一笑，不屑地說。

裴玉欣驚訝地看著她，有些奇怪，她為何會說得這麼篤定？

紀清晨也在一瞬間後悔了。畢竟如今柳家聲勢猶如烈火烹油，朝中更是有傳言，皇上想立二皇子為太子。在外人看來，柳家這會兒可是花團錦簇的。

「好了，欣姊姊，咱們別說這些掃興的人了，趕緊回去吧，出來也夠久的了。」紀清晨拉了一下她的手，轉移話題道。

此時她們已靠近攬月閣，就聽到裡面的舞樂之聲，兩人笑了下，趕緊進去。

沒一會兒，裴玉欣就注意到那個柳尉也回來了，只是他坐在自個兒的位置上，眼睛卻一個勁兒地朝女眷這邊打量著，而且瞧他看的方向，可不就是清晨所坐的位置嗎？

真是癩蝦蟆想吃天鵝肉，也不嫌害臊。

第六十一章

等宮宴結束後，裴玉欣便四處打量，她母親董氏趕緊拉著她，輕聲斥道：「別東張西望的，沒規矩。」

「娘，我是在找三哥。」裴玉欣著急地說。

董氏立即拉著她的袖子，輕聲道：「有什麼事情，回家再說。」

裴老夫人今日並未去參加宮宴，她如今是孀居之人，除了偶爾上山禮佛之外，極少出門；況且她年紀也大了，所以這些宴會自然不會參加。

不過今日也不知怎的，到了睡覺的時間，她並未更衣，只坐在羅漢床上，手裡握著佛珠，轉個不停。

裴家女眷的馬車停在門口的時候，眾人從車上下來，正要坐上府裡的小轎，準備回房，卻突然聽到一旁傳來吵嚷聲。

裴玉欣探頭看過去，竟是大伯父和三哥，而她父親、也就是裴家的三爺，此時也在那裡。

只是不知三哥說了什麼，竟惹得大伯父抬手便打了過去，響亮的巴掌聲在這夜色中，格外懾人。

裴玉欣被嚇得身子一抖，趕緊朝母親身邊靠過去。

謝萍如聽到裴延兆用著極惱火的聲音質問裴世澤，為何在席上與皇上提那樣的要求？

誰知裴世澤依舊用不冷不淡的聲音說：「父親無須惱火，我的婚事自是由我自己作主。」

這樣的口吻，謝萍如聽了十幾年。當初他還是個孩子的時候，也是這般的清冷驕矜，彷彿她這個繼母不過就是個擺設一樣。如今見裴延兆這般生氣地斥責他，心底可真是開心。

但當裴延兆越說越激動，正要再動手的時候，還真是把謝萍如嚇了一跳。

「老爺，有什麼話不能私底下說的？這麼多人在呢。」謝萍如一貫會做人，等到裴延兆打了人之後，她趕緊上前拉住他，著急地道。

裴延兆這會兒也冷靜下來，狠狠地甩了下手。「父母之命，媒妁之言，你竟膽大妄為到這種程度。」

裴世澤臉上表情未變，依舊一副冷漠的樣子，若不是此時有夜幕擋著，他臉上的巴掌印都能清楚瞧見了。裴延兆的這巴掌，可是一點兒情面都沒留。

其實他一直不懂父親為何如此不喜歡他？不是望子成龍的嚴厲，是真的不喜歡。他少年時還會因為這個問題煩惱，如今卻再也不會了，要不然他也不會當眾向皇上那般請求。

他要娶他想要娶的人，他要靠他自己娶她。

誰都不能阻止！

「夜深了，父親還是早些回去休息吧。」裴世澤微微點了下頭，淡淡道。

這會兒就連一直在旁邊的裴延光都說不出話了。他這個姪子如今翅膀是真的硬了，他不用再像裴渺那般討好大哥，就算大哥真的不喜歡他又如何？世子之位還是他的，皇上倚重的也還是他。

裴延光在心底輕輕地嘆了一口氣。只怕定國公府以後真的要不太平了。

此時的裴延兆也是被他的話氣得險些梗住。

待裴延兆轉身離開後，謝萍如趕緊跟上去，而裴延光則是對著還在場的人道：「都回去休息吧。」

晚上的事情還是傳到了老夫人耳中，便是裴世澤在宮裡對皇上說的那番話，也由董氏告訴了老夫人。

她倒也不是搬弄是非，只是裴延兆當眾打了裴世澤，這可不是小事。

「其實世子說這話的時候，我也是嚇了一跳，不過倒不是什麼壞事。畢竟咱們都是從少年人過來的，有喜歡的人也是正常的。」董氏還幫著裴世澤說話。

裴老夫人問她：「妳可知道澤兒說的是誰？」

「世子說要與皇上私底下說，咱們也不知道啊。」董氏倒是好奇得很，可是她總不能去問裴世澤吧。

不過她沒問，她的閨女倒是去問了。

裴世澤今日難得在家中，他在書房裡看書的時候，裴玉欣便找了過來。她倒是個聰明的，來的時候叫人拎了一盒子糕點，說是她親手做的。

只是裴世澤伸手將蓋子挑開來，瞧著裡面精緻的糕點，登時挑眉輕笑。「妳自己做的？」

「三哥。」饒是她臉皮厚，這會兒也不好意思起來，立即輕喊了一聲。

「說吧，這次想求我什麼？」裴世澤又把手邊的書拿起來。

裴玉欣登時笑了，立即道：「我是那樣的人嗎？這盒糕點是真的要孝敬你的。」

裴世澤輕嗤一聲，又翻開一頁。「若是不說的話，那就什麼都沒有。」

「好好好，我說、我說。」裴玉欣知道他一言九鼎，說到做到，所以趕緊問：「三哥，你昨晚說你心有所屬，到底是誰啊？」

裴世澤微微蹙眉，似是不高興她問這話，可是又沒立即呵斥，眼睛依舊盯著面前的書。

裴玉欣見他不說，心底一哼，以為她不知道啊。於是她立即惋惜地道：「三哥，你不知道昨日我和沅沅兩人在宴席間出去晃一會兒的時候，竟是遇到了小人。」

她還沒說完呢，裴世澤便抬頭看著她，問道：「妳們怎麼了？」

裴玉欣心底狂喜，可是面上卻故作為難地說：「算了，還是不說了。沅沅也叮囑我，不許告訴別人，說出來對她的閨譽可不好。」

「我是別人嗎？」裴世澤擰著眉頭，教訓她。

裴玉欣真是想抱著肚子狂笑，可是沒聽見三哥親口承認，她是不會輕易告訴他的。

顯然裴世澤也瞧出了她的小心思，只是她雖有小心思，裴世澤卻不甚在意。

「她是妳未來三嫂，妳說我能知道嗎？」

裴玉欣雖然一直想聽他親口承認，可是這會子聽著這話，卻是面紅耳赤。她知道三哥的性子冷漠，卻沒想到霸道起來，也是這般叫人抵擋不住。人家沅沅都還沒同意呢，他竟就直接說是她三嫂。

服，她是真服了。

所以她也不扭捏了，便將昨晚柳尉故意在路上堵她們的事情告訴了裴世澤。果然聽完後，她瞧著三哥的臉色真是冷漠得可怕。

於是她更添了一把火道：「先前那個柳明珠啊，仗著自個兒是柳貴妃的姪女，便想嫁給三哥，我瞧著過年那期間沅沅可是不高興極了，她肯定也在生氣，沒想到這次這個柳尉，也做出這等不要臉的事情。也不知柳家是怎麼教養他們的，真是讓人替他們臊得慌。」

「沅沅沒被嚇著吧？」裴世澤輕聲問道。

裴玉欣立即搖頭，好笑地說：「沅沅可沒有，她還說柳家是秋後的螞蚱，囂張不了幾天的。」

裴世澤想了一下她說這話時的表情，便是搖頭一笑。

不過笑過之後，他便站了起來。裴玉欣還奇怪地問他怎麼了？裴世澤只丟下一句。「進宮。」

他被宮人領到門口的時候，只消站了一會兒，便受到了皇上的召見。

皇上正在練字，裴世澤安靜地站在下頭，一直等到皇上將一整張紙寫完，才抬起頭看他，笑問道：「我還以為你要等幾日再與朕說呢。」

「微臣不敢叫陛下等。」裴世澤回道。

皇帝笑了一聲，道：「說吧，是哪家的姑娘，竟是叫你這般喜歡。」

「是皇上也認識的。」裴世澤低頭，頓了下後，才說：「就是紀太傅的嫡孫女，戶部右侍郎紀延生的次女，紀清晨。」

紀清晨……

皇帝在腦海中略想了下，突然了悟地說：「竟是沅沅，那不是靖王的外孫女嗎？」

也是託了皇后和紀清晨從未見過面的外公的面子，皇上不僅知道她的名字，還點頭讚道：「那是個好孩子，模樣長得也是好看。」

「微臣與紀姑娘自幼相識，熟知其品性，深知她是德行兼備的姑娘，所以微臣斗膽請皇上賜婚。」裴世澤堅定地說。

皇帝此時緩緩地坐下來，打量著他，道：「想必你也知道貴妃一直對你頗為滿意，想著要將她那娘家姪女嫁給你。」

「安樂侯府的姑娘，名滿京城，卻不是微臣的良配。」裴世澤道。

皇帝沒想到他這麼直白，哈哈一笑，便說：「說來沅沅也是朕的孫女輩，確實是個好孩子。只是小姑娘年紀還有些小吧，這還沒到及笄的年紀呢。」

「微臣如今雖已二十二，不介意再等兩年。」裴世澤堅定地回道。

「好，好一個不介意。你既然喜歡，那朕便成全你。」皇帝朗聲笑了起來。

若說的是旁人，皇帝倒是要勸一勸裴世澤，畢竟柳貴妃時常向他哀求，想要她自個兒的姪女嫁給裴世澤。

再說裴世澤也確實是個青年才俊，這麼多年來為了大魏立下汗馬功勞，皇上也是十分喜歡他的。

可紀清晨卻是他自己親弟弟的外孫女，相比那柳明珠來，紀清晨倒是與他更親近些。況且裴世澤還這般堅定地認準了人家姑娘，皇帝當然也不願做這壞人，何不成全了一段佳話呢。

「朕這幾日便擬詔，賜婚你與紀家姑娘。」皇帝答應道。

此時就連裴世澤都露出了笑容。

只可惜，這世間的變數總是來得格外突然。

第三日，遼東的八百里加急傳至京城，靖王爺生命垂危。

皇帝接到摺子的時候，連手掌都是顫抖的。他與靖王乃是同母兄弟，兩人只差了一歲，可就是這一歲之差，卻是天差地別。

他成了九五之尊，而靖王則是就藩遼東。所以他待這個弟弟，一向寬厚，更是多番賞賜。

只是沒想到，今日竟接到了他病危的摺子。

一旁的總管太監見皇帝這般，立即輕聲勸道：「還請皇上不要哀思太過啊。」

皇帝又問那送摺子之人，道：「靖王爺可有說些什麼？」

「王爺說極思念在外的子孫，只盼著能見到他們。」這說的就是出嫁的幾個女兒了，畢竟兒子此時都在遼東呢。

皇帝點頭，道：「傳朕旨意，命靖王府出女速速回去。」

總管太監是個機敏的，他立即道：「皇上，王爺的幼女早已去世了，只留下兩個女兒，不知這兩位可要回去啊？」

「既是她們母親不在了，便叫她們回去見見吧，也是替她們母親敬一番孝心。」皇帝悲痛地道。

可是這旨意傳到晉陽侯府和紀家的時候，卻叫兩家都大吃一驚。

紀延生自是憂慮。沅沅自小就與他們生活在一處，何曾去過遼東這麼遠的地方？而晉陽侯府那邊更是愁苦不已，因為紀寶璟又懷孕了。

只是因還未過三個月，胎象未穩，便沒有告訴親朋好友，結果竟等來了皇上這樣的旨意，所以溫凌鈞激動得便要去面聖。

還是晉陽侯攔住他，叫他不要衝動行事。

紀延生也是這會兒才知道，大女兒竟懷孕了。

從京城到遼東，舟車勞頓要一個多月，便是尋常人都要受不住了，更別說寶璟還是懷有身孕。

倒是紀清晨知道這件事，主動道：「我進宮求求皇后娘娘吧，想來娘娘定能理解姊姊的難處。」

但她沒想到的是，皇后雖沒答應替她求情，卻給了她機會，讓她親自向皇上求情。

「外祖病重，臣女願前往遼東，代母行孝，只是家姊如今懷有身孕，恐不能舟車勞頓，還請皇上准許臣女一人前往。」紀清晨跪在皇上的面前，哀求道。

好在皇帝雖心疼弟弟，倒也不至於不講理，畢竟紀寶璟也是靖王的親外孫女。

於是他便同意了，只是命紀清晨三日之後出發，到時候會有專人送她前往，而隨行的也會有皇帝派去的太醫。

只有三日的時間，可是讓她院子裡忙得團團轉，光是要收拾的箱籠就有好些個。

況且也不知靖王爺身子到底如何，這要是拖個一年半載，只怕自家姑娘也得在那裡那麼久吧。所以杏兒和香寧乾脆連冬天的衣裳都收拾起來，一併帶著了。

只是讓所有人都沒想到的是，這次護送紀清晨去遼東的，竟是裴世澤。

當她看見他騎著馬走到自己的馬車旁時，心底是說不出的感動。

漫漫遠行之旅，有他在，自個兒便不會害怕了。

紀延生實在是心疼她，便騎著馬，一直送她到城外十里地。還是紀清晨隔著馬車，叫他不要再送了，他才停下。

只是他騎在馬背上，看著一行軍隊離開，心頭有著說不出的傷感。

從京城到遼東，他們足足走了一個半月，這一路上，紀清晨和裴世澤說的話並不多。畢竟這隊伍中人多眼雜的，若是兩人接觸得多了，對她的閨譽也不好。

當裴世澤告訴她，前頭十里地便是遼城的時候，紀清晨心底瞬間鬆了一口氣。

總算是到了。

不過就在他說完不久，就見遠處有一支馬隊疾行而來。雖然這裡已靠近遼城，裴世澤還是叫人警惕。

好在這行人騎到他們隊伍前時，卻又慢了下來。

而這次裴世澤瞧見了為首那人的容貌。

紀清晨正閉目養神，誰知馬車的廂壁被敲擊了幾下，她以為是裴世澤，便撩起窗上的簾子。

只是當她看見外頭騎在馬背上的人，已然失聲叫了出來。

「柏然哥哥。」

殷柏然看著面前的姑娘，笑容已綻開來。這次真的是個姑娘了。

「我的沅沅可真是長大了，柏然哥哥這次可不能再抱妳了。」他輕聲道。

紀清晨眼淚都要落了下來。就見他一手勒住韁繩，身子卻朝她的馬車傾了過來，另一隻手則穿過窗子，在她的髮頂摸了摸。

他的小姑娘啊，真的是長大了。

「柏然哥哥，你怎麼來了？」雖是詢問的口吻，可語氣裡的欣喜早已溢了出來。

殷柏然瞧著她滿臉的喜悅，眉宇上的笑意更深，只見他嘴角微彎，柔聲說：「自然是來接沅沅，妳一路上辛苦了。」

這一路確實是辛苦，甚至半路的時候還遇到山匪，好在有裴世澤，不過幾下的工夫，便將那些人給打跑了。

可是這些顛簸勞累在看到殷柏然的時候，都煙消雲散了。能見到柏然哥哥，真的是太好了。

「沅沅，這裡風沙大，把窗子關上。」一旁的裴世澤提醒道。

紀清晨嘟起嘴，有些不願意。她才剛看見柏然哥哥，還想和柏然哥哥說話呢。

好在殷柏然也安慰她。「這裡風沙確實有些大，妳先關上窗子，待回府後，我再與妳好好敘舊。」

也不知是故意還是無意的，在說「敘舊」兩個字的時候，卻被他咬得有些重。

紀清晨銜著他歪頭甜甜一笑，這才關上窗子，拉上簾子。

倒是此時陪著她坐在馬車裡的兩個丫鬟，臉頰上都閃過紅暈，還是杏兒是個膽大的，問道：「姑娘，這位是表少爺啊？」

長得可真俊俏啊，眉目清朗，穿著一身月白錦袍騎在馬上，風把他的衣袍下襬吹得飛起，那模樣簡直就像是上古戰神。一直聽姑娘念叨表少爺，原來表少爺竟是這般俊俏啊。

「柏然哥哥長得好看吧？」紀清晨瞧著兩個丫鬟這模樣，難怪這兩個丫鬟滿目放光的。可她也沒生氣，反而有些驕傲。

杏兒雙手托著腮，連連點頭。「難怪姑娘您一直念叨著呢，表少爺可真好看。」

其實杏兒覺得論樣貌，表少爺是比不上裴世子，可是她卻覺得表少爺身上有種說不出的感覺，就是一瞧見他，便讓人覺得看不夠似的。

「現在不抱怨了吧。」這些天兩個丫鬟時常抱怨這邊的風沙太大，紀清晨聽得耳朵都要出老繭了。

杏兒立即正色道：「姑娘，奴婢也是心疼您啊。」

此時車外的殷柏然，朝裴世澤輕輕點頭。「裴世子，多謝你專程護送沅沅過來。」

「皇命在身，柏然兄不必客氣。」裴世澤淡淡笑道。

於是隊伍便繼續往前走，待進入城內後，車外陡然變得熱鬧起來。

遼城靠近邊塞，甚至有不少塞外游牧民族會在城中出入，他們將自個兒所打的獵物拿到城裡售賣，換取一些必須的鹽、糖還有布疋。

雖說大魏這些年和蒙古打仗，可是塞外的游牧民族，也並非都是蒙古族，不少小的民族也是受盡了蒙古人的欺壓。

靖王府這些年來，一直都對那些少數民族寬厚有加，所以這些人如今也是向著大魏比較多。

裴世澤看著街上，不時走過穿著少數民族服裝的人。他也在邊塞待過好幾年，在與蒙古人打仗的時候，也會與這些少數民族接觸，但是像遼城這樣，城中隨處可見外域民族的，卻是從未見過。

可見靖王府在處理大魏與少數民族的關係上，還是下了不少功夫。

他是在軍中帶兵打仗的人，消息自然也比一般人還要靈通。據他所知，如今靖王府真正掌權的，卻是靖王次子殷廷謹。

殷廷謹乃是靖王側妃所生的庶子，只比靖王世子小一歲，可偏偏靖王世子自出生起，便身體不好，能活到四十多歲，都是超乎預料了。可是活著也只是活著而已，他的身體狀況不可能允許他管理靖王府的一切事務。

如今靖王府真正的掌權者，便是庶子出身的殷廷謹。

這也是裴世澤為什麼向皇上請願，親自護送紀清晨來遼城的原因。靖王府的這灘水太深了，他不能放任紀清晨一個人獨自過來。

等到了王府中，此時已有人在門口等著，是個四十幾歲的僕婦，頭髮梳得一絲不苟，她身後則是小轎和丫鬟。

等紀清晨下車的時候，就見那嬤嬤迎上來，請安道：「奴婢見過紀姑娘。」

紀姑娘，這個稱呼倒是不錯，紀清晨聽在耳中卻是一笑。也不知這位嬤嬤是不是想給她一個下馬威呢？

好在殷柏然此時也下馬走了過來，對她輕聲道：「沅沅，這是祖母身邊的申嬤嬤，在祖母跟前已經伺候了二十年，是個極受敬重的老僕人。」

紀清晨嘴角的笑意更深了。老僕人，柏然哥哥這話可真是相當不給面子。這個申嬤嬤叫她一聲紀姑娘，是想提醒，她不過就是靖王府的外人而已，可殷柏然這句老僕人也是敲打她，別忘了自個兒僕人的身分。

果然申嬤嬤的臉上有一絲惱怒，可她卻低下頭，輕聲道：「大少爺實在太過抬舉老奴了，老奴不過就是老夫人跟前一個伺候的人，不敢當大少爺的誇讚。」

紀清晨在一旁聽著他們說話，登時一笑。看來就是王府也與皇宮一般，說話總是說一半、含一半，要是稍微有些笨的人，還真聽不出那話裡真正的涵義了。

皇后便時常暗諷柳貴妃，只可惜柳貴妃是個無腦美人，所以往往皇后氣個半死，柳貴妃還不知發生了什麼事。

「申嬤嬤，那麻煩妳前頭領路，帶沅沅去見祖母吧。」殷柏然吩咐道。

申嬤嬤本來還想指點紀清晨兩句的，卻在殷柏然這句話後，點了點頭。

紀清晨回頭看了一眼，裴世澤就站在他們的身後。

殷柏然開口安慰她。「我先帶裴世子去見祖父與父親，待會兒再過來找妳。」

紀清晨乖乖地點頭，只是一雙霧濛濛的大眼睛，透出些許不捨。

殷柏然覺得好笑，立即道：「放心吧，我很快就會來找妳。」

她這般不捨也是因為整個靖王府她最熟悉的便是殷柏然了，如今柏然哥哥要去別處，卻叫她一個人去見靖王府的女眷，她還真有些擔心。

不過既來之，則安之。

她可是奉了皇上的旨意來的，怎麼說也是靖王府的上賓！

——未完，待續，請看文創風553《小妻嫁到》3

2017年7月出版

藥堂千金

文創風 538～540

曾經的小小實習醫，如今的藥堂千金女，
在這拿泥鍬治黃疸、拿汞當仙丹的古代，
且看她大顯身手，走南闖北，一藥解千愁！

錦繡燦爛好時光 攜手同行／衛紅綾

她原本是個實習醫生，卻逃不過過勞死的命運，穿越來到大慶國，
如今身分是藥堂之家的千金魏相思，只是有個「小問題」──
都怪她爹娘苦無子嗣，這小千金打從娘胎就被當成「嫡孫」來養，
要是她的性別被拆穿了，他們一家三口怕是要被逐出家門喝西北風！
既然同在一條船上，她只好勉為其難當個小同謀，
左應付一心盼望「嫡孫」成材的祖父；右對抗滿屋難纏的叔嬸，
各位長輩啊，可別看她外表弱不禁風，就掉以輕心了，
她雖然看似好欺負的黃口小兒，骨子裡卻是活了兩世的幹練女子，
根本懶得理會雞毛蒜皮的宅門小事，活出精采的第二人生才是正理，
而她的首要任務就是，努力打拚，在藥堂站穩位置好求勝！

兩心相悅　琴瑟和鳴／灩灩清泉

多情自古空餘恨　好夢由來最易醒

／玉瓚

2017年6月出版

娶妻這麼難

一切如夢又如幻，她徬徨、茫然，不曉得該怎麼辦，
是該屈從環境，與這時代的女子一樣接受束縛的命運，
還是應要堅守本心，為了自由而努力奮鬥？

文創風531 1

簡妍從小就知道，母親只是把她當成商品般養著，
目的只有一個，將她送給達官貴人為妾，好幫襯簡家。
為著讓她看起來體態輕盈，這些年母親不給她葷腥吃，
並且，一頓飯還不能超過半碗，因此她每日都覺得餓，
正所謂虎毒不食子，所以這人肯定不是她親娘啊！
事實上也確是如此，因為她根本不是這時代的人，
一場車禍使得她離了原本的世界，再睜眼竟穿來了這兒，
難道她真要如這時代的女子般，一輩子任人擺佈嗎？

文創風532 2

徐仲宣未曾想過，自己竟會對一個小姑娘動情，
從來都是女子愛慕他、想法子接近他的，他何須主動？
況且以他的身分和地位，要什麼樣的姑娘沒有？
但老天爺偏愛捉弄他，硬是讓簡妍入了眼、上了心，
知道她吃不飽後，他餐餐巧立各種名目餵養她、送她吃食；
撞見她無法收養的小貓，他偷偷讓人帶回京裡養得跟豬一樣肥；
嚐到她可能會喜歡的糕點，他甚至還巴巴地策馬夜奔送過去。
他這般心悅她、喜愛她，為她費盡心思，可她卻求他放了她！
她是心儀他的，因何不肯待在他身邊，成為他的寵妾呢？

文創風533 3

對這個時代的男人而言，三妻四妾是再正常不過的事，
有哪個男子願意一輩子只守著一個女人過活呢？
然而她簡妍卻是不願與其他女子共享一個男人的，
所以，她早早就決定要捨棄愛情，更遑論當人小妾了，
哪裡曉得，母親已相好目標，一心想讓那徐仲宣納了她！
說起徐家這位大公子，那可是十八歲就三元及第的響叮噹人物，
如今更是未屆而立便已坐到了正三品禮部左侍郎的位置，
此人氣場強大，目光幽暗深邃，她壓根兒就看不透他，
這般厲害的角色她真真惹不起，還是有多遠閃多遠的好啊！

文創風534 4 完

徐仲宣終於明白，簡妍這個人已徹底支配著他的心。
他愛她入骨，欲戒不能，此生只得成為她最忠實的僕；
他愛她勝過自己的命，既如此，還有什麼是不能給的？
她誓不為妾，他便許她正妻之位；
她要唯一的寵愛，他便不再瞧其他女子一眼。
為了護她一世安穩，淪為亂臣賊子他也不懼；
為了保她一生無憂，拋卻功名利祿他亦不悔。
縱然她是從千百年後跑來的一縷芳魂又如何？
既已走入他的生命，便是要逆天而為他也絕不放手！

2017年7月出版

傲王馴嬌

文創風 535～537

她雖然爹爹不疼、繼母不愛，好在有個偏心的祖母護著，
也算過著當家小姐的日子，只是自從某位王爺「大駕光臨」之後，
她的舒心生活就沒了，還得應付這古裡古怪的端親王……

英雄折腰 百煉鋼也成繞指柔

筆下生花 精采紛呈／陸柒

娘親早逝、父親冷淡，繼母雖沒欺負，卻也不親近，
秦家四小姐秦若蕖只能孤單地在後宅數日子，
還好她性子單純乖巧，即使得守在祖母身邊，倒也自在平靜；
只是皇上最寵愛的么弟端親王奉旨巡視天下，巡到益安又借住秦府時，
她這軟綿綿的羊竟得應付王爺那隻假面虎，這日子還能過嗎……

2017年6月出版

逆襲成宰相

文創風528～530

他足智多謀，有不同於常人的傲骨；
她善良聰敏，有不該身處底層的學識，
仰天不會只看得見黑夜，明珠也不會永遠蒙塵……

今朝再起為紅顏，一世璧人終無悔／趙眠眠

趙大玲前世是個能幹的理工女，穿越後卻成了御史府的灑掃丫鬟，
父親老早就過世，母親在外院廚房當廚娘，
弟弟尚小不經事，自家沒靠山也沒銀兩，
前世的滿身才幹無用武之地，還要對其他丫鬟的戲弄忍氣吞聲，
雖日子過得無趣得緊，可為了生存，明哲保身才是正理！
直到一個全身是傷的俊美小廝出現在面前——
他滿腹珠璣，揀菜像在寫毛筆，還寫得一副好對聯，
其他小廝愛在嘴上占她便宜，他卻說男女授受不親，
當他們家被欺負而孤立無援時，是他找來幫手助她一臂之力，
他隱姓埋名，雖為官奴，可一身的氣度風華在在說明了他有秘密……

文創風 552

小妻嫁到 2

國家圖書館出版品預行編目資料

小妻嫁到 / 慕童著. --
初版. -- 臺北市 : 狗屋, 2017.08
冊 ; 公分. --(文創風)
ISBN 978-986-328-761-2(第2冊:平裝). --

857.7 106009729

著作者	慕童
編輯	江馥君
校對	黃薇霓　簡郁珊
發行所	狗屋出版社有限公司
地址	台北市104中山區龍江路71巷15號1樓
電話	02-2776-5889～0
發行字號	局版台業字845號
法律顧問	蕭雄淋律師
總經銷	知遠文化事業有限公司
電話	02-2664-8800
初版	2017年8月
國際書碼	ISBN-13　978-986-328-761-2

本著作物由北京晉江原創網絡科技有限公司授權出版

定價250元
狗屋劃撥帳號：19001626
網址：love.doghouse.com.tw　E-mail：love@doghouse.com.tw